江戸の娘

新装版

平岩弓枝

角川文庫
14993

目次

狂歌師

一

主人も、客も酔いの色は既に濃かった。

酒になってまだ小半刻《こはんとき》にもならないが、席はかなり乱れている。招いた相手が新《しん》吉原《よしわら》、京町の大文字屋の亭主で、招かれた場所が彼の新鳥越《しんとりごえ》にある寮であった。席を取り持っている女たちはいずれも野暮に化粧《けわ》ってはいるが、無論、堅気ではない。華やかな嬌声《きようせい》と巧みなとりなしで客を遊びの気分に誘うのは極めて容易であった。

絃《げん》が鳴り、また一しきり歌になった。

楠木白根《くすのきしらね》は盃《さかずき》を苦く唇に嚙《か》んで、もう何度目かの視線をちらと床の間へ向けた。その度に不快が眼の底に浮く。

床の間に掛けてあるのは一幅の軸であった。充分に金のかかった、そのくせちょっと見にはさりげなく表装されている。狂歌であった。

　全盛の君あればこそ　このさとは
　　花もよし原　月もよし原

「曙 夢彦《あけぼののゆめひこ》」と筆にまかせた墨の枯れ具合も見事である。書いた人間の得意と満悦ぶりが行間に躍っているようだと、白根は感じた。

この一首の狂歌が日本橋本石町《ほんこくちょう》の料亭「江戸善」の次男坊にすぎない三十五歳の直次郎を俄《にわ》かに江戸随一の狂歌師「曙夢彦」として世上に広く喧伝《けんでん》せしめたものだ。商売気のある大文字屋の主人は、軸に仕立てたそれを麗々しく見世の大広間に飾りつけ、また、それを見るために登楼する客が引きも切らないという噂は、白根の耳にも入っていた。

そうした曰《いわ》くのある軸をわざわざ寮へ運ばせて今日の狂歌会の席へ持ち出して来た大文字屋の見えすいた量見にも腹が立った。

(まるで、今日の主賓は曙夢彦だといわんばかりではないか……)

直次郎も直次郎だと思う。評判になった己れの軸の前で、得々と狂歌を吟じ、酒を喰《く》らう。

(先輩の俺を差しおいて、よくも傍若無人に振舞えるものだ……)

目のすみで見た。大文字屋夫妻にかしずかれ、女たちに囲まれた直次郎は浅黒い横顔を仰向けて声高に笑っていた。白地の蚊絣《かがすり》に献上の帯というくだけた姿に、若々しいがゆったりした貫禄《かんろく》が備って見える。歴とした幕臣とは言っても、内職に箸《はし》けずりをしなければならないような七十俵五人扶持《ぶち》の貧乏御家人《ごけにん》とは身なりからして段違いだ。白根は無意識に自分の垢《あか》じみた袖口《そでぐち》に目を落した。

廊下に足音が続いた。遅れて来た客であった。夫婦連れである。

「これは、手前どもと同業の、新吉原五明楼主人、鈴木宇左衛門どのと家内にございます。よろしくお引き廻《まわ》しの程を……」

大文字屋が一座へ改った紹介をした。一座といっても十人ばかりの客の大半は狂歌を愛好する新吉原の妓楼《ぎろう》の主人たちで、遅れて来た客と初対面なのは師匠格で招《よ》ばれた直次郎、楠木白根、朱楽菅江《あけらかんこう》夫妻くらいのものである。この中、侍分なのは白根と菅江だけであった。

五明楼の主人はまず直次郎に丁寧な挨拶《あいさつ》をしてから席の順で朱楽菅江の前に手を突いた。狂名を朱楽菅江と称する山崎郷助は西丸《にしのまる》の御《お》先手《さきて》与力《よりき》を勤め、小身ながら歴とした士分である。にもかかわらず性来、磊落《らいらく》で好人物の彼には武ばった所が少しもなく、でっぷりした体軀《たいく》と同様に人柄にも角がなかった。固苦しい礼儀は自分もせず、人にも好まない。酔ってもいた。脇息《きょうそく》に重たげな軀《からだ》をもたせかけ、うっとうしげに手だけ振った。

「我は大海に棲《す》める猖々《しょうじょう》……かくの如く大酔《たいすい》仕《つかまつ》って候《そうら》えば、辞儀《じぎ》は無用。平《ひら》に御無用」

おどけた言葉の舌がもつれて一座に笑いを呼んだ。

「これは……これは……」

と五明楼の主人もつい破顔してそのまま自分の席へ戻った。故意か、偶然か、一番上席に座っている楠木白根に対する挨拶は、省かれてしまったのだ。白根の眉《まゆ》が神経質に歪《ゆが》んだ。

「それはもう、夢彦先生のお噂はかねがね仲間内の者から伺ってはおりましたが、なんにしてもじかにお目にかかってお弟子の端に加えて頂くまでは安心がならないと、家内共々、無躾《ぶしつけ》に参上致しましたようなわけで……」

追従笑いを合いの手に入れながら、五明楼主は懐中から半紙をとじた一冊を抜き出した。自作の狂歌がぎっしりと並んでいる。受け取った直次郎はぱらぱらとめくって、

「ほう、これはなかなか……」

如才のない笑顔で応じた。図に乗った相手は更に狎々《なれなれ》しく膝《ひざ》を進めた。

「つきましては先生、お初にお目見《めみえ》得申した記念に、手前どもに何ぞ相応《ふさわ》しい狂名をおつけ願いたいもので……」

直次郎はそれにも微笑をもってうなずいた。脇息を細い指の腹で軽く叩《たた》きながら、しばし目を閉じて、

「五明楼御主人には棟上高見《むねあげのたかみ》、御内儀《ごないぎ》どのには赤《あか》しみの衣紋《えもん》、と……どんなものかな、そんなところでは……」

すらすらと命名した。そんな事にもうすっかり馴《な》れ切った態度である。

「流石《さすが》は夢彦先生……」

「いや、どうも結構な名を頂きまして……」

一座の派手な反応ぶりを見ると、白根はたまりかねて席を立った。誰も後に従《つ》いて来る者はない。幸いなようでそれも腹立たしかった。直次郎の場合なら、手洗いにまで女が大仰に付き添って行った。

飛石伝いに庭へ下りる。狭いが数奇《すき》を凝らした造りであった。月明りに見る木にも草にも人為が窺《うかが》われる。軒には洒落《しやれ》た唐風の釣り燈籠《どうろう》が下っている。もともと大文字屋が金に飽かせて造った別宅だったし、普段は青楼の太夫《たゆう》格の遊女の気保養などに利用されもしたが、たまさかは日頃、贔屓《ひいき》を受けている札差《ふださし》などが出入りの蔵屋敷の役人たちを密《ひそ》かに饗応《きようおう》するような、かくれ遊びの場所にも使われる。普請が贅沢《ぜいたく》なのはそのためでもあった。享保《きようほう》以後、大名の吉原通いが表向きには遠慮されそれに習って侍も大っぴらに大門をくぐりにくくなってから、名の通った新吉原の見世は、大抵こうした寮を新鳥越や根岸辺りに用意していたものだ。

(素町人の……それも遊女屋の亭主の分際で……)

ふと、荒れ放題な我が邸《やしき》の庭が思われる。邸というのも気恥かしい程な三間ばかりの御家人長屋である。木口の端々にまで贅をつくして逍遥亭《しようようてい》と気取ったこの寮と

比較のしようもない。惨めな想いが白根の胸をかすめた。だが、

「だからと言って武士の矜持《きょうじ》を忘れてたまるものか……」

と思う。

離れの方からはひっきりなしの笑声が流れていた。その中には聞き憶《おぼ》えのある直次郎の少し甲高い調子も混っている。

（直次郎の奴、まるで幇間《ほうかん》のような……）

暗がりの中で白根は嫌悪を顔中に漲《みなぎ》らした。金持町人に媚《こ》びて己れの狂歌を売り込み、先生、先生とちやほやされて収まりかえっている。

（狂歌師にあるまじき量見だ）

たかが一首や二首の狂歌が評判になったからと言って、あの傲慢《ごうまん》さはなんだ。俺の前で一人前の狂歌師面をするさえ不遜《ふそん》なのだ。

（大体、あいつに狂歌というものの眼を開いてやったのは俺ではないか……）

唾《つば》でも吐きかねない表情になった。潔癖で融通のきかない男である。身分は朱楽菅江と同じく御目見得以下の微禄者だが侍という意識は極めて強い。従って父祖代々の侍の家に生れながら、まるっきり町人的な性格で格式や身分にこだわらない朱楽菅江とは対照的であった。直次郎に対しても、とかく町人と武士の差別をことごとに露骨にする。しかも、狂歌師としての自信は自ら第一人者と気負ってもいる。

理由のない事ではない。

狂名、楠木白根こと小島源之助が狂歌に志したのは宝暦《ほうれき》十二年頃、彼が二十歳の年齢からであり、明和《めいわ》四年二十五歳の時には「臨期応変約恋」という題で詠《よ》んだ「今さらに雲の下帯《したおび》ひきしめて、月のさわりの空ごとぞうき」という一首が、師の内山賀邸から称讃《しょうさん》を受けて以来、狂歌には並々ならぬ力の入れようをしめして来た。

元来、滑稽《こっけい》な着想、もしくは言語上の諧謔《かいぎゃく》を歌った短歌は既に万葉、古今に源を発しているが、狂歌という名称が用いられるようになったのは鎌倉以後の事である。当時、行われた落首や歌会の余興に作った俳諧《はいかい》歌がそれであった。江戸初期には細《ほそ》川幽斎《かわゆうさい》、烏丸光広《からすまるみつひろ》、木下長嘯子《きのしたちょうしょうし》らが狂歌を詠んだが、近世狂歌の祖といわれる松《まつ》永貞徳《ながていとく》が出るに及んで次第に上方《かみがた》から江戸へと蔓延《まんえん》しつつあった。

しかしながら、楠木白根が興味を覚えた頃の狂歌は俗気と気取りの強い、技巧《こうちゃく》がわざとらしく、間のびのした、文学意識の非常に低いものであった。そうした膠着状態の狂歌に新風を吹きこみ、とにかく一応の文芸的評価を与えるには、学者としての白根の力がかなり働いていたのは事実である。

その白根の熱意が明和六年に初めて自宅で狂歌の会を催す企てとなり、かねて和歌の方での同門であった直次郎が彼の誘いをうけて狂歌の世界を覗《のぞ》いたのが、この折からである。その上、直次郎が狂名「曙夢彦」として狂歌に本腰を入れたのはそれから十余年も後の事であり、この春、例の「花もよし原、月もよし原」の一首で世上の評判になる以前は、門人の数に於《お》いても、名声でも、楠木白根とは全く比較にならぬ存在であった。

だから彼にとって直次郎如きは「新参の駆け出し狂歌師」にすぎなかったし、

「曙夢彦がなんだ」

という気持は常に心の奥底で燻《くすぶ》っていたに違いない。曙夢彦の評判が高くなればなる程、その燻りは執拗《しつよう》に燃え続け、たまたま今日の狂歌会の席上で発火点に達したものだ。

「奴の狂歌がどれほどのものだというのだ。その場かぎりの戯《ざ》れ口に過ぎんではないか。無智な町人共だからそれで済むのだ。風雅の友にそれが通ると思ったら大間違いだぞ」

白根はせせら笑った。それにしても面白くない。大勢の取り巻き連中に囲まれて追従に思い上った風な直次郎の態度がまだ生ま生ましく眼に残っていた。忌々し気に扇子を手荒く動かした。

「いくら学問好きかは知らないが所詮《しょせん》は料理屋の小悴《こせがれ》だ。うぬぼれも大概にするがいい」

ふと、背後に甘い匂いが止った。

「白根先生、酔いざましでありんすか……」

張りのある女の声は大文字屋の抱えできてうという。格子女郎だが器量でも才気でも筆頭と噂される派手な存在である。髪も着つけも今日はすっぱり素人の女房めかして装っているが、笑みを含んだ口許《くちもと》からこぼれるお歯黒といい、江戸小紋の衿《えり》足《あし》から覗《のぞ》く肌襦袢《はだじゅばん》の紅といい、やはり格別の艶《つや》っぽさがある。

「ま、ひどい藪蚊《やぶか》……」

五代目団十郎の似顔絵を描いた団扇《うちわ》を大まかに振って、

「ここら辺りは山家《やまが》故……」

かすかに亦《また》、忍び笑った。白根が圧倒されたように押し黙っていると、きてうは敏感に調子を変えた。

「あちらで何ぞお気に障る事でも……」

探るような眼で見上げて来た。白根は狼狽《ろうばい》した。

はじめて招かれた家の狂歌会で、後輩の人気を妬《ねた》んで腹を立てたとあっては、あまりに大人気ないと思い返されたのだ。そんな心中を遊女風情に見透かされるのはやりきれなかった。

(もっと雅量のある所をみせなければまずい……色里の女などにさげすまれてたまるものか……)

同じ狂歌師でも侍と町人とでは根本的に風格が違うのだと思い知らせてやりたかった。

白根は強いて機嫌のよい声で応じた。

「いや、なんでもない。ちと涼みがてら庭へ下りたまでの事じゃ。今日は風雅を遊ぶ狂歌の集まり、侍も町人も身分に差別のあるわけもない。些細《ささい》な事で先輩、後輩ときつい目くじら立てるほどの事もあるまい……」

半分はおのれに聞かせる言葉でもあった。

夜の中で、女の眼が冷やかに嗤《わら》ったのにも気づかず、楠木白根は鷹揚《おうよう》に自分から座敷へ戻った。

が、席へ戻るか戻らぬ中に、白根のとりすましは無雑作にひっぺがされた。

「これは楠木先生、漸《よう》やくお戻りか、さてもさても座敷の外の首尾は如何《いかが》にございます」

むせかえるような女の白い顔の間から、直次郎が酔顔朦朧《すいがんもうろう》の声をかけた。その尾について一座がどっと笑う。白根は合点の行かぬ眼をあげた。その顔をまともに指さして、

「あれ御覧《ごろう》ぜよ。白根ぬしのおとぼけぶりよ。団十郎《なりたや》も幸四郎も、はだしで逃げ出すほどの役者ぶりではないかな」

直次郎が笑う。

「なんの事か……」

白根は仕方なげに苦笑を取り繕った。

「ほう。とんと合点が行かぬそうな。しからば語って聞かせ申すべし。それ、女共、三味《しゃみ》をこちへおこせ」

朱《あか》い鹿《か》の子《こ》の胴掛《どうかけ》のついた三味線をかまえる直次郎へ、

「先生、頼みますぜ」

座敷の隅から馴《な》れた半畳がとんだ。

「心得て候」

生真面目に応じて直次郎は半眼を閉じた。

「頃は天明《てんめい》ふたとせばかり、八月半ばの逍遥亭……」

近頃流行《はや》りの富本節《とみもとぶし》を真似た微吟だが、よく透る喉《のど》であった。不意と調子を乱してちょぼくれに変えた。

「酒宴なかばといいける所に、これにましますす白根先生、なにか目と目に物を言わせて座敷を脱《ぬ》け出す。はて面妖《めんよう》なと窺《うかが》う折しもきてう女郎という花ざかり、御跡慕いて急ぎ行く。してやったりと思えど後は、野となれ山とならばなれかし、ぐいぐい開ける自棄《やけ》の盃《さかずき》、ついは不貞寝《ふてね》の高枕」

チトンシャンとしめた絃《げん》が粋《いき》がって響いた。わっと座が湧く。

「なにを馬鹿な、酔狂にも程がある……」

荒らげた白根の声がひどく野暮ったかった。

「仮にも直参《じきさん》の侍に向って遊女風情と云々《うんぬん》するとはみだりがましい」

白根は血走った眼で慌しく朱楽菅江の姿を求めた。同じく直参の彼が白根の怒りに同調する事を期待してである。

その彼は、脇息《きょうそく》を枕に前後不覚な大鼾《おおいびき》を立てていた。紗《しゃ》に秋草を染めた女物の小《こ》袖《そで》が、肥《ふと》った下半身になんの抵抗もなく掛けられている。白根はやり場のなくなった眼を直次郎へ向けた。

「直次郎。仮にも武士に向って……」

その立腹を歯牙《しが》にもかけず、

「知らぬは我等ばかりなりけり……と、そこで一首」

直次郎は酔った上体を深々と女の膝《ひざ》へもたせかけた儘《まま》、続けた。

「世の中にたえて女のなかりせば
　　男の心、のどけからまし……」

お得意の狂歌である。やんやとどよめく一座に白根は蒼白《そうはく》な怒りを叩《たた》きつけた。

「無礼なッ……」

だが、それ以上に適当な言葉も見つからず、白根はがくがく慄《ふる》えながら部屋を出た。流石《さすが》に止めに出ようとする人の気配もあったが、

「よいよい、捨てておけ、去る者は追わずさ」

大きくのびをした直次郎の声が、聞えよがしであった。

二

楠木白根が中心となって編纂《へんさん》にかかっている「狂歌若菜《わかな》集」に曙夢彦と朱楽菅江の作品が故意に削除されるという噂を、直次郎が聞いたのは逍遥亭の狂歌会から十日ばかり後で、場所は牛込《うしごめ》二十騎《にじっき》町《ちょう》にある朱楽菅江の家であった。

「至急、相談したい事があるので差支《さしつか》えなくば御来駕《ごらいが》願いたい」

という菅江の使いを受けた直次郎が妻女のお照に迎えられて奥の間へ通ると、

「これはわざわざ呼び立てて……」

待ちかねた風に中腰になった菅江の傍で角帯姿の男が町人髷《まげ》を畳にすりつけた。

顔を上げたのを見ると、小柄な割に鼻柱が馬鹿に太い。

「お初にお目にかかります。手前は池《いけ》の端《はた》仲町の青黎閣《せいれいかく》と申す板元《はんもと》の須原屋伊八が番頭、迂平《うへい》と申します」

自分から名乗った。

「ほう、須原屋さんの」

須原屋伊八といえば数多い板元の中でもなかなかのやり手で、しかも手堅い出板ぶりには定評があった。

「いや実は須原屋とは家内が遠縁に当るもので、ちょくちょく行き来もし、番頭さんとも顔馴染《かおなじみ》なのだが……」

口下手《くちべた》にもって廻《まわ》った説明をする菅江の横から、迂平がてきぱきと口をはさんだ。

「他でもございません。夢彦先生も御存じでございましょう、楠木白根先生が此《こ》の度、四谷伊賀町《よつやいがまち》の近江屋《おうみや》から出板なさる狂歌若菜集、あれに夢彦先生とこちらとをお除きなさるというのでございますよ」

「そんな馬鹿《ばか》な……」

直次郎は真顔にならず一笑に付した。

「狂歌若菜集編纂の話は前からなにかと相談を受けています。あれには白根、菅江両先生と私とを中心とした狂歌仲間の作品を寄せ集めて載せる約束で、編纂こそ白根にまかせていますが、私や菅江の狂歌を除外するなどとは……」

「それを白根先生がなさるというのですよ。私共もまさかと思いましたが……」

番頭は膝を進めた。

「決して不確かな噂ではございません。白根先生の御門弟の蛙面坊懸水《あめんぼうけんすい》さんが手前主人にお洩《も》らしになった事で、手前共でも驚きまして早速あちらこちらに手を廻《まわ》して探り、それに間違いはないと分りました所で此方様《こちらさま》へお知らせに参ったのでございますから……ゆめ嘘いつわりではございません」

「しかし……」

直次郎は半信半疑に視線を宙へ迷わせた。

「あちらとは二十年に近い交際だし……」

「白根どのは……なんでもいつぞやの逍遥亭で貴方《あなた》と仲違《なかたが》いした事をひどく根に持っているようだが……」

菅江はちらりと上眼遣いに直次郎を窺った。

「あの晩のことを……」

直次郎の頬を狼狽《ろうばい》がかすめた。

「しかし、あれは酒の上の事ですし、私の酒癖の悪いのはあちらもよく御存じの筈《はず》だし……」

確かに口が過ぎたと、直次郎は酔いが覚めてから後悔していた。図に乗りすぎていたと省みる。が、あくまでも座興であった。まともに取る方が可笑《おか》しいのだ。笑いとばすか、洒落《しゃれ》た受け答えでもしてくれればそれで幕になる話だった。しかし……。

直次郎は唇を嚙《か》んだ。

（楠木白根は洒落の通じる男ではなかった……）

それにしても、いわば「当世狂歌師作品集」ともいうべき「狂歌若菜集」から作品を除外されるというのは、何としても不面目な話である。狂歌師として痛手でもあった。と言って今更、楠木白根の許《もと》へ頭を下げて行く気はない。罵詈《ばり》雑言《ぞうごん》はむしろ彼の方こそと思う。

「どうしたものでしょう……」

直次郎は当惑げに朱楽菅江を見た。傍杖《そばづえ》を喰《く》った彼が気の毒であった。逍遥亭の夜、食べ酔って眠りこけていた彼に何の罪があろう筈もない。菅江が「狂歌若菜集」から除け者《の》にされた理由といえば、常日頃、直次郎と近しく行き来をしている仲である事に対する白根のこだわりの為に違いない。肥りじしの膝を几帳面《きちょうめん》に揃えて、凋《しお》れかえっている菅江に直次郎は言葉もなくうなだれた。その時、須原屋の番頭がおもむろに口を挿《はさ》んだ。

「如何《いかが》なものでございましょう。これは手前の存じよりではございますが、この際いっそ夢彦先生と菅江先生が軸におなり下すって、こちらはこちらで別な狂歌集をお出しなさいませんか」

はじかれたように顔を上げた直次郎へ、もみ手をしながら不得要領な笑いを見せた。

「こう申してはなんでございますが、白根先生の方があした無粋な御量見なら、こちら様も黙って手をつかねてお出でなさる事はございますまいて……。もし、こちら様が別な狂歌集を出してもよいお気持なら、他ならぬ先生方の事でございます。手前共でも出来ます限りのお力添えを致したいと、まあ、こんな風に考えておりますようなわけで……」

「すると、須原屋さんが板元になって狂歌若菜集とは別に我々の狂歌集を出そうというのか」

「へえ、ま、口幅ったいようではございますがこう申しますからには須原屋の暖簾《のれん》にかけても近江屋さんの狂歌若菜集にひけを取るような真似は致さない心算《つもり》でございます。どんなものでございましょう。一つ世間をあっといわせるような狂歌集をお書き願えませんか……名にし負う夢彦先生と菅江先生がお揃いなら鬼に金棒と申すものじゃあございませんか」

如才なく勧められて菅江は救われたような顔になった。

「どういうものだろうか……?」

気がねらしく直次郎をふりむいた。

「それはもう……」

実際、渡りに舟の話だと直次郎も思う。しかし……。

「もし、仮に須原屋さんが板元になって狂歌集を出すとしたら、いつ頃の事になるので……」

迂平は待ちかまえた声で応じた。

「そりゃもう、狂歌若菜集と同時に出さなけりゃ面白くございませんよ。確か、あちらさんは明春早々の予定と聞いておりますから、こちらも何とかしてそれに間に合せて頂かなければまずうございますよ。こういう事は例えてみれば博打《ばくち》みたいなもので、二つの狂歌集をはさんで白根先生が勝つか、夢彦先生に軍配が上るか、それで世間はわっと来ます。決して悪いようには致しませんで、よろしくおまかせ願いたいもので……」

直次郎はふと嫌な顔になった。相手の商売根性が癇《かん》に触るのだ。又、行きがかりとは言え「狂歌若菜集」の刊行を知っていながら対抗的な編纂を行う事はやはり気がとがめた。

だが、みすみす断るにはあまりに惜しい話である。狂歌の編纂にも直次郎は自分なりの識見を持っている。食指が動いた。

「ま、素人量見で勝手を申しましたが、先生方には又いろいろとお考えもあり、御相談もございましょう。それでは明日、改めて主人ともどもお願いに参上致します故何卒《なにとぞ》よろしくお頼み申します……」

　機を見るに聡《さと》い番頭は馬鹿丁寧な挨拶《あいさつ》をして帰って行った。後は黙然とした差し向いである。蜩《ひぐらし》の声が俄《にわ》かに耳についた。

「どうお考えです。山崎さんは……？」

　口を切ったのは直次郎の方であった。年齢《とし》の若さとせっかちな気性が重苦しい対座につい痺《しび》れを切らした。菅江は腫《は》れぼったい瞼《まぶた》を気弱くしばたたいた。

「私はどうでも……貴方次第だから……」

　遠慮がちな返事だったが、同時に本音でもあった。和歌をよくし、後には洒落本などを手がけてもいるが、好人物だけが取り柄のような朱楽菅江には学識も機智も乏しく、所詮《しょせん》、狂歌の編纂などには手も足も出ないのだ。相談にも何もなりはしない。直次郎は再びうつむいた。決断も実行も、とにかく自分一人の意志にかかっているのだ。

　直次郎は冷えた茶を飲《の》み、腰を上げた。

「ま、考えてみましょう……」

　陽は落ちたが明るさはまだ残っていた。四谷《よつや》見附《みつけ》へ出た時、直次郎は三人連れの侍とすれ違った。勤番者らしい。木綿のごつい衣服と野暮な大小の差し方が田舎丸出しである。その癖、肩だけは充分にいからして歩いている。隅へ身をよけて道をゆずった形の直次郎をわけもなく睨《ね》めつけて行った。

(笑わしゃあがる。口をききゃあ肥桶《こえおけ》の臭いでもしそうな訛《なま》りがとび出す手合だ。山芋が二本差してるなんざ、とんだ味噌田楽《みそでんがく》だぜ)

肩をすくめて直次郎は呟《つぶや》いた。ふと、楠木白根の蒼黒《あおぐろ》い、頬骨の出た顔が浮んだ。狂歌会では必ず床の間を背負って座る。鞘《さや》も柄糸《つかいと》も存分にくたびれた大刀を傍に、三白眼でじろりと一座を見渡す彼の周囲には、狂歌の洒落や風雅とは全く異質な空気が立ちこめている風であった。堅気の家で催す狂歌会の場合はまだしも、料亭や粋筋《いきすじ》を会場としたらどうにも恰好《かっこう》がつかない。まるで別世界の人間である。酒も一向に面白くもない顔付で飲む。冗談一つ言うわけではない。

逍遥亭の夜の一件にした所で、ついそうした彼の場違いぶりが、骨の髄まで江戸町人の直次郎の癇に触って言わでもがなの悪洒落を吐かせたのかも知れなかった。

(こっちはなにせお侍だ、先輩だと思うから一歩も二歩もゆずっているのだ。それを二言目には素町人が、料理屋の小悴《こせがれ》がと悪態三昧《ざんまい》……その上、手前の狂歌の古くさいのを棚にあげて、ちっと此方《こちら》の評判がいいと妬《ねた》んで意地を突つく。とんだ忠臣蔵の師直《もろのお》さ)

思い始めると直次郎はだんだん腹が立って来た。

（素町人のどこが悪いてんだ。お前さんから扶持米《ふちまい》一粒貰《もら》ったわけじゃなし……狂歌に直参《じきさん》もへちまもあるものか）

たそがれの空へ眼を上げた。淡く星影があった。

（町人だって、料理屋の悴だって、世間様をあっと言わせる狂歌が作れたじゃないか）

新興の狂歌の世界には家柄も身分もない。大衆は正直であった。面白い狂歌には素直に喝采《かっさい》する。作者が公方《くぼう》様であろうと出来た狂歌が頂けない出来ならふり向きもしない。実力と、そして運が狂歌師の価値を決定する。

（俺の生き甲斐《がい》は狂歌だ……）

犬猫同然の扱いしか受けない町人が侍と同等の土俵で四つに組んで勝負が争える。それが狂歌を中心とした市井の文化サロンである。そこには夢と張りがあった。

（名も欲しい……）

慾《よく》も色気も捨てかねた。血気の年齢でもある。

（やるか……）

声に出して言った。先輩に楯突《たてつ》く心の重さを無理にふり切った。

（もともと売られた喧嘩《けんか》ではないか……）

直次郎は己れの決断力のなさを嗤《わら》いたくなった。

（やるとすれば……楠木白根ごときに負けてなるものか、素町人の土性っ骨を木偏《こっぱ》侍《ざむらい》に見せてやるのだ……）

自信はあった。好きで入った文学の世界である。和漢の書には一通りも二通りも目を通していたし、内山賀邸の門下でも博学の聞えは高い。それに生来の才気と勘が寄り添っている。

（そうと定《きま》ったら一刻も早く準備にかからねば……）

出足は遅れているのだ。日限も少い。

直次郎は辻駕籠《つじかご》を探す眼になった。

三

曙夢彦事、直次郎の編に成る「万載《まんざい》狂歌集」は翌天明三年正月、「狂歌若菜集」と同時に世に出た。

万事に抜け目のない須原屋が、かねて白根と直次郎の不和のいきさつを虚実を混ぜて世上に流布しておいたから、前評判は上々であった。

内心、売れ行きをひどく気にしている直次郎の許《もと》へ、連日、須原屋からも、狂歌仲間や門弟連中からも情報が運ばれた。そのどれもが予想以上の好評を報じて来て、直次郎は漸《ようや》く初春を迎えたような心地になった。同時に「狂歌若菜集」不評の噂も耳に入って来た。

刊行後三か月ばかりで二つの狂歌集の勝負は完全に峠を越した。軍配は直次郎の「万載狂歌集」に上ったのである。

当然の事であった。

「狂歌若菜集」が最初から百首足らずを集めた同人狂歌集であるのに対し、「万載狂歌集」は七百余首の狂歌を収め、春夏秋冬其《そ》の他に類別し、当時の狂歌師百数十人の狂歌を蒐《あつ》めて撰《せん》をなし、更に前時代の作品をも含めた綜合《そうごう》撰集であった。規模に於《おい》ても、編纂《へんさん》の意気込みでも比較にならない。加えて「狂歌若菜集」の板元、近江屋本十郎は楠木白根の狂歌の社中だから欲得抜きで出版しているが、須原屋の方は競売を意識して算盤《そろばん》をはじいてかかった仕事だ。勝負は蓋《ふた》を開ける前から既に決していたというべきだったかも知れない。江戸中期――徳川幕府による厳格な身分制度の枠に縛られた庶民は、ただ抑圧された本能をかすかな諷刺《ふうし》や皮肉の文学に発散させるより途《みち》はなかった、そして軽妙な諧謔《かいぎゃく》に満ち、戯れながら高雅さを失わない狂歌に鬱積《うっせき》した才能のはけ口を見出すのは極めて当然の事であった。

とにかく「万載狂歌集」はこうした世相を反映した天明年間の狂歌流行の気運に乗じてひどく歓迎され随分と売れた。そして――狂歌師、曙夢彦の名声はもはや動かし難いものとなった。

その年の三月二十四日に、直次郎は母の六十の賀筵《がえん》を目白《めじろ》の大黒屋に於て催した。始めはごく内輪にやる心算《つもり》が、つい社中へ洩《も》れて我も我もと参会を申し出る者が続出し、結局狂歌界の人々が挙げて出席するという派手な祝宴になってしまった。

大黒屋の大広間をぶち抜いて、それでもごった返す祝客の間を挨拶《あいさつ》やら、礼やらで殆《ほと》んど席の温まる暇もなかった直次郎は僅《わず》かな隙を見つけて漸《よう》や《や》く廊下へすべり出た。

先刻から胸元へむかつきが感じられる。午《ひる》からの盃《さかずき》の献酬でかなり飲んでいる。その割に酔いが面に出ないのは緊張の所為《せい》でもあろう。

「まあ先生、お顔の色が悪うござんすよ」

すれ違った大黒屋のお内儀が大仰な声をあげるのを制して、直次郎はどこか人目につかぬ空き部屋はないか、と問うた。

「今日はごらんの通りの御盛会で、どこもここも御客様で一杯でござんすが……むさくるしい所でよろしければ……」

お内儀が案内してくれたのは玄関わきの暗い供待ち部屋であった。入るなり直次郎はぐったりと畳に膝《ひざ》を突いた。

「大丈夫でござんすか。先生……」

おろおろする内儀に直次郎は小さく手をふった。

「大した事はないのだ。こうして少し休んでいれば治る。騒ぎ立てて祝い客に気取《けど》られてはまずい。それよりも……」

「お水でござんすか。それではすぐに取って参じます。そっと横になってお出でなさいまし」

お内儀はあたふたと去った。

言われた通りに体を横にした儘《まま》、直次郎は懐中から手拭《てぬぐい》を出して額の脂汗《あぶらあせ》を拭《ふ》いた。目を閉じる。

障子の外に人の気配がした。お内儀が戻って来たものと思ったが、声は男であった。

「なにしろ大したものじゃございませんか。祝いに来た客の数だけでも百人を下りますまい。流石は天下の狂歌師、曙夢彦先生だけの事はございますね」

「万載狂歌集が当りましたからな。近来にない大当りだそうですよ。曙夢彦の狂歌といえば髪床でも湯屋の中でも噂に出ない事はありゃしません。女子供でさえ流行《はや》り歌の気で覚えて歌うのだから、こっちの方が顔負けですよ」

「それにしても、なんですな。楠木白根先生の方は具合の悪い話だそうじゃありませんか。狂歌若菜集の売れ行きはよくないし、評判も香んばしくないようで、門弟衆の数もめっきり減ったという噂ですよ」

　部屋の中で直次郎は聞き耳を立てた。参会した狂歌好みの町人衆らしい。いずれ狂名を直次郎から貰《もら》った面々であろう。障子を開けられると具合の悪い事になると懸念したが、向うは廊下の立ち話で済ます心算《つもり》らしかった。

（万が一、開けられたら仮睡《うたたね》を装えばよい）

　声は続いた。辺りを憚《はばか》る風は少しもなかった。

「そりゃあ楠木先生も気の毒だが、いわば身から出た錆《さび》てえもんで……。後輩の夢彦先生の人気があるのを妬《ねた》んで狂歌集から先生の狂歌をわざと除《の》けるなんて狭い量見だね。まるで女の腐ったようなもんだ。それで侍なんだから……」

「白根先生の狂歌も悪くはないが、少し固すぎやしませんか。上下《かみしも》を着て雪駄《せった》を履いて懐手したようで落付かなくていけないね。そこへ行くと夢彦先生のは生粋《きっすい》の町人だけあって寛闊《かんかつ》華麗で出立《でたち》映えがいいよ。第一、お人柄。当りは柔かいし、もったいぶらない。その上、すっきりしゃんとした江戸前の気っぷだからね」

「ま、これから先は夢彦先生、菅江先生の全盛だね。白根先生にしたって今更引っこみがつかないだろう。今日の催しにだって出られたもんじゃあるまい」

「そういやあ、楠木先生の社中は誰も顔を見せませんね。だが、それじゃ義理が済みませんよ。いくら仲違《なかたが》いをしたからって以前はかなり深い交際をなすってたんでしょうが……」

「そこがそれ、しみったれの量見、侍の野暮の野暮たる所以《ゆえん》さ……」

無責任な笑い声が急に静まって、ぞろぞろと遠ざかった。入れ代りに衣《きぬ》ずれの音が近づいて、大黒屋の内儀が水さしをのせた盆を運んで来た。飲み終るのを待って言った。

「須原屋の御主人が、御挨拶《ごあいさつ》に見えていますけれど……」

直次郎は少し噎《むせ》びながら咄嗟《とっさ》に答えた。

「それだったら、ここへ通してくれ」

入って来た須原屋伊八は薄暗い小部屋の中の直次郎に驚いた風であった。

「なに、少し飲まされすぎたのだ……」

苦笑まじりに直次郎は伊八の鄭重《ていちょう》な祝い言葉を受けた。話は当然、「万載狂歌集」に及ぶ。

「なにせ、評判といい、売れ行きといい須原屋はじまって以来の事でございますよ。おかげさまで伊八も男っぷりを上げさして頂きました」

もう、たこが出来そうなくらい聞き馴《な》れた世辞だったが、何度繰り返されても耳には快い。実際、伊八の表情は有卦《うけ》に入っていた。

「つきましては先生、厚かましいようではございますが重ねて先生にお願い申したいものでして……」

直次郎は床柱を背にした儘、うなずいた。それがあるから、わざわざ伊八を、人気のないこの部屋へ招いたのだ。

「この間、迂平から聞いた、万載狂歌集の続篇を出す話か……」

伊八は熱心な眼になった。

「左様で、世間では先生の新しい狂歌を待ちこがれております。読者と申すものは、まことに貪欲《どんよく》なもので、……手前共の店へも続篇はまだかまだかときつい催促を致して参ります。如何《いかが》なものでございましょう、この辺りで又一つ、とんとぶっつけてやって頂きとう存じますが……」

「実は私の方の社中でも、この前の万載集の撰に洩れた者たちが、今度は是非共、加えて欲しいと熱心に申しておるし、私のものでも世に出したい狂歌がまだいくらもある。せっかく須原屋さんがそうして勧めてくれるのだから考えてみてもよいと思っているのだ」

須原屋は正直に喜んだ。

「そりゃあ有難いことで……これで世間様にも顔が広うございますよ」

「それで、続篇の方の名だが続万載集とするより徳和歌後万載集《とくわかごまんざいしゅう》と名づけたいと思うのだが、どんなものかな……」

直次郎も悪酔いの苦しさを忘れていた。

「徳和歌後万載集と……、結構でございますな。まことに当を得た御命名で……」

伊八は懐中から覚え書の帳面を出して、すらすらと矢立《やたて》を走らせていたが、

「恐れ入ります。かような狂歌《もの》が出来ましたが……お笑い草に……」

帳面ごと直次郎の前に差し出した。まだ墨の痕《あと》も乾いていない。『万載集世にひろまりて、後万載集のもとめせちなれば、よろこびのあまりに』と詞書《ことばがき》があって狂歌が一首、

　まんざいはわれらが家の太夫殿《たゆう》

　はらづつみうつ、とく和歌の集

直次郎は声に出して詠《よ》み上げ、

「これは、なかなか……」

と応じた。伊八はそそくさと立ち上り、

「それでは先生、手前はこれで……」

現金に辞儀をした。出て行く伊八の背に、直次郎はふと思いついて訊《き》いた。

「狂歌若菜集の評判はどうなのだ……」

伊八は心得た顔で敷居越しに答えた。

「まるっきりいけませんですねえ。楠木先生のお作は手堅いかどうか知りませんが、

気むずかしすぎましてね。滑稽味《こっけいみ》が乏しいからしてどうも人気が出ませんのですよ。師匠がそうだからお社中が揃って生ま固いんですな。近江屋さんも流石にお手あげらしく続篇を出すと予告してありながら、どうやらそれも取り止めのようですよ。楠木先生も重ね重ねの不面目にやきもきなすって、近頃はお弟子さん方へもひどく当りがきついそうでございます……」

もう一度、直次郎へ頭を下げ、障子はするりと閉った。

直次郎はごろりと仰向けにひっくり返った。

(そうか。そんなに評判が悪いのか……)

深い息を吐き上げて天井を見た。勝利感は湧かず、妙に白ら白らとした気分であった。

(白根は憤っているだろう……)

一本気で無粋な彼のいかつい顔が浮んだ。競争意識に駆り立てられ、意気込んでかかった編纂《へんさん》だったが、相手方のあっけない惨敗ぶりに拍子抜けもしたし、新しく気もとがめた。

それにしても、世評とは不思議なものだと思う。本心を言えば楠木白根の狂歌に、直次郎は今でも一目も二目もおいていた。軽妙洒脱《しゃだつ》には程遠かったが卑しさがなく、駄洒落《だじゃれ》に類した滑稽を激しく嫌っただけあって如何《いか》にも高雅で品格があった。しかし、それが一般からは野暮にも気取りにも見えて迎合されにくい所以かも知れなかった。とは言っても、一年前と比べて二人の位置の差はあまりに激しすぎる。直次郎は自分を敗者の立場へ置いてみた。やりきれない気がする。まして白根とは過去に長い友誼《ゆうぎ》の時代がある。恩もあれば情も忘れかねた。

遠くで直次郎を探す声がしていた。主人役が、もうかなりな時間座敷を空けているのだ。直次郎は苦渋を眉間《みけん》に残したまま、のろのろと起き上った。

四

夏から秋へ、直次郎には多忙な日が続いた。月の半分は狂歌会である。

文学史上、天明狂歌と呼ばれるこの時代の狂歌熱は、からっ風の吹く晩の火事みたいにもの凄《すご》い早さで江戸中に広まって行った。

直次郎を始め、朱楽菅江やその他数名の主だった狂歌師たちは既に狂歌会や点料による判者《はんじゃ》生活で結構暮していけるようになっていた。そんな中で楠木白根だけが流行の波に乗りそこねたように相変らず不遇を託《かこ》っていた。

「どういうものなのだろうね、狂歌の世界ではとにもかくにも最古参で実力もある男だのに……一向に援助者も出来ないし、狂歌も評判にならないのは……」

朱楽菅江が人の好《よ》い顔に困惑を浮べて言うのを直次郎は何度も聞き流すそぶりでやり過したが、思いは同じであった。

自分たちの地位が安定したせいか、狂歌若菜集から除外された怨《うら》みは殆《ほと》んど感じなくなっていた。結果から言えば被害者が向うになってしまってもいるのだ。逆に直次郎も菅江も負い目のようなものを感じはじめていた。

「もともと暮し向きのよい家ではない。それに白根は近頃、酒ばかり飲んで勤めも怠りがちだという。妻女のお近どのが手内職などをしていたらしいが、無理が祟《たた》ったかして寝たり起きたりの様子と聞いている。一度、見舞に行って来たいとは思っているのだが……」

やはり敷居が高いようで、と菅江は苦笑した。

その日は高田馬場《たかたのばば》で月見を兼ねた狂歌会のために出かけて来たのだが、途中で直次郎はふと気が変った。

(楠木白根の家は確か江戸川橋の近くだった……)

顔出しをする勇気はなかったが、足が無意識に向いた。かげながら様子を見たい気持のようであった。五、六年前の心憶《こころおぼ》えを頼りに探し当てた家はかなりひどい荒れ様だった。住む人の不遇が家全体の印象を果《はか》なげに見せた。こわれ放題な垣の間からのぞくと軒には取り込むのを忘れたらしい襁褓《むつき》や肌着やらが竿《さお》一杯に並んで僅《わず》かな風に煽《あお》られている。厨《くりや》の方角から干魚を焼く臭いが流れて来た。幼児の泣く声と、それを叱る母親の声が続いた。

（遅い子持ちだとは聞いたが……）

直次郎は暗澹《あんたん》たる表情になった。僅か三間か四間位しかなかろうと思われる狭い家に、両親と白根夫婦と数人の子とが雑居しているのだ。

親代々の借銭に追われ、出世の当てもない勤めを後生大事に十年一日の如く繰り返す。噂に聞いていた貧乏御家人の生活の悲哀をじかに直次郎は肌に感じた。

（こんなひどい暮しをしていながら尚《なお》、かつ、侍の見栄を張るものか……）

それとも生活が貧しいから一層、武士の虚栄を張ろうとするのか。町人に生れ、市井に育った直次郎に解せる所ではなかった。

家の中の声が庭へ出る様子である。夜になりかけてはいたが見とがめられては引っ込みがつかない。直次郎はさりげなく路上の人となった。

高田馬場の月見は菅江の門下の「松風東作」の家で催される。

定刻より少し遅れて直次郎が玄関を入ると、

「先生、ちょっと……」

袂《たもと》をひいたのは須原屋の番頭迂平だった。近頃の狂歌会にはちょいちょい顔を出す。

「白根先生が見えてますんで……。お珍らしいじゃあございませんか」

なれなれしく私語《ささめ》いて薄く笑う。

「どういう心算《つもり》で見えたんでしょうねえ」

直次郎は相手を突き放すようにして歩き出した。

「月例の狂歌会だ。菅江どのが知らせたのだろう。見えられたからと言って別に不審でもあるまい……」

「でも、この所、ずっとお見限りじゃございませんか……」

追いすがった迂平に、直次郎はもう答えなかった。一年ぶりで逢《あ》う二人の対決に事あれかしと期待しているような迂平の態度が気に喰《く》わなかった。

(軍鶏《しゃも》の蹴合《けあ》いじゃあるまいし、そうそう手前の思わく通りに動いてたまるものか……)

気まずさはあっても、懐しさも強い。その相手の家の周囲を今し方、彷徨《うろ》ついて来た事も偶然とは思えなかった。

(楠木白根が来ている……)

流石に胸が騒いだ。

部屋へ通ると人数は殆《ほと》んど揃っていた。遅参を詫《わ》びて席へ着いた時、直次郎は主人の松風東作と並んでいる白根をちらと見た。つとめて磊落《らいらく》を装っている風な彼は、決して直次郎と視線を合せなかった。そこに敵意が窺《うかが》われた。一座の空気も微妙であった。気をきかせて松風東作が会を進めた。月の出を待つ間にまず一首を競うという。

「題は皆さま御自由に何なりとお見立て願いましょう」

部屋のざわめきが鎮まらない中《うち》に白根がずばりと言った。

「東作どのに注文がある……」

感情を抑えた言葉の端が神経質に慄《ふる》えた。

「今日の入れ札の前に各々方の歌を詠《よ》み上げる際、作者の名は伏せておいて貰《もら》いたいが……」

一座は怪訝《けげん》な眼を見合せた。月例の狂歌会では課題の狂歌を詠むと、平安の昔の歌合せにならって出来上った各々の狂歌を当番の一人がよみ上げる。その後で一同がこれぞと思う一首を入れ札して優劣を競い、もっとも多くの札の集まったものを今日一番の狂歌と判定するならわしであった。白根はその最初の発表の際に作者の名を伏せろというのだ。

「作者の名が出ていると、とかく近頃は浮ついた名声に眩惑《げんわく》されて正しい評価が出来かねるようだ。ちょっとばかり評判になった者の作だと猫も杓子《しゃくし》もそれがいいと思い込む。歎《なげ》かわしい事だ。狂歌の本質は名ではない。実だ。名に眩《まど》わされず実を取るためにも、私は名を伏せて欲しいと望むのだ。入れ札の結果がきまってからその作者の名を明かしたらよいではないか……」

ずけずけと言った。明らかに直次郎を皮肉っての言葉だったが、直次郎は腹が立たなかった。如何《いか》にも白根らしい発言だと思った。同時に白根がまだ狂歌師としての自信を失っていない事が嬉《うれ》しくもあった。

「楠木先生のお申し出に御異存がありませなんだら、本日は名を伏せて詠み上げましょう」

松風東作がおずおずと直次郎の顔色を見た時も、直次郎は温和な肯定で応《こた》えた。

(世評ではおくれを取ったが、実力ではまだまだ負けを取らぬぞ)

という白根のひたむきな意欲が久しぶりに直次郎に闘志をかき立てた。

(よし、彼がその気なら俺も……)

むざむざ負ける己れの狂歌とは思わない。

備えつけてある短冊と硯《すずり》の前に座って、ふと直次郎は思いついた。

(今日は彼に花を持たせてやるべきではないか……)

白根が今日の狂歌会へ出て来たのはよくせきの事に違いなかった。狂歌集出板で失った面目を取り返すためにも、狂歌師の生命の為にも、白根は自分の狂歌をこの判定の結果に賭《か》けようとしているのだ。もし、敗《ま》けたら……。

(彼の事だ。おそらく狂歌仲間から身を退《ひ》くに相違ない)

面目も自信もなくして、なお狂歌師楠木白根の看板をかけていられる彼でないことは、直次郎が誰よりもよく知っていた。その覚悟があればこそ、先刻のような思い切った発言もなし得たのだ。

直次郎はそっと一座を見渡した。実力から言って白根の狂歌と肩を並べられるのは、やはり狂歌三大人といわれるだけあって朱楽菅江と自分以外にはないと思う。自惚《うぬぼ》れでなくそう言い切れた。しかも、作風から言って点を稼ぐ率は直次郎が一番強そうであった。その場、その席に集まっている人の顔ぶれによって、各々の好みに適した狂歌を作り出す勘と器用さを直次郎は持っていた。いわば彼の切り札である。

(菅江にならまだしも、俺に敗けたら……)

狂歌界は楠木白根という貴重な材を失い、直次郎にしても永久に寝覚の悪いしこりを残さねばならない。直次郎の瞼《まぶた》に今しがた見て来た白根のうらぶれた家宅の状が浮んだ。

(夢彦先生、こいつは一番考えにゃいけませんぜ……)

腹の中で呟《つぶや》いて、直次郎は余裕たっぷりな苦笑を嚙《か》みしめた。曙夢彦を破った事で子供のように喜ぶ白根の髭面《ひげづら》が目に浮んだものだ。故意に下手糞《へたくそ》な狂歌を作って撰《せん》から洩《も》れるという悪戯《いたずら》っ気《け》が直次郎の好みにも合っていた。

（なるべく平凡な、目立たない奴を……）

当番が短冊を集めた。やがて詠み上げる。直次郎は腕を組んで聞いていた。何番目かに白根の狂歌があった。

無論、最初の取りきめによって作者の名は隠しているのだが、直次郎にはそれが白根の作とすぐに知れた。昔の師であり、長い先輩でもある。彼の好み、癖、歌風は骨の髄まで飲み込んでいた。

（流石に白根、洒落《しゃれ》たことを……）

多少、感覚のずれが気にならない事もなかったが、長年叩《たた》き込んだ腕はやはり確かだと思う。

短冊は一通り読み終ったが、他にこれという歌はなかった。

（これは白根に持って行かれる……）

安心と同時に多少の忌々しさもうずいた。割り切った作意だったが、いざとなるとやはり気分のよいものではなかった。

入れ札が廻《まわ》った。

直次郎はちょっと迷って、結局白根に入れた。

当番がごそごそと札を数えている。

直次郎は胸にものが閊《つか》えたような顔をして煙草盆を引き寄せた。ひょいと白根の方を見る。彼も煙草をつめる所であった。煙管《きせる》を持つ手が小刻みに慄えている。火がなかなか点《つ》かないようであった。直次郎は目を逸《そら》した。

月の出が近いらしい。黒々と伸びた椎《しい》の辺りがほんのりと明るんでいた。武蔵野《むさしの》の一角をそのまま区切ったような奥深い庭は、庭というより雑木林を感じさせた。大きな樹木が無雑作に突っ立っている。この家の周囲は畑に続いていた筈《はず》だ。

どこかで重く、木を打つ風な音がした。にぶく、連続して聞える。

「御亭主、あの音は……？」

朱楽菅江が訊《き》いた。

「へえ、女共に砧《きぬた》を打たせております。皆さまのお慰みになろうかと存じましてな」

東作は神妙に答えたが、内心の得意さは唇の端にのぞいていた。

「ほう、砧を……」

「それはよい御趣向で……」

樹と畑に囲まれた鄙《ひな》びた家で、武蔵野の昔を思わせるような衣をうつ音を聞く情趣に、一座は他愛もなく喜んだ。早速、別に料紙を取り上げる者もあった。

やがて、東作が緊張した顔を上げた。入れ札の結果が知れたらしい。

「申し上げます。本日の皆様のお好みは次の一首にございます」

胸を張って一葉の短冊を取り上げた。

世の中はわれより先に用のある
人の影法師　月の夜のみち
二度繰り返して高らかに吟じた。

まっとう過ぎる、手堅い作風であった。よみ捨ての狂歌にありがちな駄洒落も卑俗な滑稽《こっけい》もない。「われより先に用のある」の一句にだけ、ほろ苦い、しみじみとした笑いが滲《にじ》んでいた。

「見事なものです。狂歌の真髄とも言うべき一首ですな。しかし、驚きましたね。私はこれがあまり地味だし、作風も高踏なので存外皆さんの点は入らないのではないかと思っていましたが、やはり秀《すぐ》れた作は誰の目にも秀歌と感じさせるのでしょうな……」

朱楽菅江が穏やかな調子で言った。

「どなたのお作です……」

東作をうながした。ひそと凝視の集まった中で東作の少し昂《たか》ぶった声が響いた。

「作者は……曙夢彦先生にございます」

歌が吟じられてから直次郎は茫然《ぼうぜん》と自失していた。曙夢彦という狂名が、自分のものではないような錯覚さえした。

（そんな筈ではないのだ……）

点が集まるような狂歌ではなかった筈だ。集まっては困る。迷惑なのだ。折角の心づくしが逆になった。

（迷惑なのだ。それでは困る）

繰り返しながらも、直次郎の横顔はいつか賞讃《しょうさん》の中にいる人のものに変って行った。

遅い月がにぎやかな座敷を照らし出した時、楠木白根の姿は一座のどこにも見えなかった。それを意に止める者もない。

直次郎は手元に戻って来た己れの短冊を取り上げた。

世の中は我より先に用のある

人の影法師　月の夜のみち

じんわりと心に染みる淋《さび》しさは、その儘《まま》、楠木白根に通じるようであった。

（俺は知らず知らずの中《うち》に、白根の心になって狂歌を詠《よ》んでいたのか……）

直次郎は目を伏せた。

月明りの夜道をひっそりと帰って行く楠木白根の痩《や》せた後肩が鮮やかに浮んで消

えた。

新しい料紙がくばられていた。

東作が立ち上って別な課題を告げている。直次郎はそれを耳だけで虚《うつ》ろに聞いていた。

絵《え》島《じま》の恋

一

このところ、絵島は少々、自分がいい気になりすぎていると思った。

あけ放した居間の、縁に近いところへ遅桜の花片《はなびら》がいくらか舞いこぼれて、江戸城大奥の春が今酣《たけなわ》であるように、絵島が仕えている左京の方、昨年、六代将軍家《いえ》宣《のぶ》が逝去してからは月光院と呼ばれているお人の栄華も爛漫《らんまん》の期《とき》に思える。

なにせ、七代将軍の御生母である。しかも、その将軍家継《いえつぐ》は僅《わず》か五歳の幼児で、片時も母の手をはなれたがらない。

幼少の将軍の意志は、御生母、月光院の意志や、前将軍の時からの御側用人《おそばようにん》である間部詮房《まなべあきふさ》、並びに、前将軍の学問の師として、幕政に参与していた新井白石《あらいはくせき》らの意向であることが多かった。

ともあれ、政治向きのことは、新井白石、間部詮房に守られて幼将軍の後見人たる月光院の権力は絶対であった。

絵島は、その月光院の信頼を一身に集めている。

絵島の言上することで、月光院がお取り上げにならないことは、まず一つもないといってよかった。

四歳年上で、まだ左京の方と呼ばれていた月光院に仕える以前は、紀州綱教《つなのり》夫人になった鶴姫付きのお女中をしていて、万事、御殿の奥向きに馴《な》れている絵島を、月光院はなにかにつけて、たよりにする風があった。

もともと、月光院は町医者、太田宗円という者の娘でお喜世《きよ》といった。美貌《びぼう》が評判で、早くから勧められて大奥へ奉公に上る中、将軍家宣の眼にとまって側室となり、左京の方と呼ばれるようになったものの、その当時は、正室の熙子《ひろこ》から憎まれて、随分、意地悪をされた。

御台所《みだいどころ》は前関白近衛《このえ》基熙《もとひろ》の娘で、ついて来た女達は殆《ほとん》ど京都の堂上方《とうしょうがた》の者で、いわゆる有職《ゆうそく》故実にあかるい。お女中方の行儀作法もやかましく、とても、左京の方付きの女達は太刀打ちが出来なかった。

将軍家の催しや年中行事、御台所主催の遊宴などの折ごとに、町方育ちで、いわゆる上流貴族の婦人が持っている教養には縁がなかった左京の方は、幾度、恥をかいたか知れない。

絵島が、左京の方付きになってからは、ふっつりとそれがなくなった。

早くに死別したが、絵島の父は公卿《くげ》の青侍であったし、母はお宮仕えをした経験がある。

子供の時から利発で、いつの間にか、ものの役に立つ娘に育っていた。鶴姫様に仕えた御殿暮しの経験も、ものをいう。

御台所の御老女が、どう難題を吹きかけても、絵島はびくともしなかった。

そもそも、将軍家宣の寵愛《ちょうあい》は、しかつめらしい御台所より、ざっくばらんで気のおけない左京の方に、より深い。

左京の方が鍋松君《なべまつぎみ》を産んでからは尚更《なおさら》であった。

御台所には、どういうわけか子が産まれない。

お世継《よつぎ》の御生母として、将軍家の愛情を独占した左京の方は、厄介なことはすべて絵島にまかせて、のびのびと暮している。

月光院付きのお女中およそ四百人、下女千人はすべて絵島の支配下にあり、そのすべてをとりしきっている昨今であった。

そのかわり、絵島の毎日は忙しかった。

こうして、自分の部屋へ戻ってくつろいでいるのは珍しい。それとても、半刻《はんとき》も経たぬ中に、月光院からのお呼び出しがある。

今も、縁先の桜の散る風情に心をとめて、古今集の一巻をひもといたとたんに、どうやら、もうお使いが来たらしい。

「旦那様《だんなさま》、月光院さまのお召しにござりまする」

気に入りの女中、お千代が遠慮がちに次の間から声をかけた。

手早く、身仕度をしてお廊下へ出る。

大奥へ上って、すでに八年、勝手知った長局《ながつぼね》である。

月光院の居間には、奥医師、交竹院《きょうちくいん》が伺候《しこう》していた。かつて、鍋松が原因不明の高熱を発し、回復おぼつかなしといわれた時、交竹院の投薬が功を奏して首尾よく回復にこぎつけてからは、月光院の信頼を得て、大奥では、なかなかの幅をきかせている。

交竹院を相手に、なにか冗談をいっていたらしい月光院は入って来た絵島に艶《えん》な眼をむけた。

「絵島、参ったか」

未亡人というには、ふさわしからぬ若さでもあり、あでやかさであった。

切り髪も、白と紫を基調とした日常着も、派手な美貌を抑えるには、全く役立っていなかった。むしろ、妖《あや》しく、女の魅力をふりまいている。

もともと、色っぽい体つきが、一人、子を産んで一層の爛熟《らんじゅく》を、豊かな胸にも腰のあたりにもありありとみせている。

どちらかというとおきゃんな性格で、将軍御生母という公式の席は別だが、こうして気のおけない者ばかりの私室では、わざと町方風のくだけたものいいをしたりもする。

それを又、左京の方時代からの取巻連中、御用商人の後藤縫殿介《ぬいのすけ》、奈良屋茂左衛《もざえ》門《もん》、蔵前《くらまえ》の豪商、都賀屋善六、御勘定方の西与市兵衛《よいちべえ》らは、

「天英院さま（御台所）は気っぷせだが、月光院さまはお気さくで、我々のような者の申し上げることも、お気軽におきき下さる。まことに有難ききわみ……」

などというみえすいた追従をいったりしては、御機嫌をうかがうのであった。

絵島にしてみれば、そんな彼らが苦々しく思えるし、彼らの世辞にいい気持になっているような月光院が不安でもあった。で、ことある度に、

「彼らには、あまりお気をお許し遊ばしませぬように……」

と注意はしているものの、左京の方時代から、月光院には、彼らからの莫大《ばくだい》な献上金がある。

家宣在世の時代には、御寵愛第一の左京の方に取り入っておけば、大奥の御用はもとより、なにかにつけて便宜であるという理由で、おびただしい賄賂《わいろ》がある。

それが、実際に相当の効果があることは、かつて五代綱吉《つなよし》の時から勘定奉行をつとめ貨幣改鋳で莫大な私腹をこやしたといわれる荻原重秀《おぎわらしげひで》が、六代将軍の代になって、新井白石からきびしく追及され、逼塞《ひっそく》を余儀なくされた時、交竹院を通じて、左京の方へ莫大な金品を贈って、将軍家へのとりなしを頼んだ。

この時の重秀の金の使いっぷりはめざましく、左京の方の父、太田宗円が病気ときくや、人参《にんじん》十斤、鮮鯛《きんせんちょう》一折に黄金百枚を見舞として贈り、又、左京の方の義兄で、勝田帯刀《たてわき》という者が、新築をしたというので、鯉《こい》一桶《おけ》に、時価三百両といわれる牧谿《もっけい》の山水図、黄金五十枚を添えて祝に行くという有様で、そうなれば、左京の方もつい、情にほだされて、将軍へとりなすのが功を奏して、遂に荻原重秀は逼塞中にもかかわらず、五百石を加増されて、三千七百石になり、相変らず勘定奉行として、銀座商人と結託《けったく》して、再び金銀の改鋳を行い、正徳《しょうとく》二年に免職させられるまでに、銀座商人から二十六万両及び多くの金品を収賄したといわれている。

とにかく、勘定奉行の首の座さえも、月光院に取り入っておけば、なんとかなるということの実績は、鍋松が七代将軍家継を名乗るようになって、更に倍増した。

幼少の将軍は傀儡《かいらい》であって、月光院を動かせば、直ちに御側用人の間部詮房へ通じて大抵のことなら便宜を計ってもらえる。

もともと、家宣の御側用人だった間部詮房は、家宣歿後《ぼつご》、将軍のお守役《もり》となって、昼も夜も側近にある。

政治の大半は、間部の専断で決するようになって、老中はあってなきが如しの状態であった。

勿論《もちろん》、それに不満の輩《やから》も少くないが、相手は幼少といえど、将軍を頂いているのだから始末に負えない。

で、相変らず月光院の周辺には、いつも彼女の権勢を利用して甘い汁を吸おうとする連中が、交竹院を仲介にして出入りし、彼らの献上金によって、月光院の勢力は又、一段と強くなるというような悪循環をくり返していた。

その媒体である交竹院が、今日も月光院の傍から絵島へ照れくさいような眼をむけている。

「絵島、そなたの宿下《やどさが》りは、たしか、この月の末であったな」

月光院にいわれて、絵島は何事かといぶかしい眼をした。

この月の二十五日を、絵島の宿下りと言い出したのは月光院からであった。

宿下りといっても非公式のものであった。大奥に奉公する女中のなかでも絵島のような身分の高い者には正式に宿下りはない。従って表向きには奉公している主人のための信心にかこつけた参詣《さんけい》などを理由として一日の外出が出来る仕組みになっていた。

昨年七月に宿下りをして以来、将軍家宣の他界もあって、秋から正月を通し、ついぞ宿下りの機会がなかった。それを知って、月光院の思《おぼ》し召しと心得ていたものである。

「その宿下りに、都賀屋が、そなたに芝居見物を仕度して居るそうな」

月光院は、あくまでもにこやかである。

「芝居と仰せられますか」

「山村座が大層の人気なそうな。今評判の団十郎が助六《すけろく》をつとめ、生島新五郎《いくしましんごろう》が白酒売をつき合うている……」

町屋育ちだけに、月光院は芝居にはかなり興味を持っていて、交竹院達から近頃の人気役者や評判をきくのをたのしみにしている。

「滅相な……」

絵島は眉《まゆ》をひそめた。

「そのような御禁制を犯しては、後日の難儀も恐ろしゅうございます。絵島は芝居見物など迷惑にございます」

大奥に仕える女中達の芝居見物は御法度《ごはっと》であった。

出雲《いずも》の阿国《おくに》の女歌舞伎の昔から、芝居者と売春は表裏であった。役者が男になって、男色と女色と二つながらに隠微な噂がつきまとっている。

仮にも大奥につとめる者が、そうした芝居者の世界へ近づくのは、身分を心得ぬこととして、固く禁じられている。

だが、歌舞伎は最盛期を迎えていた。庶民の人気は大変なものである。

若い女で関心がないというのが不自然なくらい、大奥でもその噂が姦《かしま》しい。

御法度とはいっても、実際には宿下りの時、髪や衣裳《いしよう》を町屋風にして見物に出かけるのが、まず公然の秘密で、そうして見物して来た者が大奥へ戻って得意顔に喋《しやべ》り散らす。

町方のように、自由気儘《きまま》に見物出来ないだけに、大奥の芝居熱はいささか狂気じみた流行のようになっていた。

それを承知で、日頃、月光院の許《もと》に出入りしていた都賀屋善六が、絵島を招待する計画をたてたものである。勿論、月光院の信頼厚い彼女の歓心を得るためだ。

絵島は、町方に育っていないから、芝居にはそれほど興味がない。

大体がまじめな性質で、時折、催される能楽などでも、能そのものは美しいと感心して眺めるが、どの能役者が美男だなぞと、ささやき合うのは不謹慎と心得ていて、それとなく女中達をたしなめもする。

ところが肝腎《かんじん》の主人の月光院が平気であけっぴろげな男の品定めなどを興がってするほうだから、絵島の説教もあまり効果はなく、とかく、月光院付きのお女中は変り者が多いと、天英院付きの老女から皮肉をいわれたりもする。

「絵島どの、そのようなお固いことをいわれずと……この度の芝居見物は、実は月光院さま、内緒の御用がおありなのじゃ」

あたりをうかがって、交竹院が声をひそめる。

「内緒の御用……」

思わず、見上げるのに、月光院は艶然《えんぜん》と笑った。

「交竹院が大仰に……」

内緒の用というほどのことではないが、と弁解しながら、月光院がいくらか決まり悪げに語ったのは、山村座に出ている生島新五郎という役者のことであった。

月光院が大奥へ上る以前、町医者の娘、お喜世の時代、生島新五郎は同じ町内に住んでいたという。

「新五郎の妹に、いとというのが居て、遊び友達でした。あれからもう十年余……絶えて消息も知らぬが……なにかについて思い出す……大方、どこぞへ嫁《かた》づいたとは思うが」

芝居見物のついでに、新五郎に逢《あ》い、その幼馴染《おさななじみ》の仲よしだった妹の消息をきいて来てもらいたい、と月光院はいうのだ。

絵島は当惑した。

「役者に逢うのでございますか」

不快をかくせない絵島へ、

「まあ、迷惑そうな……なにも、生島とねんごろにして参れとは申さぬ。ほんの僅《わず》かばかり、妾《わらわ》に代って昔語りをして来てたも。それだけのことじゃに……」

月光院は面白そうに派手な笑い声をたてる。

結局、絵島は承知する他はなかった。

「これで手前の役目も済み申した。では、御意のかわらぬ中に……」

交竹院が腰をあげると、入れかわりのように家継を抱いた間部詮房が上って来た。

今まで庭で遊び相手をしていたものらしい。

「まあ、上様のお髪《ぐし》に、日なたの匂いが致します」

母の顔に戻って、月光院はいそいそと幼少の将軍を伴って奥へ入る。手を洗うやら、着がえやら、女中達が慌しい。

「絵島どの……」

声をかけられて、絵島は頬に血が上るのを感じた。

間部詮房の前に出る時、絵島はいつも小娘のような胸のときめきに狼狽《ろうばい》する。今日も例外ではなかった。

「只今《ただいま》、下って行ったのは、交竹院のように見うけたが……」

間部にみつめられて、絵島はいよいよ落つきを失った。宿下りに芝居見物をして、月光院のお使とはいいながら、生島新五郎などという役者に逢うと、もし、間部詮房が知ったら、どんなにはしたない女と思われるかと、それだけで胸がつぶれるようである。

「はい……交竹院どのでで……」

声がかすれて、そのことも絵島は恥かしかった。用件を訊《たず》ねられたらどうしようと案じていたのに、間部詮房はそれ以上は訊《き》かず、ふと、手をのばした。

絵島の髪から一片の桜を拾い上げると、微笑して庭前へ捨てる。そのまま、奥へ入って行く長身を、絵島は夢のように見送った。

二

もっとも、奥へ行く間部詮房をうっとり見送ったのは絵島一人ではなかった。

詮房と共に、幼将軍の御供をして戻って来た宮地《みやじ》や女中達も、暫《しばら》くは声もないほど、この大奥に唯《ただ》一人の男性へ眼を奪われている。

実際、将軍家の他は男子禁制の大奥へ、お守役ということで自由に出入出来るのは間部詮房只《ただ》一人であった。

しかも、将軍になる以前の家宣に仕えた当時は能役者だったといい、又、それにふさわしい美男でもある。加えて、どういうわけか未だに独り者である。

大奥の女達がさわがないほうが可笑《おか》しい。

月光院付きの女中達は勿論《もちろん》だが、そうしたことにすぐ目くじらを立てる天英院付きの老女ですら、幼将軍の遊び相手をして庭に出ている詮房をかいまみては溜息《ためいき》をついている始末であった。

やがて、夜になっても詮房は大奥から退去しない。将軍が、いつまでも詮房を傍から放さないというのが理由であったが、家継が寝所へ入ってからも、詮房は月光院と二人、夜更けるまで話し込んでいることが多い。

そういう時は、御政治向きの要談ということで、お部屋の中には誰も入れず、かなり離れた場所に絵島や宮地が宿直《とのい》をして、お鈴が鳴って呼ばれるか、詮房が退出して行くまで待っている。

その夜もそうであった。

「ほんにまあ、あの時は一幅の絵をみるようでございました。御側用人《おそばようにん》様が絵島様のお髪《ぐし》から花片《はなびら》を拾われて……」

はっと髪へ手をやる絵島と、その絵島にさりげなく微笑して行った詮房の姿が、絵のように美しかったと、宮地はいくらかの羨望《せんぼう》をこめて繰り返す。

「女中達も申して居りますよ。御側用人様は、絵島様におやさしいと……」

年下の宮地に嬲《なぶ》られてさえ、絵島は赤くなった。

「つまらぬことを……花片がお眼ざわりであっただけのこと……」

故意に冷たく言い捨てた。

「でも、お似合いでございますものを……」

将軍お守役と将軍御生母の信頼厚い、奥女中総取締役と……年頃も悪くないし、身分も、そう不釣合とはいえない。

「おやめなさい。はしたないことを……」

絵島がいくら怖い顔をしてみせても、宮地は笑っていた。

「私も、髪に花片をつけておけばよろしゅうございました。もっとも、私では御側用人様がお目を留めても下さいませんでしょうが」

重ねて、揶揄《やゆ》されたのが、いつまでも絵島の心に甘く残った。

大それた夢は持つまいと自分にいいきかせているくせに、この頃の絵島はつい、間部詮房と自分を並べてしまいたくなる。

宮地から、

「お似合い……」

といわれたことが、決まり悪くもあり、嬉《うれ》しくもあった。誰の眼にもそうみえるのかと思い、間部詮房は自分のことをどう思っているのかと、考えが飛躍する。

詮房が表へ帰って行ったのは夜更けであった。

家宣在世中から、精励恪勤《せいれいかっきん》で、殆《ほとん》ど一日中、殿中にあって政務をとっていたといわれ、今も、しばしば殿中で、夕飯もとって、そのまま、泊りこむこともあるらしい。

政務多忙ということなのだろうが、

「お屋敷にお帰り遊ばしても、お寂しいのでございますよ。早く、奥様でもお迎え遊ばせば……」

などと、宮地は、絵島の気をひくようなことをいう。

ただでさえ、春の、とかく悩ましい季節に絵島はいくら気をひきしめても、つい、その人を想ってしまうような落つかない気分で幾日かを過した。

そんな絵島だったから、お宿下りの日には、なんの感動もなかった。むしろ、一日でも恋しい人の姿がみられないのが残念であったし、芝居見物のことは、気が重いばかりである。

だが、都賀屋は手まわしよく、大奥を出たところに、主人の善六が手代を連れて出迎えに来ていた。

そのまま、連れて行かれたのが、大川端《おおかわばた》にある都賀屋の寮であった。

大奥のお年寄でも、絵島には帰る親許《おやもと》がなかった。両親はとうに歿《なくな》っていて、兄の白井平右衛門《へいえもん》というのが、絵島の縁故でお召抱えになり、そこが表向きの宿許にはなっているが、とても落ついてくつろげる家ではなく、それを知っている月光院が交竹院にでも話したらしく、お宿下りというと都賀屋がこの寮を提供してくれるようになった。

何人かの女中が至れり尽せりにしてくれるし、それこそ山海の珍味でもてなすのだから、絵島にしても決して悪い気持はしない。

この前の宿下りの時は、ちょうど七月の末だったので、江戸橋から川一丸と若松丸という二艘《そう》の舟を仕立て、心ゆくまで川遊びの趣向をこらしてくれた。

そして、今度は芝居見物という段取りである。

何故、都賀屋がこれほど丁重に自分をもてなしてくれるのか、絵島にもわからない筈《はず》はない。

月光院お気に入りの絵島の大奥での実力は、そのまま間部詮房を通じて政治を左右する。

絵島の心証をよくしておくことは、自分達の商売に得があると算盤《そろばん》をはじいてのことなのだが、絵島は、つい自分自身の値うちが、このような扱いを受けるに相当すると錯覚しがちであった。

なによりも美しく、才気のある女が落ち入りやすい錯誤である。

その日は、都賀屋の寮でのんびりとくつろいで、翌日、木挽町《こびきちょう》の山村座へ案内された。

髪も町方の好みに結い直し、用意されたあでやかな小袖《こそで》に流行の帯を娘風に結ぶと、三十三歳という年齢が嘘のように若やいだ。

小柄で小肥《こぶと》りだから、ちょっとみには二十そこそこといっても通用しそうである。

「このようなお若いお方が、大奥のお年寄、絵島さまとは誰が気がつきましょう。山村座の太夫《たゆう》どもも、さぞかし驚くに違いございません」

都賀屋善六は面白そうに笑っている。絵島の宿下りについて来た三人の女中も、そろって町方風の身なりに変り、それでなくとも浮々とはしゃぎっぱなしだ。

山村座には八間の桟敷を買って、交竹院もすでに招かれて来ている。

導かれて来た絵島に、

「これは、これは」

と眼を丸くした。

芝居は「花館愛護桜《はなやかたあいごのさくら》」という外題《げだい》で、二代目団十郎の花川戸助六《はなかわどすけろく》が評判になっている。

絵島にとって、生れてはじめての芝居であった。傍から交竹院がわけ知りそうに説明役をかって出る。

最初はともかく、見馴《みな》れてくると、物語の展開は早いし、華麗ではあるし、話もくだけていて面白い。

二代目団十郎といい、生島新五郎といい、どちらも人気役者になるだけあって、姿も顔もなかなかの男ぶりであった。

その幕が終ると、別の座敷へ案内されて酒や料理が運ばれる。芝居に夢中になって、さっきは勧められても、ろくに盃《さかずき》に手をつけなかったのだが、この座敷では咽《の》喉《ど》も渇いていたし、気分も開放されたようで、絵島はつい、盃を重ねた。

酒は好きなほうだし、強くもある。かなり過ごしても本性を忘れることはなかった。

交竹院の芝居評をきいているところへ、襖《ふすま》があいて、都賀屋が顔を出した。心得たように、交竹院が立って去り、かわりに役者が案内されて来た。

「生島新五郎にござります」

はるか下座に平伏する。

絵島は、なんとなく大奥の権威をとり戻した気分になった。

「もそっと近う……」

声をかけると、膝《ひざ》でにじり寄って顔をあげた。

白粉《おしろい》を落した顔は、化粧やけして浅黒いが、舞台でみるよりも、優男《やさおとこ》ではない。

ぼつぼつ四十に手が届こうという年齢だときいていたが、成程、間近にみると華《きゃ》奢《しゃ》づくりでも中年の容貌《ようぼう》である。

なんとなく、絵島は間部詮房を思い出した。

同じ美男でも、詮房には中年の頼もしさと男らしさが匂っているように思える。当代一の人気役者、生島新五郎を前にして、胸もときめかず、冷静でいられることに絵島は少々、得意であった。

どうして、世の中の女は、こんな中年男を夢中になってさわぎ立てるのかと思ったりする。

「実は、内々で、そなたに訊《たず》ねたいことがございます……」

町方の姿をしているのに、絵島は切り口上で生島をみた。

「そなたには、妹がおありですね。名はおいとさんとおっしゃる……」

「はい……」

「月光院さまが幼馴染《おさななじみ》の消息を知りたいと仰せられています。今はどのようにしてお暮しか、おきかせなさい」

生島は、手を突いたまま、うつむいた。なにか激しい感情がこみ上げてくるのを抑えているという恰好《かっこう》である。

「月光院さまのことは御承知でしょうね」

「存じ上げて居ります……」

低く、生島が応じた。

「むかし、同じ町内にいたお喜世さんが、大奥へ上って、左京の方さまにおなり遊ばし、只今《ただいま》の月光院さまであることは、よく存じて居ります」

ふと、遠い眼をした。

「妹が生きて居ります頃は、よく、お噂を申し上げましたもので……」

「すると、おいとどのは……」

「歿《なくな》りましてございます。もう五年にもなりましょうか」

嫁いで、二人目の子を出産した際に後産《あとざん》が重くて、そのまま逝ったという。

「それは、お気の毒なことを……」

流石に眉《まゆ》をひそめた。

「月光院さまがおきき遊ばしたなら、さぞかし、お驚き遊ばすでしょう」

「不愍《ふびん》なことを致しました」

そっと涙を拭《ふ》くのが、なんとなく芝居のさまになっていて、絵島はいやな気がした。

それでも、妹の嫁ぎ先のことやら、二人の遺児のこと、墓の所在などを、こと細かに訊《き》いて、心おぼえに書きとめなどする。

生島は、近づいて絵島の盃に酌をした。女客をもてなすことに馴《な》れている。

「あの、月光院さまはお元気で……」

逆に訊ねた。

「はい。お健《すこ》やかにお出で遊ばします」

絵島も、もう気安かった。相手を男として意識していない。

「先の将軍様がお歿《なくな》り遊ばした時に、尼になられたとききましたが、髪は剃《そ》り落されていらっしゃるのでしょうか」

生島の問いに、絵島は微笑した。

「お髪《ぐし》は短く遊ばしただけですよ。切り髪といって、武家の御後室さまがなさるでしょう」

根元を高く結い上げて、長く垂れたのを背の中ほどから切ってしまう。

「別に御出家というわけではないのです。いってみれば、有髪《うはつ》の尼というのでしょうか、それはもう、世をお捨てになったも同然でしょうが……ご生活は以前とお変りはありませんよ」

本来なら将軍の薨去《こうきょ》と同時に大奥を出なければならないのだが、次代の将軍が幼児のため、そのまま、大奥に居すわった形になった。

「上様が御成人遊ばし、御台《みだい》様をお迎え遊ばすようになれば、お移りにならねばなりせんが……」

それには、どう早くとも、十年か十五年の歳月が必要である。

「それでは、黒髪は昔のように……」

どこか、ほっとしたような生島に、絵島は興味を持った。

何故、一介の役者風情が、将軍家の未亡人の髪のことなど心配するのかと思う。

「あの……このようなことをうかがいましては、お叱りを受けるかも知れませぬが、月光院さまは生涯、お独り身をお通し遊ばさねばなりませぬので」

絵島は、あっけにとられた。

「それは勿論《もちろん》ですとも……」

将軍家、御台所及び側室など、お手のついた女達は、将軍御他界と同時に有髪の尼になり、生涯、不犯《ふぼん》の生活が定められていた。再縁などとは、とんでもない。

「左様で……」

安堵《あんど》とも溜息《ためいき》ともつかぬ吐息が、生島の唇を洩《も》れる。

「まだ、お若いのに……」

そっと呟《つぶや》く。

確かに、無慈悲といえないことはなかった。

二十代の女の盛りに、女であることの悦《よろこ》びを放棄しなければならないのは、酷《むご》いことに違いなかった。

が、それは下々の考えることで、大奥に仕えるお目見得《めみえ》以上の者の大半は一生奉公が定《き》まりであった。

一生、嫁《とつ》がずに奉公することを約束させられたと同様である。もっとも、例外はあって、よい縁談があったりすると、親が不治の病などといいたてて、それを理由にお城を下ることも出来る。

だが、大奥づとめの者の最大の願いは、将軍のお眼に留って、お中臈《ちゅうろう》から側室へ出世することであった。

ところが、今の大奥づとめには、その夢がない。

なにせ、将軍家は五歳で、その将軍が色気づく頃には、現在、奉公している女達はとっくに中年をすぎてしまう。

そのことも、今の大奥をどことなく不謹慎なものにしていた。

女中達の性のはけぐちは、どうしても城の外へ向けられる。彼女達が憧《あこが》れるのは将軍家ではなくて、当代の人気男である役者達だ。これは、女の出世にはつながらないが、金で容易に思いを遂げることが出来る。

「月光院さまは、お忍びで御城外へお出ましになることはございませんか」

いささか、しつこいぐらいに生島が訊く。

「そういうことはございません。お上《かみ》の御法要などの折でも、大方、私どもが御代参致します」

歴代の将軍家の法要が、芝《しば》の増上寺《ぞうじょうじ》や上野廟《びょう》などで行われる時でも、月光院が自ら出むくことはなく、御代参が遣わされるのがたてまえであった。

がっかりして、言葉を失ってしまったような生島をみて、絵島は苦笑した。

この中年の役者が、幼馴染《おさななじみ》の月光院にひそかな想いを持っているのは明白であった。

色か、欲かは知らないが、なんとかして月光院に目通りする機会がないものかと思案しているのも、よくわかる。

「月光院さまは、私どもと違って、お宿下りということもございませんし、ましておお忍びで芝居見物というわけにも参りませんよ」

絵島は微笑した。

意地の悪いようだが、実際、そうなのだから仕方がない。

時刻が来て、絵島は再び都賀屋に案内されて芝居茶屋を出た。

帰りしなに、生島は袱紗《ふくさ》に包んだものを、

「これを……月光院さまに……」

と絵島にことづけた。

都賀屋の寮へ戻って着がえをする際に、そっと開いてみると女持ちの扇子が一つ。

（おいとさんのものだろうか……）

ひょっとして恋文のようなものだと、後日の難儀だが、扇一本なら大事あるまいと考えて、絵島はそれを懐中した。

宿下りを終えて、お城へ戻ると月光院はいそいそと絵島を迎えた。

「首尾は……」

と訊《たず》ねられて、絵島は例の扇子を出し、生島の妹の死について話した。

さぞかし歎《なげ》かれるであろうと思ったのに月光院は、おいとの死にそれほどの関心をしめさない。

それよりも、生島新五郎について、あれこれとおたずねがある。

男女のことにはうとい絵島も、これは、と首をひねった。

月光院と生島新五郎の間には、月光院が大奥に上る前に、なにかがあったのではないかと遅ればせながら気がついた。

妹の消息といったのは、ほんの表向きで、内心は、初恋の男のことが知りたかったと思うべきであった。

たとい、どう想い合っていても、所詮《しょせん》、生涯、逢《あ》うこともかなわぬ二人なのだ。

そう気がつくと、絵島は月光院が哀れになった。

で、生島のことを細かく話す。切り髪のことも、生涯、お城を出られないのかと訊ねたことも、洩《も》らさず告げた。

月光院はしんみりときいている。

将軍御生母として、なに一つ思うにまかせぬことのない栄華の座にありながら、やはり月光院にも人知れぬ物思いはあるのかと絵島は初めて、別の眼で我が主人を眺めた。

そうはいっても、まだ男を知らない絵島には、月光院の未亡人としての一人寝の寂しさに関しては、具体的には殆《ほとん》どわかっていない。

三

その秋――

恒例の月光院主催の紅葉見物が大奥で行われることになった。

今年は急に寒くなったせいで、紅葉の色が例年よりも鮮やかにみえる。

当日は演能もあったし、庭には茶席がもうけられる。

絵島は女中達を督励して準備にいそがしかった。当日は、犬猿の間柄である天英院も招きに応じて出席する筈《はず》であった。

内心は敵同士でも、公けの催しに欠礼しては、あとあと、なにかと都合が悪い。

そのかわり、招く側に手落ちがあっては月光院が満座の中で恥をかく結果にもなりかねない。むこうは、それが楽しみで、重箱のすみをほじくっても、月光院側の落度を探し出そうとやってくるのだ。

その紅葉の宴を明日にひかえて、絵島はあらゆる場所を下検分して歩いた。

「絵島様、恐れ入りますが、茶室の掛けものをお選び頂けませぬか」

当日、茶席に使う道具類を吟味していた宮地が遠慮がちに声をかける。

なにしろ、庭内だけでも、六か所もある茶室にそれぞれ趣向を凝らした道具類を用意しなければならないのだから、それだけでも気骨の折れることであった。

掛けもののきまっていないのは、築山《つきやま》のむこうにある一番遠い茶室であった。普段は滅多に使うこともない。

「さて、あの茶室の造りはどんなであったか」

大体の記憶だけでは、掛けものがえらびにくかった。

真面目な性格の絵島は供も連れず、せかせかと築山を越えた。

池のほとりで、女中達が家継君の遊び相手をしている。そっと足をとめて眺めたのは、お傍に間部詮房の姿がありはせぬかと思った故である。珍しく、どこにいても目立つ長身の彼がみえない。

表に、欠かせぬ御用でもあるのかと思いながら、絵島は木立の中を茶室へ急いだ。

普段、使われないのも無理ではないように、ぽつんと一軒だけ、離れている茶室であった。裏が竹林で、表は萩がこんもりといくつも植えてある。

明日のために戸もあけ、掃除も済んでいる筈であった。足音をたてて近づくと、不意に水屋の上の切り窓が開いた。

ぎょっとして、足を止める。

「絵島どのか……」

顔だけのぞかせて、間部詮房は苦笑している。

「ま、御用人様……」

思いがけず、絵島はまっ赤になった。

「御用中、あいすまぬことながら、俄《にわ》かの腹痛に悩み、休んで居る。絵島どのを使うては申しわけないが、白湯《さゆ》を一碗《わん》、お運び願えぬであろうか」

それで、将軍家のお傍にみえなかったのかと絵島はすぐ合点する。

「それでは、交竹院をお呼び致しましょう」

「いや、それほどのことはござらぬ。誰にも知られとうないので、ここにかくれていたもの故……」

薬は持っているし、白湯さえあれば、という詮房の言葉に、絵島は納得した。腹痛をさわぎたてたくない気持も、宮仕えしている身には、わからぬこともない。

「すぐ持参致します、お待ちを……」

愛する人のために、絵島は夢中になった。小走りに築山を下り、居間へまわって女中どもに知れぬよう白湯を茶碗に汲《く》んだ。袱紗《ふくさ》をかぶせ、袖のかげにかくすようにして庭を戻る。

誰かにみとがめられてはと思い、それでなくとも遠い道のりを、絵島は全身に汗をかいた。

池のほとりには、先刻、姿がみえなかった月光院がくつろいだ姿で、家継君の遊ぶのを見守っている。呼ばれたら、と絵島は緊張したが、木陰を通って行くのにまるで気づかれないらしく、ふりむく様子もない。

築山をぬけて、絵島は漸《ようや》く、ほっとしていた。この辺りまでくると、もう人影は全くない。

茶室は先刻のまま、しんと静まり返っていた。

「御用人様……」

もしやと胸をとどろかせながら、水屋へ入った。襖《ふすま》をあけると、詮房は茶室の薄暗い中に体をかがめていた。

「お白湯を持って参りました」

夢中ですりよって、肩へ手をかける。その手を逆に詮房が摑《つか》んで強く抱きよせた。

驚きの余り、声も出ないでいるのを、熱い唇がかぶさって来て、絵島は体中の力が抜けた。

自分になにが起ったのか、すべてが夢の中の出来事のように思われる。

左手を枕にして、片はずしの絵島の髪をこわれないようにかばいながら、詮房は落ついて絵島を愛撫《あいぶ》する。絵島は僅《わず》かな怖《おそ》れすら忽《たちま》ち忘れて、恍惚《こうこつ》として男に抱かれていた。

男の体がはなれたのも気づかない。

「絵島どの……」

低くうながされて、赤くなりながら身じまいを直した。

何事もなかったように、絵島は茶室を出て行った。

堰《せき》が切れたように、絵島は恋の虜《とりこ》になった。

もはや、詮房だけが心のよりどころであった。

詮房も自分を愛していてくれたのだと思った。気まぐれに抱いたとは思えない。女中おはしたならとにかく、奥女中総取締役のお年寄の地位にある自分なのである。詮房の心を確かめたいと思った。もう一度、男の腕の中で、あの恍惚を知りたいと思う。

しかし、機会は全くなかった。

大奥にあって、詮房が一人でいることはまずなかった。詮房のあるところ、必ず家継君が居り、月光院が並んでいる。

根気よく、絵島は機会を待った。誰にも打ちあけられることではない。詮房の袂《たもと》を捕えることが出来たのは、年の暮になってであった。

正月には幼君といえど、将軍家にはさまざまの行事がある。月光院の後見人として或《あ》る程度、将軍を補佐する必要があった。そのさまざまの用意万端は、絵島が間部詮房と打ち合せをする。

待ちに待ったこの機会に絵島は間部の膝《ひざ》にすがった。ただ、逢《あ》いたいとかきくどいてしまう。

「大奥では、まずい……」

詮房は冷静であった。

「それでは、お宿下りを……」

ただ、正月中は大奥にも行事が多い。お年寄の絵島がのんきらしく宿下りを願うのは具合が悪い。

「来月十二日は増上寺御代参でございます」

恋する者の大胆な発想であった。

正月十二日、先将軍家宣とその前の将軍綱吉の法要が増上寺と上野廟で行われる。絵島は月光院の代参として奥を出る筈であった。

代参の帰りに、どこかで逢引《あいびき》をしたいという絵島の要求に、詮房はうなずいた。

「万事、交竹院にいい含めて、よきにはからっておこう。但《ただ》し、事はあくまでも隠《おん》密《みつ》に」

自分と逢うことは交竹院にも話してはならぬ、ただ或《あ》る人に逢うとだけしか洩《も》らさぬようにと、詮房はくどい程、念を押した。

指折り数えて、絵島は待った。

その代参の当日、絵島の供には、宮地の他、女中、侍、小者など百三十人という華やかな行列である。代参がとどこおりなく済むと、宮地がそっとささやいた。

「これより、後藤縫殿介の招きで山村座へ参る由にござります」

驚いたが、交竹院にすべてをまかせるといった間部詮房の声が甦《よみがえ》った。

このおびただしい供の者を、芝居見物に足留めをしておいて、その隙に逢引するのかと気がついた。

山村座は、始まって以来の豪勢な客であった。後藤の手代、清助は山村座の桟敷五十間を予約し、百人分の弁当の用意をし、茶屋には二十両の手付をうったといわれている。

桟敷には緋毛氈《ひもうせん》を敷きつめ、幔幕《まんまく》を張りめぐらし、座元の山村長太夫をはじめ、生島新五郎までが客席へ来て、絵島の酒の相手をする。

いそいそと絵島は待った。芝居などどうでもよかった。後藤の手代か、交竹院が自分だけを、間部詮房の待っている家へ連れて行ってくれるものと信じている。だが、待てどくらせど、その気配はなかった。たまりかねて、絵島は隣にいた交竹院にささやいた。

「まだか……」

女の身で恥かしいと頰を染めながら催促する絵島に、交竹院は笑った。

「暫《しばら》く、この幕が終りましたれば……」

絵島にとって退屈な長い幕が漸《ようや》く終った。客はすでに、この豪華な客を、大奥のお年寄絵島様と知って、舞台はそっちのけで注目している。供の女中達はすっかり浮かれていた。待望の芝居見物の上に、昼間から酒が出ているのだ。日頃から大奥づとめという特権意識もある。あたりかまわず声高に喋《しゃべ》り、笑いふざけ散らす。あまりのことに見かねた御徒目付《おかちめつけ》の岡本五郎右衛門が近づいて来て、世上の風聞もあること故、これにてお引き取り下さい、と申し出たのは、ちょうど、絵島が席を立った時である。

逢引に心のせいていた絵島は赫《か》っとなった。今、帰ってはなんのために山村座へ来たのかわからない。

「慮外者、下《さが》りゃ」

つい権高《けんだか》な声がとび、御徒目付のほうも感情的になった。気の早い配下が手を出して、絵島の供侍と摑《つか》み合いになる。

あっという間のさわぎだった。

「今日は、まずうございます。又の折に……」

交竹院になだめられて、ともかくも駕籠《かご》に戻ったものの、絵島は口惜しくてならなかった。折角、待ちかねた逢瀬《おうせ》が、こんなことになろうとは、間部詮房もどんなにか待ちかねていただろうにと、供の女中の耳もかまわず声をあげて泣いた。

それでも行列は、なんとか体裁をととのえて大奥へ帰る。気分が秀《すぐ》れないといって、絵島はその夜から寝こんでしまった。

絵島が捕えられたのは、それから十日後であった。

代参仰せつけられながら御法度《ごはっと》の芝居見物は不謹慎至極、ということで、翌二十三日から三月まで二か月にわたって評定所で裁かれることになった。取調べに当ったのは大目付《おおめつけ》仙石久尚《せんごくひさなお》、町奉行坪内定鑑《さだかね》、平《ひら》目付稲生《いのう》次郎左衛門、丸茂《まるも》五郎兵衛。

絵島は最後まで生島新五郎との情交を否定したが、一緒に取調べを受けた交竹院や後藤の手代の申立てで、実は生島新五郎と逢う筈《はず》であったことが判明し、それ以前にも生島と二人だけで逢ったことも暴露した。

この時、大目付には近頃、乱脈な大奥の実態を、この際、絵島に白状させるつもりがあったらしいが、絵島は最後まで、大奥のことは大小となく他言厳禁の掟《おきて》を守り通した。

三月五日、判決があって、絵島は俵島へ流罪《るざい》ときまったが、将軍の内命により、内藤駿河守《するがのかみ》に身柄をあずけ、信州高遠《たかとお》に監禁となった。他に奥山交竹院は三宅島《みやけじま》へ流罪。その子奥山喜内は打首、絵島の兄、白井平右衛門は死刑。呉服師後藤縫殿介は閉門、手代清助は遠島。山村座の座元、山村長太夫は大島へ、座付作者中村清五郎は神津島《こうづじま》へ各々、流罪となり、山村座はおとりつぶしになった。

そして、生島新五郎は三宅島へ送られて、事件は落着した。

春たけなわの午後——

築山《つきやま》のはずれにある茶室で、月光院は間部詮房に抱かれていた。

「そなたが悪いのじゃ、なにも知らぬ絵島に手をつける故……」

「お方さまがいけないのでございます。遠い幼馴染《おさななじみ》の生島などの名を出して、詮房の心を乱そうとなされる故……」

恋の口舌《くぜつ》に、二人とも酔っていた。恋人でもないのに、不義者にされて流罪になった者のことは、もはや念頭にない。

「又、そなた、それを仰せなさる……」

「そなた、絵島に心残りであろう」

男の手が、月光院の言葉を封じた。

「しかし、油断はなりませぬ。この度のことも、いわば我らを追い落そうとする天英院様や、老中筆頭、秋元但馬守《たじまのかみ》らの策動。幸い、罪は絵島、生島が背負うて参りましたが……」

幼い将軍を頂いて、自儘《じまま》に政治を独占する月光院、間部詮房に漸《ようや》く、疑惑の眼が集って来たといってよい。

「明日は、なんともあれ。妾《わらわ》にもこの一刻《いっとき》が生甲斐《いきがい》じゃ……詮房……」

白い肌を薄桃色に染めて、男に抱かれていた月光院が、ふと忍び笑いを洩《も》らしたのは、昨年、紅葉の宴の前日、いつものようにここで忍び逢っていたのを、危く、絵島に発見されかけた時のことを思い出したものだ。

江戸川柳に、

　島と島、ひそかに寄って事が出来
　ぬれごとをまことにしたで島へゆき

などとうたわれた生島新五郎は島にあること二十九年、二代目団十郎に、

　初鰹辛子《はつがつおからし》はなくて涙かな

の句を消息によせ、それに答えて団十郎は、

　その辛子きいて涙の松魚《かつお》かな

の句を送ったという。

寛保二年、江戸へ許されて戻った時は、すでに七十二歳の老爺《ろうや》であった。

絵島のほうは、信州高遠に移って二十七年後の寛保元年七月、六十一歳で世を去った。

日野富子

美少女

その頃の京童《きようわらべ》の噂の第一は、今年十六歳になった日野家の姫、富子《とみこ》の美少女ぶりについてであった。

富子の美しさが評判になったのは、彼女が十二、三歳の時分からで、或《あ》る者は、

「衣通姫《そとおりひめ》の再来」

といい、或る者は、

「昔語りのなよたけのかぐやとは、日野家の姫のような御方をいうのであろうか」

と讃《たた》え合った。

日野家といえば、藤原鎌足《かまたり》の血を引く名門で、最高とはいえないまでも、当代一流の公卿《くぎよう》で、富子の父は前内大臣であり、裕福のきこえも高かった。

名家の姫で、美しく才たけていれば、それだけで洛中《らくちゆう》で噂になる筈《はず》であったが、富子の騒がれ方が並大抵でなかったのには理由があった。

彼女の美しさをかいま見た者が極めて少なかった故である。好色には勇敢な貴公子たちの中には、早くから日野家の奉公人を手なずけて、なんとか富子の許《もと》へ忍ぼ

うと試みたが、それらはすべて無駄であった。

富子の起居する館《やかた》は、日野家の中でも最も奥まって居り、その周囲は兄の勝光《かつみつ》の指図で四六時中、きびしく警戒されていて、それこそ蟻の這《は》い出るすきまもなかった。

まして、夜は必ず、勝光が妹の部屋で同衾《どうきん》するという。

「幼児ではあるまいし、成熟した男と女が、たとい兄妹でも、毎夜、衾《ふすま》を共にするとは……」

それを耳にした人々の中からは、近親相姦《そうかん》の疑いも湧いたが、それは富子という美少女像を少しも傷つけることにはならず、むしろ、神秘的な、この世ならぬ想いを加えた。

実際、日野家に古くから奉公している者たちの眼にも、勝光の妹に対する溺愛《できあい》ぶりにはしばしば肝を抜かれた。

もともと、裕福な家である上に、当時、勝光は幕府と宮廷との間の取次役とでもいうような伝奏《てんそう》の役目を承っていて、職業柄、双方からの贈物が多く、賄賂《わいろ》も公然であった。

その財のすべてを、勝光は妹に費消した。富子の身を飾るもの、衣裳《いしょう》、宝玉の類《たぐい》から、金銀細工の手廻《てまわ》り品、調度類など、すべて贅沢《ぜいたく》の限りを尽した。勿論《もちろん》、教養のほうも怠りなく、和漢の学問から和歌、詩文、習字、管絃《かんげん》に至るまで、当代一流の師をまねいて一流の貴婦人としての教育を行った。

つまり、富子は、この兄によって心身共に一流の中で育て上げられたわけであった。

稀《まれ》に葵祭《あおいまつり》の見物などで、富子が他出する時は、必ず、一つ牛車《ぎっしゃ》の中に勝光が居た。そんな場合、勝光はまるで富子の美しさを誇示するように、一瞬、高々と簾《みす》をあげてみせたりした。

康正《こうせい》元年正月二十日。

その日も、富子はゆっくり目ざめた。

昨夜、一つ衾に添い伏した兄は、知らぬ間に起き出して行ったとみえて、富子の隣は藻抜けの殻だったが、それはいつものことで、富子は気にも止めなかった。

「おめざめでございますか」

富子が身を起す気配を待っていたように、次の間から、乳姉妹であり、子供の時から身のまわりの世話をしてくれているみよしという娘がそっと声をかけて来た。富子と同じ十六歳だが、小柄で丸顔だから一つ二つ、年下にみえる。

「今朝は殊の外、冷えました……」

だが、部屋にはすでに火桶《ひおけ》がいくつも運びこまれていて、気持よく空気が暖まっていた。

軽く身じまいを直して、朝餉《あさげ》をすませる。

それからが化粧であった。富子は時間をかけて、楽しみながら化粧をする。

その頃になって、富子は館の中がいつもより騒がしいことに気がついた。いつも、衣《きぬ》ずれの音しかきこえないようなこの建物の周囲にも、あわただしく行きかう人の足音や、話し声が洩《も》れる。

「御存じでございましょうか、今日、将軍さまがお成り遊ばすそうでございますよ」

今朝になって、はじめて知らされたのだとみよしは正直に目を丸くしていた。

「先だって、旦那《だんな》様がお手に入れられた明国《みんこく》渡来の観音像を、ごらんに入れるとか……表はお仕度で大さわぎでございます」

みよしの話を、富子は無関心にきいていた。

この館に、どんな客が訪れようと、かつて一度も、富子が挨拶《あいさつ》に出向くということはなかった。兄は全く、それを富子に望まなかった。従って、今日の訪客が、室町幕府の当主である将軍、足利義政《あしかがよしまさ》であったとしても、それは富子にとって無縁のことであった。

部屋の中に、香の匂いが流れていた。

香炉に高価な香木が惜しげもなく焚《く》べられ、その上に富子の衣裳が広げられて、くまなく香を薫《た》きこめている。

ふと、それを目のすみにみて、富子はおやと思った。新しい衣裳であった。それも、いつもより格別に豪華な唐織りの小袖《こそで》が重ねられている。重ねの色目は紅梅で、これは富子の最も好むものであった。

「それは……？」

富子の問いに、みよしが即答した。

「旦那さまのお申しつけでございます」

やがて、とっぷりと香がたきこめられた小袖が侍女たちの手で、富子に着せられる。

何人もの手に、体をまかせながら、富子は次第に不安になった。

兄の勝光が顔をみせたのは、着つけがすっかり終ったところであった。

「よう、お似合いだ……」

かなり、はなれた位置で、勝光は吐息と共に賞《ほ》めた。近づいて来て、化粧をもう少し濃くするように言い、富子の全身を確かめるように見上げ、見下した。

「持仏堂に将軍家がお成りになっている。お目にかかるのだよ」

なんでもない声である。

富子は兄をみつめたが、勝光の表情は茫漠《ぼうばく》として摑《つか》みようがない。

廻廊《かいろう》は冬の陽が鮮やかに射し込んでいる。

勝光のあとから富子が行くと、一足ごとに馥郁《ふくいく》と香が流れた。

すらりとした勝光の後背が、緊張していた。

珍しいことだと富子は想う。どちらかというと感情を言葉にも顔色にもみせない兄であった。動揺したり、とり乱したりということが全くない。水のように静かで、それが人によっては冷たい印象を与えるらしいが、富子にとっては又となく頼り甲斐《が》のある兄であった。どんな場合でも、この兄には安心してよりかかることが出来たし、甘えることが出来た。

その兄の後姿に僅《わず》かだが、翳《かげ》りがあった。廻廊を歩む足どりに、かすかなためらいが感じられる。

何故だろう、と富子は考えた。常にないことである。そういえば、今朝の兄は常にないことばかりをしているようであった。

前もって富子にみせたこともない新しい衣裳を着せたことも、化粧の指図をしたことも、そして、富子に異性である来客に挨拶することを命じたのも、かつて無いことばかりであった。

みよしも話したように、今朝の客は将軍義政であった。武家社会では最高の権威者ではあったが、それが兄の緊張の原因とは思えなかった。

日野家では、足利家へは三代の義満《よしみつ》、四代義持《よしもち》、六代の義教《よしのり》と、代々の将軍に正夫人をおくっている。いわば、姻戚《いんせき》関係にあり、当代将軍の義政にしても、母の日野重子《しげこ》は勝光、富子兄妹の祖叔母《おおおば》に当った。いってみれば血縁である。

第一、官位からいえば右大将に任ぜられたばかりの若い将軍より、もっと高位高官がこの館には始終、出入りをしている。

今日の客が将軍だということだけで、兄が特別に緊張する理由はなかった。

持仏堂の内部は暗かった。

明るい渡殿《わたどの》を歩いて来た富子の眼に、観音像の前に座っていた貴公子の姿がはっきり映るまでには、少々の時間がかかった。

「そなたが、富子か……」

若い将軍の声には強い感動があった。我を忘れたように、不躾《ぶしつけ》な視線を富子の全身に集めている。

「聞きしにまさる……」

恍惚《こうこつ》として義政が口走った時、富子はうずくまっている兄の肩に満足と後悔が激しく揺れるのを見た。

その日、義政は深更まで、日野家に滞在したが、富子は持仏堂で簡単な挨拶をしたきり、奥御殿へ戻り、あとは全く義政の前へ姿を見せなかった。彼女の意志ではなく、兄の指図であった。

「右大将様が何度も姫様をお召しになったのに、その都度、旦那様がはぐらかしておしまいになったので、とうとう右大将様は癇癪《かんしゃく》を起してお帰り遊ばしたそうですよ」

表からの知らせを、乳母が可笑《おか》しそうに話すのをききながら、富子は葵祭の時と同じ手段だと気がついていた。

牛車の簾を一瞬だけ高々と巻きあげさせ、富子の美貌《びぼう》に衆目が集ったとたんにさっと簾を下してしまう。二度と巻き上げられない簾の奥の姫が、群衆にはより神秘的に、より妖《あや》しい美しさの効果をもたらすと計算ずくのやり口であった。

侍女たちの間では将軍義政の品定めで話がはずんでいた。

まるで、堂上方《とうしょうがた》の若君のようだというのが大方の印象であった。武士の頭領らしい武ばったところが少しもなく、学問好きな貴族趣味の青年であることが、女たちに好ましくみえたらしい。

事実、そのように育てられた将軍であった。

義政が八歳の時、家臣である赤松満祐《あかまつみつすけ》に殺された父・義教が武断政治を強行したのにこりて、義政の生母の日野重子や、その他の側近たちは義政を文治主義の貴族的将軍となるよう教育したし、若年の将軍は論語や歌道に精進した。その結果、母ゆずりの優型な容姿に磨きがかかって、結構、風雅な青年貴公子が誕生した。しかも、門閥や格式ばかりがいかめしくて金も力もなくなっている公卿《くぎょう》にくらべて、無力化しつつあるとはいっても、室町将軍は、まだまだ権力の象徴であった。いうならば、色男、金と力がまあまあ備っているという存在が、当時の将軍の魅力であった。

「右大将様も、もう二十歳《はたち》におなりなのだから、早く御台《みだい》様をおきめにならねばならないのでしょうけれど、なにしろ、あのお今《いま》様がお傍にあるのではね……」

乳母がしたり顔にいう。

「お今……」

富子が首をかしげると、

「まあ、姫さまは御存じないのでございますか、今参りの局《つぼね》さまでございますよ」

義政が十歳の頃から、性教育の役目もかねて傍に侍《はべ》っている愛妾《あいしょう》のようなものだと、ためらいがちに乳母は説明した。

「いわば、右大将様へ御奉公の身分もかえりみず、御寵愛《ごちょうあい》をかさに来て、御政道にも口ばしを入れるし、いつぞやは、重子様にまで楯《たて》を突いて、そのため、重子様が嵯峨《さが》にお隠れなさったこともございますのですよ」

俗にいうなら嫁と姑《しゅうとめ》の確執だが、表向きには、今参りの局の色香に迷って、政道を左右する将軍を母が諫《いさ》めるという形で、嵯峨へ家出をした重子に対しては、細川、畠山《はたけやま》、山名など幕府の重臣たちが味方についたので、義政は止むなく、今後、政治向きのことには今参りの局に口出しをさせないという条件で、母の帰邸を請うた。

ともあれ、そういう実力者が愛妾の形で若い将軍を籠絡《ろうらく》しているのでは、とても正式に御台所を迎える余地はないし、うっかり、そんな所へ嫁いで行った者は、どんな苦労をするかわからないというのが乳母たちの意見であった。

富子は終始、黙って訊《き》いていた。

乳母が、暗に自分へ忠告しているのだともわかっていた。

持仏堂へ観音像をみるために、日野家を訪れた将軍へ富子が挨拶《あいさつ》に出たことを、乳母や侍女たちはそれだけ意味のあるものと考えている証拠であった。

それでなくても、日野家は代々、将軍の正夫人をおくっている家柄であった。

「ひょっとしたら、富子さまを……」

と乳母が勘ぐったとしても、無理からぬ条件がそろっていた。

その鍵《かぎ》を握っている筈《はず》の勝光は、その日以来、多忙のようであった。

連日、外出がちであったし、たまに邸《やしき》にいるようでも、常に来客があった。

久しぶりに、勝光が宵から富子の部屋へやって来たのは正月も末になってである。

「今参りの局が、女の子を産んだ」

座につくなり、それだけをいった。富子はあっけにとられた。

前もって、乳母からの知識によれば、今参りの局は、義政の愛妾であった。それが女児を出産したというのは、義政の子が誕生したということである。

どうして、兄が上機嫌なのか、咄嗟《とっさ》に富子は合点が行かなかった。

「女でよかった。男ならば、面倒なことであった……」

勝光は妹を眺め、声を低くして、将軍をどう思うか、と訊《たず》ねた。

「むこうは、あなたに夢中なのだ。なんとしても、御台所にと、祖叔母君《おおおばぎみ》を通じて、再三、話がある」

あなた次第だ、と勝光は言った。

「右大将をどう想った……」

流石に富子は頰を染めた。

「嫌いではあるまい……」

「一度お目にかかっただけでは、好きも嫌いもございませんでしょう」

はにかみながら、富子らしい返事のしかただった。

「悪い縁ではないと思う。なまじっか、貧乏公卿へ嫁ぐより、金も力もある。祖叔母君のように、その気になれば天下を自由に動かすことも出来よう。少くとも、祖叔母君よりはあなたのほうが、その素質に恵まれているように思うが……」

「わたくしを仲立ちにして、お兄さまが天下を自由になさりたいのでございましょう」

「わたしの手では、天下は自由にはならぬ」

勝光は感情のこもらない声で続けた。

「勿論《もちろん》、わたしには野心がある。それを遂げるには、あなたが将軍家の御台所におさまってくれるほうが都合がいい。しかし、それも全く、あなた次第なのだ」

「おことわり出来ましょうか。お兄さまのお立場で……」

「それだけの手は、もううってある」

ことわる口実と方法を考えてから、義政に富子をみせたのだと、勝光は自信ありげに言った。

「その口実と方法をおきかせ頂けましょうか」

勝光はちらと妹をみつめ、几帳《きちよう》のかげにしつらえた衾《ふすま》に体を横たえた。

「まず、あなたを病気ということにして須磨《すま》の別邸に移す。その上で、あなたとわたしが道ならぬ仲だという噂を、更に真実らしく広めるのです……」

「わたくしと兄さまが……」

富子は茫然《ぼうぜん》とした。

「いくら、あなたに懸想したとしても、畜生道に堕している者を、御台所には出来かねますからね」

平然と苦笑している兄を、富子は初めて怖いと感じた。

「お兄さまは、富子がいくつの頃から、右大将どのへ嫁がせようとお考えになってお出ででしたの」

兄の手がいつものように優しく富子を抱きよせるのを、生れてはじめてかすかに抵抗しながら、富子は問うた。大事なことであった。

「あなたが生れた時から……」

そうではないかと思ったからこそ、訊ねたことだったが、何事もないようにその返事が戻ってくると富子はどうしていいかわからなくなった。

富子が誕生した時、勝光は七歳であった。七歳の少年がすでに途方もない野心の計画を持っていたことが、勝光の場合、なんでもないようであった。

押しはかってみると、物心つく頃から富子と同衾《どうきん》したことも、計画の中で一つずつ石をうって来たもののようであった。

「あなたの心がかりは今参りの局だろうが、それも怖れることはありませんよ」

ゆっくりといつものように富子の背をさすり、髪を愛撫《あいぶ》しながら、勝光がささやいた。

「今参りの局には、わたしも何度か対面しました。美しい女だし、才気もある。しかし、その美しさも才気も、あなたは持っている。それ以上に、あなたには若さという武器がある。お今どのは、もう二十五、六になっている。女の三十近くなったのは、紅葉の下葉に異ならずというではありませんか」

兄の手を、富子はひしと摑《つか》んだ。今参りの局のことなど、どうでもよかった。

「兄さまは、わたくしを可愛《かわい》いと思《おぼ》し召して、毎夜、抱いて下さったのではなかったのでしょうか。一度も富子を愛《いと》しいとはお思いではなかったのか……」

生れてはじめてのような心の昂《たか》ぶりが富子を襲った。

慄《ふる》えながら、富子は自分から兄の体にすがりつき、四肢をからませた。親鳥に雛《ひな》が抱かれてねむるようないつもの夜ではなく、なまなましい男と女の夜の気配が突然、几帳の中を占めた。

眼を閉じ、唇をうすくあけて、富子は激しく、苦しげに呼吸した。しっかり抱きついている兄の胸の鼓動が俄《にわ》かに激しくなるのが、手にとるようにわかる。勝光の腕にじっとりと汗が滲《にじ》み出ていた。

兄でも男、妹でも女であることに、富子は賭《か》けていた。畜生道に落ちる怖しさよりも、野心のための伏線として、毎夜兄がやさしく抱き寝してくれていたと知るほうが、何倍も怖しかった。

勝光の体が火のようになり、富子は息をつめた。

その時、小さな鈴の音がした。富子の可愛がっている仔猫《こねこ》が部屋のどこかを走り抜けて行ったものらしい。鈴は仔猫の首に富子が結びつけたものであった。

兄の手から、ふっと力が抜けていた。鈴の音が、辛《かろ》うじて勝光に理性をよび戻したようであった。あれほど、燃えていた火があっけなく兄の体から消えて行くのを、富子は慄えながら悟った。

絶望が富子をゆっくり包み、生れてはじめての屈辱感が富子を救いようのないものにしていた。

そっと髪を撫《な》でている手が、男の手から、いつもの兄の手に変っていることに、富子は唇を嚙《か》みしめて堪えた。

長い夏

その年の八月、富子は足利義政の正夫人となった。

正月の夜のことがあって以来、嫁入りの日まで、勝光は二度と富子の部屋で夜を迎えることはなかった。それが、兄の意志をしめしていた。

嫁入りの行列は華やかであった。夥《おびただ》しい諸道具や衣裳《いしょう》など、それに乳母や乳姉妹のみよしをはじめ侍女、従者など、日野家の奉公人の中から選《え》りすぐって勝光がつけてくれた老若男女が、そっくり富子と共に室町御所と呼ばれる将軍の私邸へ入った。

夜、富子は乳母たちの手で美々しく装われ、局《つぼね》で義政の訪れを待った。

だが、深更をすぎても、新婿の訪れはない。

乳母がうろたえて、何度も表御殿へ使を出したが、その度に、

「間もなくお渡り遊ばすと存じます」

と木で鼻をくくったような返事しか戻って来ない。不馴《ふな》れな室町御所の内だけに、乳母や心きいた従者たちも、それ以上、どうする方法もなく、ただ、おろおろと時刻がすぎるばかりであった。

富子は尚更《なおさら》であった。

初夜の不安の上に、夫となるべき男が訪れて来ない不安が重なっているのである。

(兄さまがいて下すったら……)

疲れ果てた体は、しばしば睡魔に襲われているのに、神経がひどく昂ぶっていて、まどろむことを許さない。顳顬《こめかみ》が激しく痛み、胸が苦しかった。

夜があけて、乳母や侍女が当惑し切った顔で富子の前へ姿をみせた時、富子は身

のおきどころもないような恥かしさで、殆《ほと》んど顔をあげられなかった。

どこの世界に、初夜に待ちぼうけをくう花嫁があるだろうかと思う。嫌われて嫁いで来た押しかけ嫁なら、いざ知らず、兄の言葉では、強いて望まれての輿入《こしい》れであった。

兄が富子を欺いたのか、それとも、義政のほうに虚言があったのか、とにかく、富子は堪えられなかった。

「すぐに、ここを去りましょう。仕度をしておくれ」

これほどの辱《はず》かしめを受けて、のめのめと室町御所に止《とど》まる気はなかった。しかし、乳母は富子にかぶりをふる。それは出来ないと言った。

「どうして……なぜです」

「姫さまのお恥になります故……」

「恥……」

恥は、もう受けたと富子は言ったが、乳母の考えは別であった。

このまま、富子が立腹して実家へ帰れば、噂が天下に広まるという。それよりも、将軍の生母であり、富子には祖叔母《おおおば》に当る重子の方に頼って、昨夜の事情を知った上で、分別したほうが、と乳母は富子をなだめた。

「好きにせよ」

富子は無力であった。

乳母がどう動いたのか、午後になると重子の方のほうから使が来て、富子に来るようにといわれた。なにはともあれ、嫁として姑《しゅうとめ》に挨拶《あいさつ》に出向くのが順でもある。

重子の住む御殿は庭が広かった。心字池には奇岩奇石があしらわれ、池のほとりには百日紅《さるすべり》が真赤に花を咲かせていた。

池から吹く風が涼しい対《たい》の屋《や》で、重子の方は紗《しゃ》に金銀の縫いのある贅沢《ぜいたく》な小袖を無雑作に着て、息子の嫁を迎えた。

「ようこそ……こちらへ……」

挨拶の口上はすべて乳母が述べた。富子はただ作法通りひれ伏すばかりである。口をききたくなかった。

「かわいそうに、愛《いと》しい女《ひと》……」

乳母の口上の途中で突然、重子の方が立ち上った。富子の傍へひざまずき、柔かく富子を抱きよせた。

「なんということでしょう。憎いお今奴《め》が、昨夜は、あなたの許《もと》へお渡りになる上様を、途中から無理に自分の局へお誘いして、とうとう、一晩中、放さなかったというではありませんか。なんという身の程知らず、なんというはしたない女……」

富子はあっけにとられて、よく動く姑の口許を眺めた。

「そういう女なのですよ。あのような女を上様におつけ申したのは、私の生涯の誤りでした。素性卑しい身もわきまえず、お上《かみ》の御寵愛《ごちょうあい》の深いのにいい気になって御政道にまで口を出す。親の私まで、ないがしろにするのですからね。常日頃、どれほど、口惜しい思いをしているか知れません」

重子の方は泣き、訴えた。

はじめて、富子は昨夜の待ちぼうけが、実は肝腎《かんじん》の花婿が、以前からの愛妾《あいしょう》の一人である今参りの局の許へ行ってしまっていた故であると知った。

そんなこともあろうかと、心のどこかで疑ってはいたものの、はっきり、姑の口からきかされると、富子の胸は火の海になった。恥かしさで眼が眩《くら》むようであった。

今参りの局と呼ばれる女の存在が今更、富子には重く感じられた。ものの数ではないと軽く言い捨てた兄の言葉が思い出され、怨《うら》めしい気がする。

「でも、あなた、決して御心配には及びませんよ。今参りがどんな女であれ、あなたには私がついています。あなたは上様の御台《みだい》なのですからね、今参りなどに気がねをなさることはありませんよ」

涙を収めると、重子の方は戦闘的になった。

これからは二人で力を合わせ、今参りの局を将軍の傍から追放するのだと勢こんでいる。

「それには、あなたが一日も早く、上様のお子を産むことが第一なのですよ。それも、男のお子を産むことです。そうなれば、お今など、ものの数ではない」

そういわれても、初夜をすっぽかされた富子にしてみれば、実感の湧かないことおびただしい。

「あなたが来て下すって、どんなに嬉《うれ》しいか知れないのですよ。なんといっても、同じ日野家の人間なのだから、信頼も出来るし、安心なのですものね。それにしても、お若いというのは、なんと値うちのあることでしょうね。あなたをみているだけで羨《うらやま》しくなってしまう。私も、あなたぐらいの年で、この室町御所に来て、なんにも怖いものはなかった時代もあるのですけれど……こんな年になってしまって……我が子からも軽んじられる。女は年をとっては駄目なものだと、つくづく情なく思うのですよ」

小半日《こはんにち》、重子の方の愚痴をきかされて、富子は完全に実家へ帰る機会を失った。

その夜も、義政は今参りの局の許へ泊ったようであったが、富子はもう騒がなかった。

なるようになれといった自棄《やけ》っ八《ぱち》な気持もあった。ただ、二十一歳の将軍の心を、それほど捕えている今参りの局という女に、一度、逢ってみたい気がしきりにしていた。

義政が富子の許へ訪れたのは、三日目の、しかも深更になってからであった。若い将軍は足許もおぼつかないほどに酔っていた。当節、流行の猿楽《さるがく》の小謡《こうたい》を吟じ、扇で手拍子をとりながら入って来た義政を、乳母や侍女が待ちかまえていたように、着がえをさせた。その間も微吟を止めない。二人きりになって、富子は自分でもあきれるほど冷静であった。

しかし、初夜は無惨なものであった。

酔いが若い将軍を殊更、粗暴にもしていた。

年上の、男を知り尽した女によって、性の手ほどきを受けた義政には、生娘《きむすめ》を扱う方法がわからなかった。

男と女の秘事《ひめごと》がどういうものか多少の知識もあり、本能的に知ってもいた筈《はず》の富子だったが、義政の狂暴さには、動転するばかりであった。

長い時間をかけて、髪や背を愛撫《あいぶ》して眠らせてくれた兄との優雅な夜からは、思いもよらぬことであった。

手荒く富子を蹂躙《じゅうりん》した義政は、更に新妻にけだものじみた姿態を要求した。富子は抗《あらが》った。が、無駄な争いであった。

年増女の今参りの局から教えられた性の遊びを、義政は無智なままに、初夜の新妻に強いた。それが、処女であった富子の心に、どんな傷痕《きずあと》を残すかにも、全く無関心であった。

部屋の四辺が白みはじめた頃、義政は疲れ果ててねむった。

その傍で、富子は素裸にされた自分の胸を両手で抱きしめるようにして、蒼白《そうはく》な顔のまま、うずくまっていた。涙はなかった。

富子にとって、長い、長い夏であった。

義政は三日おき、五日おきぐらいに富子の許へ通って来た。

その夜は富子にとって地獄であった。

夏の終り、富子はげっそりと痩《や》せ、眼のふちには蒼《あお》く、くまが浮いた。

今参りの局に逢《あ》ったのは、そんな時であった。

もともと、むこうは富子がそこへ来るのを承知で待っていたらしい。富子のほうはそのことに気がついていなかった。

室町御所の奥庭に代々の将軍の持仏を安置した御堂があった。そのあたりの池には蓮《はす》が多く、たまたま、紅白の花が盛りであった。

庭のたたずまいが、日野家の庭に似ていた。

それに気がついて、富子はよくここを訪れた。

庭のほとりにたたずんで、池の蓮花をみていると、兄と共に木蔭《こかげ》で笛と琴を合せた日が想い出される。夏の陽に、富子が汗ばむと、兄は自らつめたい水をしぼって、富子の背から胸から丹念に拭《ふ》いてくれたものだった。桃の実のような乳房を、兄の手が何度も布でやさしく拭《ぬぐ》ってくれた時の感触が、今も甦《よみがえ》ってくるようで、富子は自分の手を胸に入れ、眼を閉じて想い出にひたっていた。

華やかな女の笑い声がすぐ近くできこえ、富子がふりむくと、ちょうど、池の橋を十数人の女たちが渡ってくるところであった。

女たちの中心に、一目で主人とわかる華美な装いの女がいる。

眼も鼻も口も小さく、容貌《ようぼう》はむしろ平凡な女であった。小柄でやせぎすな体つきでもある。しかし、彼女が歩いたり、笑ったりする度に、彼女の全身がなんともいえない色っぽい動きをみせた。そこに男は一人もいないのに、今参りの局の全身から媚《こび》が匂いこぼれるようである。

富子が茫然《ぼうぜん》としている間に、今参りの局たちの一行は、すぐ近くまで来て足を止めた。

お今が、侍女をふりむいて、あれは誰、とでもいうように富子をみて訊《き》いている。富子のほうが、初対面なのに、すぐに相手が誰かと気づいたくらいだから、おそらく、お今のほうも、姿形から着ているものや、侍女たちの風俗からして、富子が誰か推察出来ない筈はないのに、故意に侍女へ訊《たず》ねてみせているところに、お今の計算があるようであった。

「まあ御台様《みだいさま》……」

きこえよがしに今参りの局が富子をみる。ゆっくりと小腰をかがめた。すかさず、心得顔の侍女が、

「今参りのお局さまでございます」

と富子へ紹介した。

黙って富子は相手をみつめた。

もう三十はすぎているようであった。相手があまりに平凡な女であることが、富子には驚きであった。将軍の心を摑《つか》んで、自由自在にふるまっているということから、どれほどの傾国の美女かと想像していたものである。

お今の肌は浅黒いほうであった。それを化粧でかくすこともせず、むしろ、素顔に近い。当時、身分の高い貴婦人たちが濃化粧を常識としたのに対し、お今の薄化粧は異例であった。が、逆にそのことがお今を生き生きとみせていた。

表情がよく動く女である。厚化粧で無表情に近い女の顔からは、とても得られない魅力であった。おそらく、そのことが、お今の薄化粧の計算であったろう。

「御散策でございますか」

やんわりとお今が微笑みかけた。

「今年の蓮は、殊の外、よう咲きました。いつもは、このようなことはございませ

んのですよ」

なんでもないようだが、富子には、お前にははじめての夏だが、自分はもうこの室町御所で何回も夏を迎えているのだというお今の顕示のようにきこえる。

「御台様は、夏やせを遊ばすようでございますね、お顔の色が、あまりようございませんが……」

お大事に遊ばせ、と軽く会釈をして、お今は歩き出した。そのあとから、まだ半年ちょっとの赤児を宝物のように抱いた乳母が胸をはって続く。

富子はとうとう一言も発し得なかった。

「まあ、なんというつまらない女ではございませんか」

「どこがよくて上様は、あのような女を御寵愛《ごちょうあい》になるのか、まるで、お話になりませんわね」

今参りの局の一行が立ち去ってから、はじめて我にかえったように、乳母や侍女たちが悪口を並べたてたが、富子はそれに対しても、なにも言わなかった。

彼女だけは、あの平凡で、なんの取りえもなさそうな女が、男心をそそってやまない秘密を持っていることを、この僅《わず》かな対面で正確にみてとっていた。

これは、富子にとって、容易ならぬ敵であった。

九月になって富子は、初めて将軍の御台所として公式の行事に出た。

九月九日の重陽《ちょうよう》の節句であった。

庭前の菊に綿を着せ、菊の露をふくませて、それで顔を拭くと年齢《とし》をとらないなどというい伝えと共に、平安のむかしから宮廷貴族の間でもてはやされたこの行事が、武士の出である室町幕府の中で平然ととり入れられるほど、当時の武家社会は貴族化していた。

殊に文学好きの将軍は、こうした年中行事を欠かさない。

広い庭には、前もって桟敷が設けられ、当時、猿楽では第一人者といわれる音阿《おんあ》弥《み》父子《おやこ》が招かれて、芸をみせた。

諸大名の中でも連歌《れんが》のたしなみのあるような者は、こうした祝宴で我がもの顔にふるまっている。

その日、富子の装いは一段とあでやかであった。この日のために、兄が贈って来た唐衣《からぎぬ》は、玉虫のように七色の糸で織られていた。しかも蝉の羽のように軽やかである。髪には黄金《こがね》に珊瑚《さんご》をあしらった飾りがかすかな身動きにも、そこはかとなく揺らめく。

集った諸大名は富子の美しさに、完全に圧倒されていた。

将軍から盃《さかずき》をたまわるために近づいてくる大名のすべてが、義政と並んでいる富子の高貴な美貌《びぼう》に心を奪われているのが、はっきりわかる。

そのことが義政には得意のようであった。

酒が深くなり、宴はいつ果てるともみえなかった。

宴のなかばで、富子は席を抜けた。

化粧なおしが口実であったが、実際には、こうした宴に飽いていた。

僅かの酒で酔いが全身を熱くしている。

にぎやかな催しの中にいて、富子の心は孤独だった。

侍女たちを退けて、富子は一人、庭を歩いた。一人になりたかった。

重陽の節会《せちえ》などというのは、あんなものではないと思う。

武士を成上り者とみる公卿《くぎょう》の眼で、いつか富子も将軍や諸大名のふるまいを冷たくみていたようであった。

自分がこんな不幸な結婚をしたことを、兄は知っているのだろうか、と思う。

夏以来、勝光には逢《あ》っていなかった。

役目で室町御所を何度も訪ねている筈《はず》なのに、決して、富子のいる奥御殿には顔をみせようとしない。

御台所の兄であってみれば、自由に奥御殿へ出入りの出来る身分であるのに、決して域をふみこえて来ない兄に、富子は又しても、兄の意志のようなものを感じた。

ひょっとしたら、兄は人妻になった自分をみたくないのかも知れないと思う。

富子は足をとめた。

あの冬の夜、富子が自分から足を絡め、抱きついて行った時の兄の激しい鼓動が、なまなましく思い出せる。

富子は眼を閉じた。

男女の営みというものを知った今、あの夜の自分の奔放さが、怖しく、又、なつかしいようでもあった。

背後に人の気配があったが、富子は気がつかなかった。

心が富子の肉体をはなれて、夜空を遠く走っているようであった。

池の上に風が吹いた。

庭一面に植えた菊の香《か》が、夜の中を流れている。

月光が池の面を照らしていた。

風が作る小さな波に月光がきらめいている。

ふと、富子は水の上に、兄の顔をみたような気がした。

声にならぬ声を発して、富子は我知らず、水の上へ体をよろめかせた。

「危うございますぞ」

つと、背後から手がのびて、富子の体は軽々と支えられた。男の手であった。

ふりむいて、富子は、兄がそこにいると思った。

すらりとした長身と白皙《はくせき》な微笑は、夜目には、全く勝光によく似ている。池に映ったのは、この人であったと富子は気がついた。

兄ではなかった。

支えた手も兄よりはるかにたくましい。

「失礼を致しました。あまりに足許《あしもと》がおぼつかなくみえ申した故……」

ゆっくりと手をはなし、相手は土へ膝《ひざ》を突いて詫《わ》びた。

着帯している小刀が黄金づくりであった。

将軍義政より五つ六つ、年かさにみえる。若々しさの中に、どこかじっくり落ついたものがあって、富子へむけた視線に深いいたわりがみえていた。

将軍の補佐役として、十六歳で管領《かんれい》の重職につき、すでに十年、幕府の中に隠然たる勢力を持つ細川勝元と富子の、これが最初の出逢いであった。

表と裏

重陽《ちょうよう》の節会《せちえ》から数日を経て、義政は珍しく宵の中から、富子の許《もと》へ訪れた。

折柄、富子は節会の日にひきこんだ風邪が治りきらず、くつろいだ姿のままで、将軍を迎えた。

「勝元が、そなたがひきこもっているときいて、いたく案じていたぞ」

富子は黙っていたが、傍から乳母が披露した。

「細川管領さまからは、昨日、御台《みだい》様お見舞とて、このような御立派な絵巻を贈られましてございます」

「絵巻か……」

「はい、御病中のおなぐさめにとお使の口上で……」

「相変らず、行き届く男だ」

義政は苦い顔をした。

細川家は代々、将軍の補佐役であった。代々、将軍を補佐し、はじめは執事といったのだが、足利三代将軍、義満の時の執事だった細川頼之《よりゆき》の時から、管領と呼ばれるようになり、いってみれば幕府政治の最高責任者であった。

「あいつとは、どうも性が合わん。なにかというと小利口ぶって、要らぬ忠告ばかりする男だ。この間も、無断で御教書《みぎょうしょ》を発したり、勝手なふるまいが多いので、きつく叱ってやったのだ。お今も油断のならぬ男だというて居る。お今に気に入られぬので、御台のそなたに好誼《よしみ》を持とうとしているのだろう。そういうところは目から鼻へ抜けるほど、すばしこいのだ」

侍女を相手に盃をあけながら、義政は口をきわめて、細川勝元をののしった。

富子の声が常になく鋭かった。

「わたくしの許で、お今どのの名を口になさること、お止め下さいませんか」

化粧しなくとも、すき透るように白い顔が、やや蒼《あお》ざめて、熱のためにうるんでいる眼がきらきら光ってみえる。いつもの公卿のお姫さまのおっとりとした表情が消えて、凄艶《せいえん》な女の顔になっている。

細川勝元を悪しざまにいわれた怒りを、富子は無意識に、お今に対する嫉妬《しっと》に装った。

感情をあらわにして怒っている富子を、義政は珍しいものをみるように眺めた。人形のように扱っていた幼い妻の、どこにこんな女の感情がひそんでいたのかと思っているようである。

「細川管領様の奥方は、たしか山名様の御息女でございますね」

富子の本心を知らない乳母が、あわてて話題をかえようとして、再び勝元の身辺へ話がとんだ。

「細川と山名は代々、確執のある家同士だ。性の合わない者同士が縁組したとて、なんの得にもならぬ。それが証拠に、未《いま》だに、勝元には子が出来ぬではないか」

「御仲が睦《むつま》じゅうないと仰せられますか」

「お上……」

「勝元という男も変り者よ、他に寵愛《ちょうあい》する女もないのか、いつも鹿爪らしい様子をして……一度、あのとりすました面の皮をひきむいてやりたいものよ」

あの乙にすました男が、どんなふうに女を抱くのかなどと高笑いしている義政をみている中に、富子は体の奥に火がついたようになってしまった。

菊の節句の夜に奥御殿の庭でやさしく自分を支えてくれた貴公子が、故なく辱《はず》かしめられているようで、それは亦《また》、富子自身が辱かしめられているような錯覚すらおぼえた。その夜、富子はとうとう、夫を拒み通した。

義政が今参りの局の許へ入りびたって、富子の許へ訪れない日が続いたが、富子にとっては、むしろ、好都合であった。

富子は公けの宴のある日を、心待ちにした。

幕府に催事があれば、管領である細川勝元も出席する。無論、いつぞやの夜のような偶然は望めそうもなかったが、御台所《みだいどころ》の席からはるかに、管領の座についている勝元の秀麗な横顔をみるだけで、富子は満足した。

人妻になって、はじめて知った恋のようであった。終日、富子は部屋にこもって、いつぞや、勝元から贈られた絵巻を飽かず眺めていたりする。

そんな富子へ、姑《しゅうとめ》の重子は一日も早く、義政の子を産むように口を酸っぱくして説いた。

「近頃の京童《きょうわらべ》の噂を御存じですか。上様のまわりには三魔がいる。三人の魔物が上様にとり入って、世の中を悪くしているというのですよ」

三魔の筆頭がお今の今参りの局《つぼね》、それに重子のいとこに当る烏丸《からすまる》大納言、有馬持家《ありまもちいえ》と、「ま」のつく三人の似顔絵の上に大きく三魔と書いたのが町の辻々《つじつじ》にはり出されているという。

「大納言や有馬どのは、わたくしが忠告すれば、或《あ》る程度はききわけてもくれます。管領どのの目も光って居ること故、何分にも心配はないが、困るのはお今ですよ。あの女は、自らの分をわきまえて居りません。女の浅智恵が足利の家を危くしているのに、まるで気がついていないのです。このままでは、お上の信望が失われるばかりですよ」

あなたがしっかりして下さらなくては、と、きまって重子は言った。御台所である富子が一日も早く、将軍の子を産み、実力を持つことだというのである。

「あなたが、最初のお世継ぎをお産みになれば、自然、お上の御寵愛も、お今を去ってあなたに傾きます。あなたが上様のお心をしっかり握ってしまえば、お今を上様のお傍から追放するのは、たやすいことではありませんか」

重子がどうすすめても、富子にとってはまるで関心のないことであった。むしろ、恋を知った富子にとって、義政の子を産むなどとは、身ぶるいするほど怖しいことであった。

一年が過ぎ、二年が経った。

時たま思い出したように義政が訪れても、富子はつとめてよそよそしくふるまった。石を抱くような妻の体に、義政もよくよく愛想がつきたらしい。月日が経てば経つほど、義政の足は御台所から遠ざかり、奥御殿はひっそりと冬枯れのような寂しさになってしまった。

そんな或る日、富子にとって夢のような知らせが奥御殿へ届いた。

細川勝元がお見舞のため、富子に拝謁を願い出たのである。

「逢いましょう、いつでも……」

富子は上ずった声でいい、少女のように頰を染めた。

日がきまり、刻限がきまると、富子はそれを指折り数えて待った。

逢ったとて、どうなる相手でもないとわかっていて、富子は愛のない結婚をした身を呪い、嘆いた。そんな甘い悲しみの中から、逢ったらなんといおうと、その時の光景を想像して胸をときめかしたりする。そんなときの富子はまるで童女のようであった。

朝から久しぶりに化粧をこらし、香をたきこめた衣裳《いしよう》をまといながら、そんなことが到底、あり得ないと思いつつもそこはかとない期待が富子を包んでいた。

だが、刻限きっかりに姿をみせた勝元は一人ではなかった。思いがけず、姑の重子が一緒だったのである。

期待が大きかったので、富子はうちのめされたようになった。

この時ほど、姑の存在が憎かったことはなかった。

そんな富子の心を知ってか知らずか、勝元は極めて慇懃《いんぎん》であった。

富子の体の具合を訊《たず》ね、いたわって、見舞と称し、今度も三巻の絵巻と、別に薬包だった。

「もろもろの病は、人に精気が失われた時、起るものときいて居ります。これは明《みん》国《こく》渡来の秘薬で、人に精気を甦《よみがえ》らせるに絶妙ということにございますれば……」

勝元の好意に富子は素直に謝した。

恋の病とも知らず、高価な薬を見舞に届けてくれた勝元の気持が嬉《うれ》しく、こそばゆい。

人の心を映し出す鏡があったなら、勝元に与えたいとさえ思った。

面会の時間はあっという間にすぎた。恋をうちあけるどころか、ろくに言葉をかわすことなく勝元が辞し去ってから、富子は魂が抜けたように、ぼんやりと几帳《きちょう》のかげにいた。

「管領《かんれい》さまからのお薬にございまする」

宵になって、乳母が煎薬《せんやく》を運んできた。香気がただよい、口にふくむと苦いが、飲みにくいというものではなかった。酒のような味もした。

飲み干して間もなく、義政が前ぶれなしに訪ねて来た。

殆《ほと》んど半年ぶりの夜の訪れであった。

富子は正直のところ、いとわしかった。今夜はひっそりと勝元の面影を抱いて一人寝がしたかった。

よりによって、なんでこのような夜にと思う。

しかし、義政の相手をして、盃《さかずき》を一つ二つ唇にふくむ中に、富子は自分でもあきれるほど、体が燃えて来た。そんな馬鹿なことがとあらがいながら、意志とは逆に富子の女体はいきいきと開花して行く。いつか、富子は勝元に抱かれているような幻影に襲われた。汗ばみ、声をあげ富子は乱れた。

性が、これほどの恍惚《こうこつ》を伴うものだとは、富子は知らなかった。幻影に溺《おぼ》れ、我を忘れる富子を、義政は激しく愛した。

朝と夜に、富子は細川勝元から届けられた秘薬を飲んだ。

毎夜、義政は富子の許《もと》を訪れる。その度に富子の体は疲れを知らぬように燃え上った。

さめると後悔と自己嫌悪に苦しみながら、富子は幻影に抱かれる悦《よろこ》びをどうしても拒絶出来なくなっていた。

本能が意志を圧倒した。

姑の重子が訪ねて来たのは、富子の懐妊が明らかになって間もなくであった。

「本当に明国渡りというだけあって、あのお薬はよく効きましたこと。流石に細川どのは頼り甲斐《がい》のあるお方ですね。相談をしてよかったと思っていますよ」

なにげない重子の言葉に富子はこだわった。

「お薬が効いたとおっしゃいますと……」

たしか人間の精気を甦《よみがえ》らす薬ときいていたが、重子の話では妊娠が、あの薬の効力のようにきこえる。

重子はあでやかに笑った。

「今となっては、もうあなたにおかくしすることもないのですけれどね……」

媚薬《びやく》だったと、重子はあっさり言ってのけた。

「あなたが、どうも男女のことをお嫌いなさって、それで上様のお足が遠ざかっているときききましたのでね。そんなことでは、いつまで経っても、お世継ぎの御誕生はおぼつかない。思い余って、管領どのに御相談したのですよ」

「管領どのに……」

富子は全身が熱くなった。

するのである。薬を用意したのは勝元の意志ということになる。

こともあろうに、女がけものになる薬を、勝元は承知の上で、富子に飲ませたのであろうか。

「そのことを、上様は御存じだったのでしょうか」

「勿論《もちろん》、御承知ですとも。あのとりすました管領どのが、意外な秘薬を持っていたものよと、大変、お笑いになりましてね」

重子が帰ったあと、富子は怒りと恥かしさで絶望的になった。死にたいとさえ思った。

体を床に叩《たた》きつけるようにして激しく泣いた。

生れてはじめて慕わしいと思った男から、こんな酷《むご》い仕打ちをされて、生きて行く気はなかった。薬で一人の女をけものにして、それでもお世継ぎが得たいという。すべては、自分たちの権勢獲得のためであった。

気がついた時、富子は死ぬ決心をしていた。

心をふみにじられて生きるのは、もう沢山だと思った。

その夜に、富子は乳母の運んで来た薬をそっと捨てた。

しかも義政に抱かれた時、富子は自らの意志で美しいけものに化した。薬を用いた時よりも、更に激しい狂態が、義政を完全に虜《とりこ》にした。

疲れ果て、義政が寝息をたててから、富子はゆっくりと自分の体をみつめた。なめらかな肌はあくまでも白く、しっとりと濡《ぬ》れていた。

この体が武器だと富子は思った。

女の体を武器にしながら、女の心はもう死んだのだと悟っていた。これからは、富子という女ではなく、富子という女の体を借りた一匹のけものが、好きなように生きるだけであった。

それが、富子の考えた死であった。

女心を持たないなら、もう怖いものはなにもない筈《はず》であった。

今参りの局が持っている女体の秘密を、富子はもう知った。あとは富子の若さと美しさが今参りの局を圧倒するだけである。

義政の心をしっかり摑《つか》んでしまえば、将軍の御台所《みだいどころ》の権力の座を利用して、どんな男もきりきり舞をさせてみせる。心をふみにじられた女の生甲斐はもう、それしか残っていないように富子には思えた。

富子は胎内の子が男子であることを願った。

男児ならば、それだけで今参りの局を圧倒することが出来る。

しかし、月が重なって、胎動をおぼえるようになると、富子にも母の心が湧いて、男でも女でも、健《すこ》やかなよい子であれば、と人並みな想いにとらわれたりする。

富子の受胎はいち早く日野家に知らされた筈なのに、兄の勝光は相変らず、富子の前に姿をみせなかった。

そのかわりに、使《いしよう》は毎日のようにやって来て、富子の体の調子を訊《たず》ね、好みの食べものや、新しい衣裳、身のまわりの調度類など、贅《ぜい》美《び》なものを届けてよこす。

長禄《ちようろく》三年正月、富子は二十歳で初産をした。

御台所になって三年目である。

誕生したのは女児であった。

男児でなかったことが、少々失望ではあったが、御台所の初産に、室町御所は華やかに湧き立った。

知らせを受けて、日野家から勝光がやって来た。

出産して三日目の夕方で、富子は小袖《こそで》を着がえ、まだ横になっていた。

兄の顔をみるのは、三年ぶりであった。

少しも変っていない、と富子は思った。こうして近くにみると、似ているようでも細川勝元とは違う兄の顔である。

形式通りの祝詞をのべてから、勝光はあらためて、妹の体をいたわった。

「上様も殊の他喜んで居られる。この次は必ず、男の子だと仰せられてな」

富子は寂しい微笑をみせた。

「赤児《やや》をごらんになりまして……」

「いや」

と勝光は否定した。

「ま、どうして……」

兄も女児でがっかりしたのかと思った。

「みとうないのだ、そなたが子を産むなど……」

はっとして富子は兄をみつめた。

傍に侍女たちはいなかった。久しぶりの兄妹の対面に遠慮して座をはずしていた。

勝光の横顔に苦渋があった。

それが、嫉妬《しっと》だと気がついて、富子は胸のつかえがとれたように思った。

(兄は……自分が、他の男の子を産んだことに嫉妬している……)

なぜ、室町御所を訪れながら、今まで勝光が自分の許へ来なかったか、富子に漸《ようや》く、わかったようであった。

他の男によって女にされた妹を、この兄はみるにしのびなかったのだ。

「お兄さま……」

そっと富子は手をさしのべた。白い妹の手を勝光がおそるおそる摑んだ。

「わたくし、近い中《うち》にきっと赤児《やや》を産みますわ。今度は間違いなく男の赤児を……」

　自信をこめて、富子は兄に笑いかけた。

「あなたは変られた……」

　吐息のように勝光が呟《つぶや》いた。

「変りましたわ……女ですもの、夫を持ち、子を産めば、変るまいと思っても変りますもの」

　兄の動揺を確かめたことが、富子は満足であった。

「上様は、わたくしがこうしてお産のあと、上様から遠ざかっているのがお気に召さないようですわ。一日も早く、わたくしを欲しいとおっしゃるのですよ」

　けたたましく富子は笑った。

　兄が帰ってから、富子は細川勝元は自分の出産を手ばなしで喜んでいるだろうかと思った。自分の献じた薬で、毎夜、富子が義政に抱かれ、狂乱していることを、あのとりすました貴公子は、どう感じているか知りたかった。

　だが、そのとき、すでに富子の産んだ女児はこの世になかったのである。死産に近かった。

　乳母や、医師があわてふためいて手を尽したが、小さい命を甦《よみがえ》らせることは出来なかった。

だが、富子はしばらくの間、そのことを知らなかった。産婦の受ける衝撃を思って、当分の間、内緒にされていたものである。

事実が知らされたのは、十日あまり後である。

富子は半狂乱になった。

「今参りの局《つぼね》の呪詛《じゅそ》に違いありません。そのことは、もう証拠が上っているそうでございます」

乳母の話では、今参りの局の兄の大館教氏《おおだてのりうじ》が、富子の安産の祈願に春日《かすが》社へ参っていたのが、社へおさめた祈願文を調べたところ、呪詛の文であったことが判明したというのである。

「誰が、それをみつけたのですか」

怒りにふるえながら、富子は問うた。

「勝光さまでございます」

「お兄さまが……」

その呪詛文は証拠として将軍に提出され、重臣たちによって評議されているという。

「上様も最初はお信じにならなかったのでございますけれど、れっきとした証拠があがってからは、それは御立腹の様子で……」

いずれ、きびしい処置があるだろうと、乳母はそれを期待しているようであった。

間もなく、今参りの局が近江《おうみ》に流罪となり、湖の上の小さな島で、何者かによって斬られたという噂が富子にきこえて来た。

悪　夢

富子の産後の肥立《ひだち》は悪かった。

それを、殺された今参りの局の祟《たた》りではないかという噂が出た。

やがて、等持寺《とうじ》で今参りの局の供養が行われ、将軍以下、重子や伊勢貞親《いせさだちか》なども参列した。富子は病臥《びょうが》していて、勿論《もちろん》、供養の席には出なかったが、日野家からは兄の勝光が焼香した。

その法要の席で、義政が今参りの局を愛惜して落涙したという話をきいて、富子は眼を怒らせた。

我が子を呪い殺した女の死に、義政が泣いたなどとは許しがたい気がした。それほどまでに今参りの局を愛していたのかと口惜しくもある。

義政が、富子の許《もと》を訪れた時、富子はそのことを激しくなじった。

「そうではない。それは思い違いだ。あの時の涙は、お今のような女がなくば、今頃、そなたの子を抱いていたことだろうと、それが口惜しゅうてつい、落涙したのだ」

詭弁《きべん》だ、と富子は思った。

富子の怒りを解くつもりだといって、義政は、今までに子を産ませた三人の側妾《そばめ》を今参りの局の同類だということで、追放した。

「これで、わしの心がわかったろう。もはやそなた以外に女は近づけぬ。安心して、早くよい子を産んでくれ」

夫の言葉をすべて信じたわけではなかったが、そうまでいわれると富子の女心もやわらいだ。

間もなく、兄の勝光が、烏丸資任《からすまるすけとう》にかわって将軍家の公卿家司《くぎようけいし》に任命された。いってみれば執事のような地位で、将軍の裁可を得ねばならない書状はすべて、勝光のところへまわされる。

勝光に決定権があるといってよかった。

気に入らなければ、しまい込んでいつまでも将軍にみせなければよいし、許可するもしないも、勝光の口ぞえ如何《いかん》であった。義政はただ、彼のいいなりに署名するだけである。

当然、便宜をはかってもらいたい者は勝光と好誼《よしみ》を通じ、昵懇《じつこん》になっていなければならない。金品を贈る者、勝光の機嫌を取る者、政務は完全に勝光の自由になった。たまに、勝光の専横を苦々しく思う者があっても、表立って敵にまわることは、身の破滅であった。

相手は、なにせ、将軍の御台所《みだいどころ》の実兄なのである。

勝光という男は生れつき、金を集める才能があるらしい。それが、権力と地位を得たのである。

長禄三年、京都へ入る七つの街道に関所を設け、通行人から関税銭を徴した。金額は少いが、一日に入京する人数はおびただしいから、まとまれば莫大《ばくだい》な金額になる。

かつて京都の東福寺でも三重塔を建立するための財源として、寺領に関所をもうけたことがある。東福寺は当時、山科《やましな》のあちこちに広大な領地を持っていた。困ったのは附近の百姓や住民で、畑へ出るといっては通行税をとられる、山へ炭焼きに行くにも、草刈りに出るにも一々、銭を払うことになる。遂にたまらなくなった土民たちが一揆《いっき》を起した。

その前例にこりて、長禄三年の関税銭の徴収には大義名分がついた。集った銭は伊勢神宮の造営費にあてるというのである。

勿論《もちろん》、関所ごとに集められた銭は残らず、執事である勝光の手許《てもと》に集まってくる。

造営費にあてるというのは、ほんの名目であった。

そんなことの他に、幕府は明国との交易も行っていた。琉球《りゆうきゆう》からも使者が来て、その都度、なにかと取引がある。

勝光の腕をもってしたら、金は面白いように増えて行く。勝光は富子の名で明との取引をした。莫大《ばくだい》な利得は、そっくり富子のものとして、又、銭が銭を産むように活用されて行く。

富子は兄のすることを黙ってみつめていればよかった。自分の知らない中に、おびただしい財産が富子の所有になって行く。

室町御所の奥は、富子の天下となった。

姑《しゆうとめ》の重子でさえ、もはや、富子を抑えることは出来なくなっていた。

邪魔者の今参りの局を除くためには、嫁と姑は仲よく手をつないだ。しかし、今参りの局の存在のなくなった今、二人の女は本質的に嫁と姑の立場へ戻った。

義政はあれ以来、もっぱら富子を寵愛《ちようあい》し、彼女のいいなりであった。それが、母として重子にはどうも面白くない。

同じ日野家の者だという連帯感は、もうなかった。

華やかに催される花見の宴や、猿楽《さるがく》見物などの折、富子の衣裳《いしよう》が、重子よりははるかに豪華であったこと、富子の侍女の数が、重子よりも多いこと、諸大名が重子をさしおいて、富子にばかり追従したりしたこと、それらのすべてが、重子の怒りの材料になった。

そんなあと、きまって重子は、義政に泣いたり、あたったりする。

富子は、それを知っていて無視した。もはや、老いた姑の憎悪など、ものの数ではなかった。

実際、この頃の室町幕府は滅びるものが最後に一時、花やぐように、活気が溢《あふ》れていた。少くとも、表面だけは、幕府にとって景気のいい話ばかりが続いていた。

長禄二年の秋には、長らく南朝にあった神璽《しんじ》が、吉野《よしの》奥地から北朝へ奉還され、今まで南朝、北朝と二つに分れていた天皇家が一つになったことも将軍家の面目となった。

又、弟の政知《まさとも》が関東公方《くぼう》として、伊豆《いず》堀越《ほりごえ》に進み、管領《かんれい》上杉氏らの協力で関東の支配に乗り出したことも、将軍家の権威の象徴のようにみえた。その故か、奥州の伊達《だて》氏や、関東の太田《おおた》道灌《どうかん》らも上洛《じょうらく》しては、将軍に帰服を示したりした。

当時、義政は皇居を修理したり、花の御所をたえず修理、増築したりしていた。足利の将軍たちが代々、大きな土木工事を行うことで、将軍家の威勢を誇示したのだが、義政も亦《また》、その例にならったものといえる。

富子は寛正《かんしょう》二年、二度目の子を産んだが、これも女児であった。

今度こそ、将軍の世継ぎを産むのだと富子も意識し、周囲も期待していただけに、失望のほうが、出産の喜びを上まわった。

そんな折も折、重子が義政に側妾《そばめ》を与えたという事実が洩《も》れた。

まだ産後の床にあった富子は早速、乳母をやって、姑《しゅうとめ》を詰問させた。

「重子の方様が仰せられますには、一つには御台《みだい》様の御安産を思うてのことで……」

臨月近くなって、夫婦のまじわりは胎児の早産の原因になる。といって、将軍家を一人でおいたのでは、どうしても富子に負担がかかる。

「上様にもお気の毒ではありませんか。そういう場合のためにこそ、お側妾があって然《しか》るべきと思いますよ」

むしろ、御台側の人間が、それくらいの才覚をするべきなのに、いつまで経っても気がつかないから、たまりかねて世話を焼いたのだと重子にいわれ、乳母は面目を失ったという。

しかも、その女がまだ十四、五で今参りの局《つぼね》にどことなく似ているときいて、富子の怒りは頂点に達した。

富子の怒りを恐れるというより、嫁と姑の馬鹿馬鹿しいような確執がわずらわしかったのか、義政は、母のすすめた女をすぐに遠ざけた。

同時にその少し前から工事にかかっていた高倉御所と後に呼ばれた別邸を完成さ

せた。

これは襖《ふすま》一枚に二万貫もかけたという豪華なもので、絵は当時一流の画家である小栗宗湛《おぐりそうたん》の筆であった。

義政は、母の重子をこの高倉御所へ移し、少しでも、富子から遠ざけようとはかった。

同時に、富子へ対しても新邸を建て、こっちのほうは屋根の瓦《かわら》に金銀珠玉を飾り、庭園には、目ぼしい寺や諸大名の許からとりあげた名木奇石をおいた。こっちの費用は六千万貫文というから、莫大《ばくだい》なものである。当時、米一石がざっと銭一貫文に当るという。

こうした土木工事は、前にも書いたように将軍家の実力を天下に誇示するに役立ったが、その費用を捻出《ねんしゅつ》するために重税を課せられた庶民の生活はどん底であった。長禄三年は旱魃《かんばつ》であった。稲はすべて枯れ、田は干上った。

この年の六月十九日と七月二十日に空に二つの太陽があらわれ、それをみた者が様々の流言蜚語《りゅうげんひご》をとばした。八月十八日には太陽が金銅色に変るという現象がおきた。

九月になると、五十年来の大雨で川はあふれ、家や田畑を流される被害が続出した。

翌寛正元年には、再び大雨、台風が襲い、関東では、顔は女で下半身は鯉《こい》という化物が出たといわれ、京都では六条の後家屋夫婦は蛇だというような怪異の評判が噂された。

飢饉《ききん》、風雨害は悪疫《あくえき》の流行となり、おまけに諸国の戦乱で土地を逃げ出した難民が京都へ集り、餓死する者、病気で死ぬ者の数は一日に五、六百人といわれた。

幕府では一応の救済策をたてたが、とても追いつくわけがなく、しかも、その最中に、義政は新邸、別邸を建て、むしろ豪遊に日を送っていた。

日本だけの現象ではなく、中世は多くの国が宮廷貴族の豪華な生活としいたげられた農民との激しい貧富の差を持っている。

上流階級の人々にとって、農民は働く虫としかみえなかった時代であった。

しかし、虫にも抵抗がなかったわけではない。この時代、しばしば起った土一揆《つちいっき》は農民の怒りのエネルギーの爆発であった。

土一揆をおさめるために、幕府がうった手段が「徳政令」である。ひらったくいうなら借りた金を返さなくていいという、なんとも理にかなわないお触れであった。

借金に苦しむ庶民にとって、一時はありがたいようなものだが、それも度重なると貸すほうが苦情をいいたてる。第一、貸す者がなくなっては元の木阿弥《もくあみ》であった。

政治は無為無策で、上に立つべき諸大名、幕府の重職にある者たちは、政治を他に我が家の相続争い、利権獲得に血まなこになっている。

一つの権力の座が滅亡し、新しいエネルギーが新しい権力者の座を創《つく》って行く、その前の混乱時代が、富子の生きた世の中だった。

富子に世の中のことはわからなかった。

もともと、多くの女がその欠点を持っているように、富子に文明批評の眼はなかった。

広く社会をみつめ、世の中の動きをみきわめる力は、はっきりいって義政は勿論《もちろん》、足利幕府のすべての人間になかったといっていい。

周囲の人間にない智恵を、富子に求めるのは、無理のようである。多くの女は、親とか夫とかの影響で社会に活眼するものである。

室町御所の中には、歓楽しかなかった。

寛正六年の春、東山《ひがしやま》の花見の宴には、黄金の箸《はし》を使う有様で、その宴の連歌《れんが》の催しで、義政は、咲き満ちて花よりほかの色もなし、と詠《よ》んでいる。

その中で富子は蒼白《そうはく》になっていた。

「なんですと……上様が義尋《よしひろ》どのを養子にきめて、御隠居をなさるというのですか」

知らせを持って来た勝光のほうは、流石に狼狽《ろうばい》を顔には出していない。

義政には相変らず男児はなかった。それで弟の、浄土寺の僧になっている義尋を
わざわざ還俗《げんぞく》させて、養嗣子に定めたという。
「すでに、義尋どのは、還俗されて義視《よしみ》と名のられ、従五位下《じゆごいのげ》左馬頭《さまのかみ》に任ぜられ、
上様と養子縁組が相すんで居ります」
義視の里方として、養子縁組に奔走したのは細川勝元だという。
「細川どのが……」
富子にとって二重三重の驚きであった。
「なぜ、そのような……上様はまだ三十になられたばかり……どうして御隠居をお
急ぎになるのです。まして、御養子などとは……私を、産まず女《め》とお思いなされて
か……」
富子はまだ二十のなかばであった。子は産めないという年ではない。
「上様は、おそれながら三代様を真似ようとなされてではございませんか。そのよ
うな、御意志は前からお洩らしで、その都度、おいさめ申して参ったのですが」
将軍執事の役についてから、勝光は妹にも臣下の礼をとり、言葉づかいも他人行
儀であった。
「三代様を……」
足利三代将軍義満は、義政の祖父であった。

早く将軍職をゆずって、大御所として権力をふるい、北山に豪華な山荘を築いて栄華を極めた。それを、義政は真似ようとしているというのだ。

「そのような身勝手を……三代様はお子があられての御隠居です。御養子までして、隠居などとは……わたくしに一言の御相談もなく……なんということを……」

よりによって、細川勝元が養子縁組に一役買って、義尋の里親になるとは、どういう心かと富子は判断に苦しんだ。

遠く、幔幕《まんまく》をめぐらした将軍の御座所では、管絃《かんげん》がはじまっている。富子は眉《まゆ》をひそめ、苛立《いらだ》った。

「すでに、義視どのは御家督ときまり、とりあえず今出川の三条殿へお移りになられました」

三条氏は義尋あらため義視の生母の実家であった。

「それにつきまして、一つ、御相談がございます……」

侍女を遠ざけて、勝光は妹の耳にささやいた。

「妹を、義視どのにつかわしますこと、お許し願いたいと存じますが……」

「妹……？」

勝光・富子兄妹には、下にもう一人妹がいた。それを、勝光は、次代の将軍になる義視の御台所《みだいどころ》にしようというのだ。

「兄さまは、それほどまでにして、御自分の地位を守りたいのですか」

蔑《さげ》すみをこめて、富子は兄をみた。

かつて、自分の野望のために、富子を義政に嫁がせた兄である。自分に男の子が産まれず、義政の弟が養子になると知るや、逸早《いちはや》く、残っている下の妹を嫁がせて、次の将軍の代まで地位をかためておこうという兄の腹が、富子には歯ぎしりするほど、口惜しかった。

「日野家だけのためではございません。あなたのお身のことも考え合せてのことでございます」

顔色も変えず、勝光は将軍家へ、富子からも口添えをしてくれと強引に頼んだ。

兄を去らせて、やがて、富子は管絃《かんげん》の席へ戻った。

義政の近くには、細川勝元の相変らず秀麗な顔もみえる。唾《つば》を吐きかけてやりたいように富子は思った。

「なにをして居った。そうか、衣裳《いしょう》を替えて参ったのか……」

あでやかな、と義政は眼を細め、やはり近くに居た大名の一人、山名宗全が富子に黄金の櫛《くし》を献じたいといっていると伝えた。

山名宗全は赧《あか》ら顔の大入道である。容貌《ようぼう》は細川勝元と正反対で、武ばったいかつい顔をしていた。

宗全の妹が勝元に嫁いでいるから、いわば親類に当るのだが、代々、仲が悪く、その確執はむしろ、今のほうが激しいようである。

「これは、みごとな……」

献上された黄金の櫛を、富子はむしろ大仰に賞《ほ》めた。

かねてから、宗全が富子に近づきたがって始終、さまざまの贈物をして来ているのだが、富子はまるっきり関心をしめさなかった。

宗全の怪異な容貌を赤坊主などと仇名《あだな》して乳母や侍女とあざけったりしていたものだ。

「山名どのには、いつも、珍しい品々を頂いて居ります。お心にかけて下さって嬉しゅうございます……」

艶然《えんぜん》と富子は笑った。

盃《さかずき》をとり、宗全へじかに酌を命じた。

宗全の赧ら顔が一層、赤くなった。思いがけない富子の好意のみせ方にとまどいながら感激を露骨にみせる。

もう、とっくに不惑の年を越えている大入道が意外に純情であることが、富子には面白かった。

「酔いました。花の下を歩いてみたい。山名どの、案内をたのみます」

富子が立ち上り、宗全は恐懼《きょうく》しながら後へ続く。

東山の桜は満開であった。

かすかな風に花片《はなびら》が時折舞う。

酔いを口実に、富子は大胆に宗全によりかかって歩いた。

香をたきこめている上に、女盛りの富子の体からあやしいほどの体臭が、抱えている宗全を惑乱させる。

池をまわったところで、富子はむこうからやってくる人数の先頭に細川勝元をみた。

むこうも、こっちをみて、足を止めている。

富子は故意によろめいて、宗全にすがりついた。

あわてて抱いた宗全は、はずみで富子の豊かに息づいている乳房を上からおさえた形になった。

「危うござる」

はっとして手を引こうとするのを、富子はじんわりと押えつけ、そのまま、宗全に体をあずけたまま、眉をしかめ呟《つぶや》いた。

「酔うて苦しい……山名どの、抱いてたも」

ふるえながら、宗全は律義に富子を抱え、汗を流しながら、はるかな幕の中へ運んで行った。

宗全の脂ぎった胸の中で、富子はちらと眼をあけて細川勝元をみた。

勝元は路傍の石になっていた。

そんなことがあってから、宗全はしばしば富子の許《もと》へ出入りするようになった。

七月、日野家の末娘は、将軍の養子になった義視の許へ嫁した。

「これでよい。これで、そなたも安心であろう」

婚儀が終って、義政は富子の顔色をみながら、機嫌をとるように言った。

暑い日で、富子は薄衣をまとって、豊かな姿態をあらわにしていた。二、三日、気分が秀《すぐ》れないといってひきこもっていたのだが、今日は肌の色も一きわ艶《つや》めいている。

「上様に申し上げねばならぬことがございますの」

うっとりと、富子は甘えた声でいった。

「そうではないかと乳母が前から申して居りましたのですけれど……」

恥かしさを扇のかげにかくすようにしてそっと、しかし、はっきりといった。

「わたくし、赤児《やや》をみごもりました」

二つの太陽

富子の懐妊は事実だった。

寛正六年十一月、富子は玉のような男児を産んだ。

義政の弟、義視が還俗《げんぞく》して養嗣子に迎えられて、ちょうど一年目である。

義政は進退きわまった。

すでに弟を還俗させる時、もし、他日、実子が誕生するようなことがあったら、赤児《やや》の中《うち》から仏門に入れ、出家させると約束している。が、これは勿論《もちろん》、富子のあずかり知らぬことであった。

富子の御産所は細川常有《つねあり》の屋敷であったが、富子は慣例どおり、四七夜をそこですごして御所へ戻り、若君の義尚《よしひさ》は傅役《ふやく》ときまった伊勢貞親の屋敷へ移された。乳母がつき、当時、上流の貴婦人がそうであるように、富子も授乳はしない。

義尚が生れて間もなく、義尚が義政の子ではなく、富子と後土御門《ごつちみかど》天皇とに密事があって、そのあげく誕生したものだというようないまわしい噂が立った。どこから、この醜聞が流れたのかわからなかったが、噂は富子の耳に入らず、義政の耳に入った。

この時、義政は富子をさほど疑わなかったらしい。第一、貞親邸で養育されている若君は日一日と義政に似てくるし、可愛《かわい》い盛りでもあった。

確かに富子は日野家の姫として、宮中に参内することがないわけではなかったが、よもや、天皇と通じるなどとは、義政にしても想像の他であった。

翌文正《ぶんしょう》元年四月、義政は富子と打ちそろって貞親邸へ行き、若君のお食初《くいぞ》めの式を行っている。

が、それと前後して義視は権大納言《ごんのだいなごん》に昇進し、富子の妹との間に、最初の男児が誕生した。こちらは義材《よしき》と名づけられた。

そんな状況の中で、山名宗全は相変らずしげしげと富子の許へ出入りしていた。細川勝元が義視の後楯《うしろだて》となるなら、自分は幼い義尚の後見たらんと意識していて、富子にもそそのかすようなことをいう。表面は宗全を頼みに思うようなことをいいながら、富子の本心はむしろ冷ややかであった。

この春、義政は富子と共に伊勢参宮に出かけた。義視と義尚とどちらを次代の将軍にたてるか、神意をうかがってみる参詣《さんけい》であった。

供には日野勝光、細川勝元、山名宗全が顔をそろえ、贅沢《ぜいたく》な旅であったが、結局、なんら得るところもなかった。

義政にしてみれば、富子には責められるし、義尚は可愛いし、といって、義視へ今更、前言をひるがえすことも出来なかった。

旅から帰っても、相変らず蹴鞠《けまり》の催しをしたり、連歌の会に遊んだり、なんとなく日を送っている夫を、富子ははっきり頼りにならぬ人と感じていた。この上は自分の力で、我が子の将来のための足がためをしなければならない。自信はあった。将軍御台所《みだいどころ》の地位と実家である日野家の勢力、それに女盛りの美貌《びぼう》と巨万の財をもってすれば、不可能なことはないように思われる。

たまたま、義尚誕生と前後して、幕府の重臣、斯波《しば》家、及び畠山家に家督争いが起った。斯波家のほうは、当主義健《よしたけ》に子供がなく、一族の持種《もちたね》の子の義敏《よしとし》を養子にしたところ、重臣等と折合いが悪く、追放ということになった。そのあとに、渋川義廉《よしかど》を養子に直したところ、追放された義敏が細川勝元を頼って斯波家相続を願い出た。勝元の要請で将軍義政は義敏を斯波家へ復帰させ、義廉の追放を命じたが、これに憤激したのが義廉に娘を嫁がせることになっていた山名宗全で、場合によれば義廉をかばって一戦をまじえるという態度に出た。

もう一つ、畠山家では、同じく当主の持国《もちくに》に子供がなく、弟の子である政長《まさなが》を養子にしてから後に、側妾《そばめ》に男児が誕生した。義就《よしのり》である。この二人の家督争いにも、政長方に細川勝元、義就方に山名宗全が顔を出すことになり、それらが混然として、世にいう応仁《おうにん》の大乱を勃発《ぼっぱつ》させることになる。

きっかけの最初の事件は、義政、富子の夫婦の伊勢参宮直後に起った。若君、義尚の傅役《ふやく》である伊勢貞親が義視が将軍に対して謀反《むほん》を企てていると称し、同時に、斯波家の義廉がそれに一味しているとして、義廉を弾圧しようとした。

しかし、その結果は、義視が細川勝元に助力を乞《こ》い、斯波義廉には山名宗全が後押しをしていることになり、貞親は細川、山名を敵にまわすことになった。最初は貞親のいいなりにみえた将軍も、形勢利あらずとなると貞親を突放した。貞親は近江へ逃亡し、この政変は一日で終った。

富子が兄の急な迎えを受けて、久しぶりに実家である日野家へ行ったのは、貞親の一件が落着して間もなくの夕刻であった。

かつて、娘時代に富子が使っていた部屋は富子がこの家を去っても、むかしのままに調度などそっくりそのままにしてある。いつ、実家へ来ても、富子がむかしのようにくつろげるための、兄、勝光の心づかいであった。

きざはしに出て、菊の香にむせると、富子の胸には思い出すまいとしても、一人の面影が瞼《まぶた》をかすめる。将軍御台所となって最初の重陽《ちょうよう》の節会《せちえ》に、はじめて逢《あ》った細川勝元に池のほとりで支えられた刹那《せつな》のめくるめくような思いは、今も富子の体のどこかにひそんでいるような気がする。

「お着きか」

勝光の声がして、兄は廻廊《かいろう》を富子の前へ来た。

「何事でしょう、不意にお迎えまでおよこしになるとは……」

妹の視線を勝光は庭へ逃げた。

「あまりに菊が美しゅう咲いたので……」

「ほんに、今年は色も香も、常の年より格別にみえますこと。

うなずいたものの、富子は合点がいかなかった。盛りの菊をみせるだけで、わざわざ自分を呼びよせる兄ではない。

だが、部屋には菊の酒が用意され、富子の好物も揃っている。酒盛りは兄妹二人きりであった。

話はどうしても、貞親失脚の件になる。

「山名どのが、兄さまに詫《わ》びてくれと申して居《お》りました。軍兵が屋敷に乱入したのは、宗全どののあずかり知らぬこと……その者たちは厳重に処罰したとか」

富子が皮肉な微笑をみせて言ったのは、貞親の逃走の際、彼の討伐のため洛中《らくちゅう》に集められた山名の軍兵が、商家などに押入って掠奪《りゃくだつ》や殺傷を行ったあげく、日野邸にも投石したり、家人に乱暴を働いたりしたことである。

洛中の富商には貞親の息のかかった者が多かったので、いわば、貞親を取り逃がした八つ当りであった。同時に彼らは日野勝光が貞親派でありながら、どたん場で鮮やかに身を退《ひ》いて、将軍の庇護《ひご》の許《もと》に安泰を計った事情を知って、武力誇示の意味もあって実力行使に出たものである。

勿論、そのさわぎのあった日は、先に情報が洩《も》れていて、勝光は逸早《いちはや》く邸《やしき》を抜出して、安全な場所に身をひそめていたし、宗全のほうも富子への遠慮があって、単なるおどしに止めて引揚げている。その上で、富子のほうへは、兵の過失として丁重に詫びて来ているなぞ、宗全の食えないところでもあった。

「山名をあまりお近づけにならぬよう……」

盃《さかずき》をふくんで、勝光も余裕ある微笑を向けた。

「お懲りになりましたの……あの乱暴者に……」

「あの男は、戦がなにより好きらしい。怖れを知らぬ男を甘やかすと、とり返しのつかぬことになります」

「成上りの赤坊主奴《め》が……」

眉《まゆ》をひそめて、富子は呟《つぶや》いた。

宗全の赧《あか》ら顔を赤坊主と仇名《あだな》したのは富子だった。揶揄《やゆ》というより、憎悪の響きがある。

「宗全は御台《みだい》様、お声がかりで若君の後楯《うしろだて》となったように、いい触らしているのを御存じでしょうね」

「むこうが勝手に、それを望んでいるのです。分不相応な高のぞみですこと……」

「宗全を近づけたのは、御本心でないとみてよろしいのですね」

「誰が、あのような赤坊主を……ただ、自ら敵にまわすまでもないとは思っています」

義視を支持している細川勝元の実力に対抗して、まだ幼い義尚を守ってくれる大名といえば、領地が十か国にも及び、常に戦闘的で底力のある山名を手なずけておく他はないではないか、と、富子は兄をみつめた。

「わかりました。それならば……」

勝光はその話を打切った。侍女を呼んで琴を運ばせた。

娘の頃には、よく兄の笛に合わせたものだが、ついぞ、弾ずる心にもならずうちすぎていたものである。

輿に乗って、富子は琴をひきよせた。弾くことで、今日はなにもかも忘れたいと思った。

夫である義政には、とうに愛想がつきていた。遊びと女あさりの他には、なにも興味のないような男である。すべてに消極的で優柔不断な性格は、富子にとって歯がゆく、物足りなかった。

富子の心が離れて行くのを知ってか知らずか、数年前から、又ぞろ側妾《そばめ》が増えている。その中の春日局《かすがのつぼね》らは、貞親失脚と共に遠ざけられたが、代りは何人も出来ている。富子はそのことに嫉妬《しっと》さえ感じなくなっていた。

むしろ、義政の夜の訪れがわずらわしくさえありながら、女盛りの体がきっぱり拒絶できないことに自己嫌悪さえ感じている。

夫への不信は今にはじまったことではなかった。今参りの局《つぼね》という強敵がなくなってから、義政に側妾をすすめた姑《しゅうとめ》の重子はすでに歿《ぼっ》していたが、富子が義尚をみごもっている最中ですら、義政の派手な浮気沙汰《ざた》が耳に入ってくる。

男女間のことでは、道徳とか倫理とかに程遠い時代であった。殊に貴族階級の風紀は乱れ切っていて、夫の貞節は勿論《もちろん》、妻の密事すら珍しいことではなくなっている。

男が正妻の外に何人もの愛人を持つことに女が抵抗してはならない時代だったが、富子のような自尊心の高い女には、我慢のならないことであった。

兄がいつの間にか座をはずしたのを富子は知っていたが、気に止めなかった。

琴の手を止めた時、富子は庭に男の影をみた。兄のようであって、兄ではなかった。

咄嗟《とっさ》に富子は、そこに細川勝元が現われた意味がわからなかった。ふりむいてみたが、兄はもとより侍女たちも下ってしまっている。

勝元は富子をみつめ、それから深く頭を垂れた。月光が勝元の横顔を蒼《あお》く照らしている。

兄が富子を邸へ呼んだのは、勝元と対面させるためだったと、富子は気がついた。

「わたくしに、なんの用があるのです」

抑えた声で富子は言った。よくものめのめと自分の前に姿をみせられたものだと思う。

かつては姑の重子の頼みを受けて、富子に将軍の子を産ませるために、富子の恋心を無視して、女体を狂わせる薬を与えて去った男であった。しかも、今は富子の産んだ義尚の敵である義視の里親になっている。

「お憎しみは承知して居ります。ただ一言、申し上げたき儀があって、兄君にお手引を願いました」

化鳥が羽をひろげるように、勝元はにじりよって富子の袖《そで》を捕えた。

「はじめてお目通り申した夜から、勝元は御方《おかた》様をお慕い申して居りました」

富子は耳を疑った。熱っぽい男の眼が間近かに迫っている。富子は動転した。

「それなれば、なぜ、あのようなことを……わたくしはお怨《うら》みして居ります。今も……」

勝元を恋うる余り、夫を遠ざけた富子であった。その富子へ夫によって女体を狂わせる秘薬を与えた勝元の心がわからなかった。

「あの時は、ああすることが御方様のおためと存じました……」

今参りの局に圧迫され、御台所の地位さえおびやかされがちな富子の座を守るには、とにかく、義政の子を産むことと、勝元は思案したという。

「折柄、重子の方様の思《おぼ》し召しにより、あの薬を献上は致しましたものの……」

苦しかった、と勝元はかきくどいた。

「ききませぬ。それでは、今出川様の里親になって、わたくし共の敵にまわられたのは、なぜでございますか」

「権大納言様（義視）の里親になりましたのは、御方様の御懐妊を知る以前でございました。知って居ればなんとて……」

行きがかり上、義視の後楯《うしろだて》はしているが、富子母子の敵にまわる心は露ほどもないと勝元は言い切った。

「それが、御本心なら、今日限り、今出川様と縁を切って下さいませ」

「今出川様と縁を切れば、御方様は山名と手を切って下さいますか」

勝元に抱かれ、富子は激しくあえいだ。

「あのような赤坊主……富子は嫌いでございます。顔をみるのも嫌……」

「御方……」

貴公子然としていても、武家の育ちだけあって勝元は富子の知る誰よりもたくましかった。それでいて、荒くれたところがなく、富子の心はあたたかな海に溺《おぼ》れるように他愛なくなった。

欺《だま》されているのかも知れないという思いがないわけではなかった。

兄の勝光にしろ、細川勝元にしろ企《たく》みの好きな男たちである。政争のために、富子の女心を弄《もてあそ》ぶことぐらい、なんともない筈《はず》であった。

冷たいものが心をしめるのを、富子は眼を閉じて吹き消そうとした。偽りであれ、打算であれ、今はただ恋に酔っていたかった。

几帳《きちよう》のかげで、富子は何度となく声をあげ、男の体に爪《つめ》を立てた。

首尾は上々であった。

勝元は満足していた。富子を愛したというのは嘘ではなかったが、その愛はむしろ肉欲であった。臈《ろう》たけて、豊満な美女の肌を恣《ほしいまま》にすることが、彼の望みであった。

人妻の、それも将軍の御台所《みだいどころ》と情を通じたことで、心中、凱歌《がいか》をあげていた。

これで、義視と手を切るきっかけもついたのである。勝元の計算では、なんとしても将軍を敵にまわすのは不利であった。

義政は伊勢貞親を追放はしたものの、義視が謀反を企てたという噂については、まだ疑いを解いたわけではなかった。

それがわかっていて、勝元はこれ以上、義視に肩入れすることの無意味さを悟っていた。

ただ、義視を捨てるのはあまりに曲《げい》がない。

それを機会に、義尚方へ好誼《よしみ》を通じておかなければ、自分の立場が宙に浮いてしまう。その思案が、富子を利用することであった。

日野勝光にしても、なにかというと武力をひけらかし、自分を伊勢貞親の一味として嫌悪している山名宗全を圧迫するには、どうしても細川家の勢力が必要であった。

男同士は暗黙の中に利害関係が一致した。

いわば、富子は道具であった。

日野邸から帰って、富子は山名宗全を遠ざけた。同時に勝元は義視と義政の和解に尽力する体をよそおい、やがて将軍からの使として日野勝光が疑惑は解けたという誓書を義視にもたらした。それがきっかけとなって、義視は細川勝元の邸を出て、今出川邸へ帰った。万事は勝元の思惑通りに運んだ。

だが、応仁元年正月は思いがけない事件の展開をみた。

正月二日にかねて山名宗全の懇請で畠山家の家督相続を願っていた義就の管領《かんれい》と

しての幕府出仕が義政によって許可され、五日には慣例として将軍が管領職の邸を訪問する。義就には邸がないので、山名宗全邸を借りて将軍のお成りを迎えた。

つまり、細川勝元の後押しで、畠山の家督相続をして管領職にあった筈の政長のほうは完全に無視されたわけである。

義政のこの豹変《ひょうへん》を、細川方は全く知らなかった。

一つには、富子と義政の夫婦仲がそれほど離反していた故でもあった。義政が宗全方に心を動かしていることを、富子は事件が起るまで気づかなかった。そのため、細川家への通報が遅れたのである。

政長のほうは二日から将軍のお成りを待っていたところ、将軍はあらわれず、使者の口上で、当分は管領職を休むよう伝えて来た。

更に、宗全は軍兵を集めて花の御所を囲み、勝元に備え、今出川邸から義視を連れ出して花の御所へ入れた。細川家と将軍との間を完全に遮断したものである。

勝元は後手にまわった。このまま、山名家と戦うことは、将軍に対して反乱を起すことになる。うかつに手は出せなかった。

更に宗全は、義政に対し、義就が管領職に任じられた上は、万里小路《までのこうじ》の畠山邸を政長の手からとりあげて、義就に渡すべきだと主張し、政長の後見をしている細川を追放する御教書《みぎょうしょ》を出すことを乞《こ》うた。

だが、これは富子が必死に抵抗した。

「今、山名家に細川討伐を許せば、京は戦乱の巷《ちまた》と化しましょう。そうなっては、足利の家の行く末も危まれます……」

もとより、将軍は戦を好まない。まして戦の巻きぞえになることは避けねばならなかった。

勝元へは使者が立ち、政長を援助することをやめるように説得した。勝元の条件は宗全が義就の援助をやめることであった。

畠山家のお家騒動から、細川家も山名家も同時に手を引くということである。

義政はそれを取った。

むろん、宗全は不満であったし、義就は憤然として席を立った。

宗全が義政の裁決を不満としながらも、それに抗しかねたのは、このとき、まだ、富子が自分の味方と思っていた故でもあった。

女性の富子が戦を嫌うのは宗全にも尤《もっと》もと思えたし、これ以上、彼女の機嫌を損ずることは避けたかった。

山名家と細川家は手を引いたが、畠山家の政長、義就に関しては、争いが、公然と許されたようなものである。

一月十八日の未明、万里小路の政長邸から火の手があがった。政長が邸に火をかけ、御霊社《ごりよう》の森に陣をとった。これに義就軍が攻撃をかける。戦は遂に山名宗全が約束を放棄して、義就軍へ加勢したことで勝敗がついた。

政長は陣に火を放って、行方をくらました。

細川勝元は最後まで沈黙を守った。

魔　性

その年の三月五日、年号が改って「応仁」となった。

応仁元年五月、勝元は不意に軍を起して、宮中、院の御所、花の御所を警備すると称して、室町の将軍邸に陣をかまえた。兵力、約十六万の大軍であったという。

一方、山名宗全は九万の軍をもって、今の西陣一帯に陣取った。これが、いわゆる応仁の乱の勃発《ぼつぱつ》である。細川軍を東軍、山名軍を西軍と呼んだ。

応仁の大乱は前後十一年続いた。京都は全くの焼野原と化した。当時の歌に、

なれや知る都は野辺の夕雲雀《ひばり》
　あがるを見ても落つる涙は

というのがあるが、およそ京の荒廃がわかる。

東軍に守られている室町御所の中では上皇、天皇を囲む公卿《くぎよう》と義政の側近によっ

て連日のように連歌の集りや酒宴がくり返されていた。大乱の渦中にあって、なすこともなく、時折り、社寺に平和の祈願をこめるぐらいのものであった。

だらだらした戦の間には、きまって、小休止の時期がある。そんな夜には、必ず富子の許《もと》へ勝元が忍んでいた。戦乱の中の頽廃的《たいはいてき》な雰囲気が分別盛りになっている筈の勝元に、一つ間違ったらとんでもないことになる危険な逢引《あいびき》を一向に断念させなかった。

勝光の忠告もこうなっては無駄でしかない。

その日も、勝元は夜になるのを待って富子の許へ忍んでいた。夜明けになって別れを惜しみながら立ち去る姿が、運悪く、暑さで寝つかれず、近習《きんじゅう》を伴って庭をそぞろ歩きしていた義政の眼に触れてしまった。

「あの者を捕えよ」

義政の命で近習たちは走って行ったが、これはさわぎをききつけて来た日野勝光によって阻止された。

「何事でござりますか。天皇《みかど》の御寝所も間近いに騒々しい」

制せられて、義政は癇癪《かんしゃく》を爆発させた。

「妨げるな。怪しい男が富子の寝所から出て行くのをみたのだ。捕えて糾明させよ」

「御台《みだい》様の御寝所から……」

眉《まゆ》をひそめて、勝光は義政にささやき、近習を遠ざけた。

「実は、お眼に止った上はかくすわけにも参りません。只今《ただいま》、上様がごらん遊ばしたのは……帝《みかど》でございます」

「なに……」

「御安心なされませ。お相手は御台様の侍女みよしと申す者でございます」

半信半疑の義政を、勝光は富子の部屋へ導いた。

夜の臥床《ふしど》の上にまっ蒼《さお》になって起き上ったのは、富子ではなく、義政の顔見知りの侍女である。富子が里方から連れて来た女だ。

「どうなさいました。今時分……」

さわやかな声がして、きちんと身じまいをした富子が別の局《つぼね》から出て来る。義政は面目を失った。

だが、その夜の事件がきっかけで、主上が富子の許《もと》に忍んで居られるのではないかという噂がぱっと立った。

同時に後土御門天皇は出家遁世《とんせい》の御志を洩《も》らされた。出家の決意をされたのは、後花園法皇の崩御《ほうぎょ》が原因といわれているが、真実は、あらぬ濡《ぬ》れ衣《ぎぬ》に立腹された為であった。

七月末、富子は兄にも夫にも無断で生母の住む北小路邸へ出奔した。

あらぬ疑いをかけられた怒りのためだと、勝光は義政を責めた。止むなく、義政は何度も富子の許へ使をやって、和解を求めたが、富子はまるで相手にしなかった。

戦乱が長びくにつれて、それ以前からはげしさを増していた土一揆が地方で火の手をあげ、京都へ出陣していた諸大名の留守を突いて、各地で小ぜりあいが始まっていた。そうなってくると守護大名も領国が不安になって次々と帰国して行く。

泥沼のような戦いが漸《ようや》く来るべきところへ来て、文明《ぶんめい》五年三月に山名宗全が七十歳で病死すると、続いて、五月十一日、まだ四十四歳の細川勝元が突然に死んだ。

その知らせを受けた時、富子は八歳の義尚の相手をして庭の日だまりの中にいた。

侍女が勝元の死を告げると、富子は、

「よもや……」

といった。宗全の死以来、勝元は連夜のように北小路邸へ来ていた。今朝も夜明けにおたがいの肌の温味《ぬくみ》を確かめ合って別れたばかりである。誤報としか思えなかったのも無理ではない。

だが、死は事実であった。

突然、居間で倒れて、それきりだったという。勝光の二度目の報告をきいていて、富子は意識が急に遠くなった。

東軍、西軍の両巨頭の死は、長い大乱を一応の終結へ導いた。

勝元の百か日がすんだ時、富子は義尚を呼びよせた。

「これからの母のたよりは、あなた一人です。なんとしても、あなたを今年の中《うち》に将軍にしてみせます。それが母の生甲斐《いきがい》なのですよ」

富子は手段を選ばなかった。兄の勝光は内大臣になっていたし、有力な公卿《くぎよう》にはおびただしい黄白《こうはく》がまかれて、すべて、新将軍宣下《せんげ》の準備は出来ていた。

文明五年十二月、義尚は元服と同時に将軍職に就任した。

翌年三月、義政富子の夫妻は新築された小河《こかわ》御所に移った。義政の本心は将軍職をゆずっても、隠居政治で実権を持つつもりであったが、新将軍のまわりはすべて日野一族でかためられていた。将軍の後見は富子が自ら当った。

富子は商才を発揮した。兄の勝光の力を借りて、西軍であった畠山義就が帰参したいと願って出ると、銭二千五百貫文を求めたり、戦乱で疲弊した公卿や諸大名に高い利息で金を貸しつけた。又一方、人を使って米の買い占めを行い、値段を釣りあげておいて売りさばくなど、たくましく金を増やした。

頼りになる男を失い、しかも、男の裏切りで人間不信を植えつけられた富子にとって、自分と我が子を守るものは金以外にないようであった。

兄の勝光でさえ、利用はしたが、腹の底から信じているわけではなかった。

戦乱で廃止されていた京都へ入る七つの関所を復活し、通行税を取ることも再開した。

通行税はすべて皇居の修理に使用するという名目だったが、これも富子や日野勝光ら一派の所有になってしまうという噂が立って、山城《やましろ》の武士が土一揆《つちいっき》を起したりしたが、富子はびくともしなかった。

世の中を見つめる眼は富子にはなかった。男まさりの政治的手腕がある女ではない。

富子はただ女であった。

恋する人を持ち、夫を憎み、子を愛し、それで精一杯に生きた。それだけのことなのである。

四十歳に近づいた富子の生甲斐は、ひたすら、我が子義尚にそそがれていた。

その義尚が十六歳になって、富子は世間並みの母が考えるように、我が子の嫁えらびに頭を悩ましていた。

候補者はあった。

すでに歿《い》っていた兄、勝光の娘である。

従兄妹《いとこ》同士の結婚は別に珍しくない。

富子はそれとなく、娘を義尚にみせた。その上で、義尚の気持を訊《たず》ねるのだが、どうもはかばかしい返事が得られなかった。

強いて勧めると、

「わたしには、母上があれば、それでよろしいのです」

という。富子は胸をくすぐられる想いだった。

義尚が、まだ五つ六つの頃、戦乱の中で不安げな母をみて、

「わたくしが大きくなったら、きっと母上を、御台所《みだいどころ》にして、安らかに暮させてさし上げます」

といったことがある。

男の子が或《あ》る年齢にさしかかると一度は持つという母への憧憬がいわせた言葉だったが、富子は長く、それを忘れなかった。

そんな彼を見るにつけ、義尚のためには、どんな思いをしても富を貯《たくわ》え、力になってやりたいと決心していた。

「まだ、あの子には、わたくしの他の女には眼が届かないようですね」

侍女たちへ満足そうに語っていた富子にとって青天の霹靂《へきれき》ともいうべき噂が届いたのは、それから間もなくである。

義尚が恋をしているという。

それも、人もあろうに父、義政の愛妾《あいしょう》で、徳大寺公有《きんあり》の娘だときいて、富子は声

を失った。

ひそかにいいよって、進退きわまった女が、義尚の恋歌を義政に見せてしまったことから、俄《にわ》かに義尚の道ならぬ恋が表沙汰《おもてざた》になってしまった。

「なんということをなさったのです。戯れでしょう、悪戯《いたずら》をなさったのでしょうね」

富子は義尚を呼んで、泣いて責めた。嘘でも、戯れだといって欲しかった。

義尚はうなだれて、ひっそりとかぶりを振った。

「母上には申しわけございません。けれど……」

恋は真実だとはっきり告げられて、富子は危く失心しかけた。

「父上への申しわけに、わたくしは出家を致します。もはや、この世に、なんの未練もございません」

初恋に思いつめている息子が、富子には腹立たしく、情なかった。親の心、子知らずとは、このことかと思った。

「出家は許しませぬ。どうしても出家なさるなら、母を殺してからになさい」

二日、富子は考え続けた。

或る夜、富子は腹心の侍女を呼び、手筈《てはず》をととのえさせた。濃い化粧が始まった。肌には香をぬりこめ、紅も濃く、衣裳《いしょう》も派手であった。

四十近い女の貌《かお》は、やがて妙齢の女の貌に化けた。その姿で、富子は義尚の寝所へ忍んだのであった。

若い将軍の寝所に、毎夜、物の怪《け》が出るという噂が御所の中でひっそりとささやかれていた。

夜半、廻廊《かいろう》を美しい女が、足音もなく走り去るのを見たという者もある。女の消えた廻廊には、妖《あや》しい香がたちこめて、男を惑乱させた。

義尚にとっては悪夢のような日々であった。

最初の夜、義尚は夢の中にいた。抱き合っているのは、公有の娘のようであった。女の手が次第に義尚を恍惚《こうこつ》とさせ唇が愛撫《あいぶ》した。何度か気が遠くなり、義尚は果てた。気がついてみると、女の姿はもうなく、臥床《ふしど》の中はむせるような女の匂いが立ちこめていた。

白い女体は毎夜、義尚を訪れた。

正体を確かめたいと思い、義尚は眠るまいと努力した。しかし、夜半になると、どうにも睡魔が襲って来て我慢が出来なかった。

我に返った時は、女の出て行ったあとである。

といって、女が来ている間、義尚が眠っているのではなかった。意識はあった。導かれて知った悦楽の世界へ、間もなく義尚は自分からいどむことを覚えた。

女が去ったあとの、けだるい疲労感の中で漸《ようや》く、義尚は現実感をとり戻すのであった。

半年がすぎた。

或《あ》る夜、義尚は女が去った後、枕許《まくらもと》に一枚の櫛《くし》が落ちているのをみつけた。あかるくなってみると、櫛は黄金で鶴が刻《ほ》ってある。見おぼえがあった。

櫛を持って、義尚は慄然《りつぜん》とした。

「母を抱いていたのだろうか」

夜、義尚は短刀を用意して、母を待った。

母を刺して、自分も死ぬ気であった。だが女に抱かれてしまうと、義尚からその意志は消えた。自分を愛欲の淵《ふち》に沈めてくれるこの女体を突くことも斬ることも出来なかった。

義尚は溺《おぼ》れ、絶望した。

兄の娘を義尚の妻に迎えることを、富子は二度と口にしなかった。

もはや、他の女を義尚の臥床《ふしど》に送ることは忍べなかった。

ひそかに、富子は義尚の養子を物色した。

義政は当時、東山の浄土寺山に途方もない別荘を新築していた。祖父、義満の金閣寺にならって、山荘の中へ東求堂《とうぐどう》という持仏堂と観音堂を建立した。観音堂は金閣寺を真似て金箔《きんぱく》をはろうとしたが、費用が足りず銀箔になった。

夫婦の間は完全に絶えていたが、時折、富子はこの山荘を訪ねることがある。

みる度に美しく若やいでいく妻を、義政はあきれて眺めていた。

「あれは化性だ……いや、魔性の女かも知れぬ……」

実際、義政の側妾《そばめ》たちが次々に年齢《とし》をとり、容色が衰えて行くのに、富子ばかりは永遠に老いないようであった。

長享《ちようきよう》元年、義尚は二十三歳で近江の六角高頼《ろつかくたかより》を征伐するため、僅《わず》かの兵を従えて出陣した。

富子はあいにく病んでいた。

病気でなければ、我が子について行きたいと思った。

義尚は近江の鉤《まがり》の里という所に陣をとっている中に病気になった。

知らせを受けて、富子は病後の体を鉤の里まではこんだ。

義尚は母を待ちかねていた。

病で気がよわくなっている息子は少年のように母に甘えた。

富子は寝食を忘れて義尚に付き添った。

陣中ではあったが、母と子は生れてはじめて心のふれ合った日々を過した。

義尚の回復をみて、富子は都へひき返したが、帰ってみると意外なことがわかった。

近江にあった富子の領地を、義尚が勝手に自分の近習《きんじゅう》に与えてしまっているという。

「なにかの間違いではないのか」

再三、調べさせたが、事実であった。

富子はわけがわからなくなった。看病に付き添っている間、ついぞ、義尚の口からそんな話も出なかった。

なんのために息子が母の財産を近習に与えたりしたのか、と思う。

富子は、義尚の抵抗を感じた。

出陣して以来、母と息子の女と男の関係は絶えていた。

義尚が、毎夜、忍んでくる女を母親と知りつつ抱いていることは、富子にもわかっていた。

罪の意識にさいなまれても、富子の設けた肉欲の世界から抜け出ることの出来ない息子に、富子は満足していたが、義尚の中で、心と肉体が激しい葛藤《かっとう》をくり返していることには思い及ばなかった。

又、裏切られた、と富子は思った。

生涯に何度、男に裏切りを受けただろうと思う。

兄にはじまって、夫、愛人、そして最後が血をわけた我が子であった。男というものに対する憎悪が、富子を狂おしくさせていた。

富子は再び、近江へ出かけて行った。

義尚に逢《あ》っても、富子は領地のことはなにもいわなかった。義尚のほうも触れない。

病が回復したといっても、ひき続いての戦で、義尚はやつれていた。

その夜、富子は久しぶりに濃い化粧をした。

薄衣《うすぎぬ》をまとっただけで臥床《ふしど》に横たわり、富子は賭《か》けた。

香もたいた。

待つ時刻は長かった。

夜半をすぎて、富子は忍んでくる足音をきいた。義尚は幽鬼のように、富子を襲った。

賭けに勝ったと富子は思った。

三月、義尚は二十五歳で死んだ。

息を引き取った時、富子は素裸で義尚を抱いていた。

(これで、もうわたくしを裏切ることは出来ない)

そんな思いが、富子を占めていた。

最愛の息子を失ったというのに、富子の顔に涙はなかった。

義尚の遺骸《いがい》と共に、富子が帰京した時、義政は富子が老けていることに驚いた。日野家の美少女は、四十すぎの女の顔になっていた。若さは完全に富子から去った。

その後の富子のしたことは、かねて養子にと考えていた義視の子の義稙《よしたね》を将軍職につけることであった。

義視はかつて義政が養子にきめ、そのため義尚と将軍職をめぐって政争をくり返して来た相手である。

いってみれば、我が子のライバルの子を、何故、養子にと富子が考えたのかというと、これは義稙の母が富子の妹であったという理由だけであった。

一方、義政は弟の堀越公方《くぼう》の次男で出家して清晃と名のっていたのを、新将軍にしたい腹がある。

新将軍の座をめぐって、夫婦は最後の争いを展開した。

諸大名は各々について、再び、応仁の乱かと思われた時、義政が死んだ。二度目の卒中の発作であった。

死ぬ二日前、東山山荘の裏山で大勢が声をそろえて、どっと笑ったようにきこえたと洛中《らくちゅう》に噂がとんだ。

遺言は、日常に使っていた硯《すずり》と数珠《じゅず》を棺《ひつぎ》に入れることと、東山山荘を禅寺にすること、などである。

富子は、自分に対して夫がなんの遺言も残さず死んだことを知った。

それが、当然とわかっていて、心のどこかを寂しい風が吹いていた。

義政の死後、慣例で髪を落した富子は、義稙を将軍に立てた。

しかし、実力を得た義視、義稙親子が富子を無視すると、細川政元は富子を利用して、かつて、義政が養子にときめていた清晃を将軍に直すことを画策した。

政元は富子の生涯の恋人、細川勝元の子であった。

だが政元も、義稙を失脚させ、清晃を還俗《げんぞく》させて義澄《よしずみ》と名乗らせ、将軍を襲《つが》せると、富子にはふりむきもしなくなった。

巨万の富を抱え、富子は、明応《めいおう》五年、五十六歳でひっそりと死んだ。

もはや、魔性は彼女のどこにも残らなかった。

鬼盗夜《おにのよ》ばなし

一

笠《かさ》に、秋の陽が強《きつ》かった。

都大路を吹き上げる砂ほこりの中を、六十歳くらいの媼《おうな》が杖《つえ》をたよりに歩いていた。目が不自由らしい、おぼつかなげな足どりである。

川が流れ、道は橋に続いていた。「安義橋《やすよしばし》」と呼ばれている古びた、大きな橋だ。近くに祭でもあるのか、橋の上はかなりな人通りであった。

蹄《ひづめ》が鳴って、騎馬の武者が通った。群衆は押し分けられてどっと隅へ寄った。はずみを喰《く》って媼は橋板に転げた。

「渡辺源次綱《つな》さまだ」

「おう、ここで鬼退治をなすった……」

どよめきの上を栗毛の駒にまたがった髭面《ひげづら》の大男が胸をそらせて走り去った。

「これよ。もし、いまの武者が源次綱とはまことかいの」

声をかけられた女は怪訝《けげん》そうに媼を眺め、頷《うなず》いた。田舎者のくせに横柄な口をきく年寄だと思ったらしい。だが、

「そうともさ。源頼光《よりみつ》様の四天王の随一といわれる源次綱様じゃ。なんと怖ろしげな武者じゃろうが……」

媼の唇を痙攣《けいれん》が伝い、血が額から青く引いた。不意に媼は口走った。

「息子の仇《かたき》、人殺しじゃ」

そして、物珍しげに寄って来た人々の肩を遮二無二突いた。もう遠くなった武者へ、

「人殺しの源次綱奴《め》が、息子を返せ、戻せ」

顔中を口にしてわめいた。

「おい、婆さん、滅多な事は言わぬものだ。万が一、聞えたらとんだ事だぜ」

お節介な一人が媼の顔をのぞき込んで言った。媼は力まかせに男の横面をはたいた。

「あの武者は息子の仇じゃわい。妾《わし》が息子はあの武者に殺されたのじゃ。えい、寄らしゃるな。これでも津の国では由緒ある家の者、乞食《こつじき》どもの世話は受けまいぞ」

肩で息を切り、群衆を睨《ね》め据えた。

「おっそろしく気の強い婆あがあったもんだ。破れ布子の百姓婆が由緒ある家のものだとさ。巫女《みこ》の口寄せみたいな事を言やあがる」

横面を張られた男が媼をこづいた。

「およしな。陽気のせいで頭《ここ》へ来てるのさ」

連れの女が笑い、群衆もどっと嘲《わら》った。

「なにが可笑《おか》しい、息子を殺された年寄を嬲《なぶ》って、それが都人《みやこびと》がいやい」

媼は地団駄を踏んだ。気が済まずに目の前で歯茎をむき出しにしてげたげた笑っている男に武者ぶりついて行った。はねとばされた。ぶつかった男が面白半分に突いた。

「婆《ばばあ》だと思って手加減してやりゃあいい気になりやあがる……」

「しつっこい奴だ……」

誰のだか分らない手がそれぞれに媼の身体のどこかに当った。もみくしゃにされた媼の細っこい背が海老《えび》みたいに曲って橋桁《はしげた》に崩れ折れた。

若い、放免らしい男が、それをじっと眺めていた。額から頰にかけて物凄《ものすご》い刀傷がある。この陽気だというのに無精そうな懐手であった。

＊　＊

放免というのは、軽い罪を犯したものが放免されて出獄し、検非違使《けびいし》庁の下部《しもべ》となったものの称で、犯罪の裏面に通じているのと、穢《きたな》い仕事をやらせるのに都合がよいという理由で犯人の逮捕や死人の跡片付などに使われた。別に再教育するわけでもないし、失業救済の親心からでもないから、彼らの大半は再び罪を犯すか、昔の仲間と好誼《よしみ》を通ずる者が多かった。彼らの仲間と言えば、浮浪者、世をすねた無頼漢、乞食僧などで都の諸方に朽ちかけたまま放ってある楼門を巣にして引剝《ひきはぎ》、盗みを働いていた。

だが、安義橋で卒倒した媼を背負って楼門を上って来た若い放免は、無気味な顔に似合わず物腰はひどく柔かで言葉つきも丁寧だった。

「こんな所ですが決して御心配には及びません。善人の住む場所とは申せませんが、お年寄の貴女《あなた》に危害を加えるような者は居りませんから、安心してお出でなさい」

わざと押し殺した風な低い声でいいながら、まめまめしく湯を椀《まり》に入れて差出す放免を媼は暗い月明りにおどおどと見た。

(怖ろしげな顔つきだが、年頃もちょうど茨木《いばらき》と同じ位の……)

そう思っただけで媼の頰は涙に濡《ぬ》れた。十年前の霜の冷たい津の国の夜明けを、「出世したら、きっと迎えに来ます。お達者で待っていて下さいよ。二年か三年したら、必ず帰って来ますからね」

生き生きと眼を輝やかせて、しかし、別れの悲しさ、心細さをはっきり後姿に見せながら任期が終って都へ帰る国守《くにのかみ》の一行の後へ従《つ》いて行った息子が、瞼《まぶた》の裡《うら》に鮮やかに甦《よみがえ》ってくるのだ。

「おい、粥《かゆ》が煮えたが……」

僧侶《そうりょ》らしい丸い頭の、髭がぼさぼさに伸びている男が声をかけた。中央の鍋《なべ》を囲んだ男が四人、女二人が車座になっている。それがこの楼門の住人のすべてのようだった。若い放免はそっちをふり向いて軽くうなずき、媼に言った。

「あっちへ行って食べますか、それともここへ貰《もら》って来ますか？」

粥のことであった。媼はかすかに首を振った。

「欲しくないのですか、それじゃあ……」

若い放免は椀を持って立ち上った。その時、鍋の所から物売り風体の女が声をかけた。

「ねえ、例のお姫さんのことだがね。やはり入内《じゅだい》と定《きま》ったそうだよ。あそこの館《やかた》の雑仕女《ぞうしめ》の話だから間違いはない」

「馬鹿な話だよ。散々、茨木さんといい夢を見ておきながらそ知らぬ顔で天皇《みかど》のおそばへ上ろうとは、とりすました様子がみたいものだね」

年かさの女がしゃがれた声でつけ加えた。うつむいていた媼がふっと顔をもたげた。

（茨木……？）

声にはならず唇がふるえた。媼は暗がりをすかすような恰好《かっこう》で若い放免を見上げた。彼は仲間の方へ目顔で合図をし、それから窺《うかが》うように媼の表情をみつめて重っ苦しく口を開いた。

「おそらくそうだろうと一人合点したから、こんな処まで背負って来たのですよ。お婆さんは茨木のおっ母さんでしょうね」

嫗は大きくあえいだ。

「茨木を御存じとおっしゃる？　すると貴方《あなた》は津の国の里へ使を下されたお人か。息子が安義橋で殺されたとお知らせなされた！」

若い放免は暗がりへ顔をそむけた。当惑がありありと彼の傷のない半面に浮んでいた。みかねたように僧体の男が近づいてくると若い放免に目くばせし、ゆっくりと老婆の脇へしゃがみ込んだ。

「あんた、目が悪いようだね。患いなすったか……」

はぐらかされて嫗は露骨に不快な顔をした。それでも気をとり直した風で、

「若い頃からの病み目でございますよ。それでまるっきり見えないわけではありませんが、ここ二、三年はめっきり弱まりましてね」

「俺の髭面がわかりますかい」

僧体の男は嫗の目の前へぐいと顔を突出した。嫗は眉《まゆ》をしかめ、払いのけるような手ぶりをした。

「年寄を嬲《なぶ》りなさるか」

腹立たしげな声であった。

「これでも昔は津の国で指折り数えられた程の家の者じゃ。先祖は歴とした血筋、田舎者とあなどられようか」

身じまいを正し、大仰な名乗り方をした。その相手に助けられ、介抱された事などまるで忘れてしまったような老人の傲慢《ごうまん》さであった。若い放免が僧体の男の袖《そで》を引き、哀願する風な目まぜをした。僧体の男は苦笑した。笑うと髭《ひげ》の中にえくぼが出来て、案外の好人物らしくも見えた。

「これは俺が悪かった。お婆さんをなぶろうなんぞという気はないが、ただ、どの位に眼が見えなさるかと……いや、別にどうというわけではないが一人旅をなすったのだから物の黒白《あやめ》はお分りだろう……」

「人影、鳥影の区別《わきまえ》はつきます。男か女かなんぞというのは髪や着物で見分けられますが顔形などはおぼつかない事です。それも夜となっては……」

嫗《おうな》はむっつりと答えた。僧体の男は若い放免をちらと見、彼らにだけ通じる三度目の目くばせをした。

「茨木が死んだという知らせを上げたのは確かにこの私です。そうした方がよいと思ってのことだったが……」

若い放免は思い切ったという顔で口をはさんだ。

媼の細い、しかし野良仕事に鍛えられた腕が異常な強さで放免の胸倉を摑《つか》んだ。

「話して下さいまし。私の息子は国守様の御館に奉公していたのではなかったのですか。どうして殺されるような……なぜにそんな」

放免はもて余し気味に媼の手を外した。

「落付いて下さい。まあ、気を静めて……」

顔だけそむけて他の仲間へ呼んだ。

「みんな、来てくれ。これが茨木のおっ母さんなのだ」

その肩へ媼はしがみついた。

「わたしは茨木が渡辺源次綱という男に殺されたという知らせだけを受け取りました。信じられませんでした。あの子が死ぬものか、茨木は一人息子でございます。利発者とて国守様のお目に止り、都へお供して参りました。出世して迎えにくると言ったあの子が死ぬわけがございません。半信半疑ながら都へ上り、今朝、国守様の御館へ参りました」

媼はそこで激しく嗚咽《おえつ》した。

「気の毒に、お婆さん、門前払いをくわされた事だろうが……」

僧体の男が髭面に似合わぬ優しい調子で言った。

「息子は不都合があったとやらで三年前に暇を下されたと突放されました。気が狂いそうでございました。馴《な》れぬ都を山犬のように彷徨《さまよ》って、わたしは息子が殺されたという安義橋を見ようと思いました。そこで息子を殺したという武者に逢《あ》いました。渡辺源次綱とやらいう……」

若い放免が言葉を入れた。

「たまたまそこへ私が通り合せたのです。お婆さんを見た時、私は思わず声をたてる所でした。貴女の顔に、姿に、私はかつての友達をはっきりと見たのです。今更のように茨木の最期の言葉が思い当りました。いや、その事については追い追いに申しましょう。通りかかった武者の名を聞いて貴女が人殺しよ、茨木を返せと泣き叫ぶのを見ると、私は間違いないと信じました。茨木の魂が私をおっ母さんに逢わせてくれたのだと思いました。私はおっ母さんを介抱し、ここへお連れ申したのです」

気負ったせいか、少しばかり芝居じみた調子で放免は語った。仲間へというよりむしろ媼に弁解すると言った話し方であった。

「申しおくれました。私は軽部《かるべ》の遠助という者です。茨木とは二年足らずの交際《つきあい》でした」

遠助は懐中から古ぼけた肌守《はだまもり》を取り出して媼の前に置いた。

「茨木が息を引取る時、これを形見に呉《く》れました。おっ母さんが縫ってくれたのだといっていつも肌身はなさず大切にしていたものでした……」

媼は肌守を手に取った。月光にすかし、殆《ほと》んどきかなくなった視力を触覚で補うかのように何度も撫《な》で廻《まわ》した。絶望が媼の全身を走った。万が一、もしやと張りつめた親心がふっつと切れて媼は肌守を頰に押し当てた。

二

夜風が涙の乾いた頰に凍《し》みた。楼門の裏手の松の下に小さく土が盛られた一つの墓の前で、媼はかつての息子の仲間に囲まれて泣けるだけ泣き、嘆けるだけ嘆いた。

遠助と呼ばれる若い放免は相変らず懐手をしたまま媼の後に立って嗚咽する背を凝視していた。深い苦悩が傷痕《きずあと》のある額に翳《かげり》を落し、唇が時々、ひっつれたように痙攣《けいれん》した。

「この土の中に眠っている茨木の死体には片腕がありません。その片腕は今、渡辺源次綱という男の館にある筈《はず》です。渡辺源次綱が安義橋で打ち落した鬼神の腕としておそらく塩漬にでもされていることでしょう」

遠助が喋《しゃべ》り出した。黙っている事に堪え切れず、遮二無二、言葉が唇を割ってとび出してくるといった話し方であった。

嫗は口がきけなかった。

「信じられない事かも知れません。けれど私は茨木のおっ母さんに、仲間の他は誰一人信じてくれない本当の話を聞いて頂きたいのです。聞いて下さい。信じて下さい」

風が薄《すすき》の穂に鳴った。月は雲にかくれて、雲から抜けた。

「貴女がおっしゃる通り、茨木は三年前まで確かに津の国守《くにのかみ》の藤原中納言に奉公する書生でした。立身を夢み、学問に精進していた真面目な若者だった筈です」

その年の春。中納言はそれまでの地方官から全く別な官職に変ることになった。そこで後任へ引継ぎをする文書《もんじょ》を書生に書かせる事になり、常日頃、頭脳もよく字も上手《うま》いといわれていた茨木が選ばれた。

「茨木は一室に閉じ込められ、旧《ふる》い事を直し直し書かされました。そして気がつきました。茨木のしている事は公文書《おおやけぶみ》の偽造だったのです。その秘密を知っているのは中納言と自分の二人きりです。茨木は事の重大さに仰天して、おそるおそる中納言に問いただしたそうです。すると中納言のいうには〝こういう事は官職にある者にはままあることだから心配は要らない。殊更、お前を選んでこの仕事にたずさわらせたのは、お前の手を信じ、行く末頼みに思うからだ。決して悪いようにはしないから性根を据えて奉公してくれ〟と親しげに申し、又、〝仕事が済んだら褒美をやるから故里《くに》の母親に会いに行って来い、場合によっては都へ迎えられるように取り計ってやってもよい〃と約したそうです。茨木が喜んだのはいうまでもありません。二十日ばかりで仕事は終り、中納言は茨木にとりあえず絹四疋《ひき》を呉れて館《やかた》を出したといいます。茨木は主人の情けにいそいそと、夜道をかけて故里へ発《た》ちました。都大路を抜けて河原へ出たとき、茨木は後から肩先を深々と切り下げられ、川中に転落しました。さては野盗かと、苦痛をこらえ、葦《あし》のしげみに身をひそめて相手の様子を窺《うかが》うと、意外にも男は中納言の召使っている郎等でした。〃どうした。首尾よく殺《や》ったか〃と後の一人がいい、〃手ごたえは確かだった。おそらくもう息はあるまい〃と葦の辺りをのぞき込んだ男が応じました。〃仕止めたなら、こんな所で愚図愚図していて放免にでも見とがめられてはまずい。中納言様も首尾を待ちかねてお出でだろう。まず帰って復命しよう〃そんなことを言って郎等たちは引揚げて行きました。葦の間から這《は》い出した茨木は茫然《ぼうぜん》として暫《しばら》くは動く気力もなかったと申します。信じ切って、将来を賭《か》けた主人に裏切られ、殺されようとしたのです。茨木には世の中が全く信じられなくなりました。人目を忍び、裏道を歩く茨木の新しい生涯がここから始まったのです。おっ母さんは、何故、茨木が国守の無法を訴えて出なかったかとお思いなさるかも知れません。無駄な事なのです。善悪理非が正しく裁かれる世の中ではないのですからね。強い者勝ち、弱い者馬鹿が通り相場の都なんです。藤原中納言からは、茨木という書生が盗みを働いて逃亡したという訴えが検非違使庁《けびいし》へ出されていました」

遠助は息を継ぎ、左の袖で汗をこすり上げた。僧体の男は仲間を指図して枯木を集めてくると焚火《たきび》を始めた。

茨木の墓の前で通夜をする気らしい。

暗くて嫗《おうな》には分らないが、この辺りは死骸《しがい》の捨て場所と見えて、近くの松の根方や岩かげに腐爛《ふらん》しかかった人間の足がのぞき、死臭が闇の中に充満していた。この仲間は馴《な》れているのか、無神経なのか、黙然と炎に手をかざしている。風が吹いてパチパチと火がはぜた。

「この広い都の中には御所を囲んで、数多《あまた》の公卿《くぎょう》屋敷があります。そこには地方から出て来た学問好きな、出世欲に憑《つ》かれた若い男たちが奉公しています。彼らは田舎者と卑しめられ牛馬のようにこき使われ、虫けら同様に扱われながら老ぼれて行くのです。どのように才気があろうと、学問に秀《すぐ》れていようと、よい家柄、立派な身分に生れない限り、彼らは出世なんぞ思いもよらないのです。貴族の家に生れたものは阿呆《あほう》であろうと、怠け者だろうと衣冠束帯に威儀を正して牛車《ぎっしゃ》に乗り、参内し、官職につき、女あさりをし、財《たくわ》を貯えて栄耀《えいよう》を恣《ほしいまま》にします。貴族たちが花見に、物詣《ものもうで》に、豪華な牛車を飾りたて、行列する道端には、飢え死んだ老人や子供の死骸が埃《ほこり》をかぶり、夜になると腐肉をあさる野犬が都大路をうろついて歩きます。盗人《ぬすっと》が非道を行い、路上で女が犯されても、それを取締る検非違使の役人は酒を喰《くら》ってまるで貴族の番犬です。貧乏人が飢えようと死のうと彼らは蝦蟆《かえる》が踏みつぶされた程にも感じないのです。心ある人間なら、そして、その男が貴族の出でないならば、大抵、人間に愛想を尽かすか、世をすねるのが当り前です。茨木もその一人でした」

頭がいい、腕もある。思いやり深く大胆、しかも津の国の田舎育ちに似合わぬ品のよい顔立ちに人々の人気が集った。彼の周囲には忽《たちま》ち若い仲間が寄った。

「こんな世の中をぶちこわせ」

「権門の連中に一泡吹かせてやろう」

若い怒りは盗みという行為で発散された。当然、彼らの仲間のやり口は変っていた。相手は貴族か物惜しみをする金持と定《きま》っていたし、その手段《てだて》も皮肉だった。こんな事があった。或《あ》る評判のよくない寺の鐘堂の唐鐘を盗み取った時である。仲間の中によぼよぼの老人がいた。彼には死人に化けるという特技があった。身体を硬直させ、呼吸まで止めて何刻《なんどき》でも辛抱出来る奇妙な芸である。茨木の計画に従って、老人はその寺を訪ね、旅人と詐《いつわ》って鐘堂に一夜を明かす許しを得た。けちん坊な住持が寺の内へは決して旅人を泊めないという事を知っての上であった。その翌朝、老人は死んだ。

「よくない旅法師を泊めて、寺に穢《けが》れを出した大徳よ」

そう言って寺僧たちは立腹する。そこへ二人の旅の男がやって来た。若草色の水干《すいかん》に裾濃《すそご》の股立《ももだち》を高くとり、太刀をはき、綾藺笠《あやいがさ》をかぶった下衆《げす》ながらきりっとした若者である。川二つ越えた山国の郷士の伜《せがれ》だと名乗って、

「慮外ながらおたずね申します。八十ばかりの丈高い老法師をお見かけになりますまいか」

そこで住持が死骸を見せる。

「おお、祖父上《おおじうえ》、このようなお姿に……」

と、男たちはとりすがって泣いた。近頃、老ぼけて、七日前ふらふらと家を出たきり帰ってこないので探しに来たものだという。

「いまはせん方なし、葬いの仕度を……」

男の一人はすぐに出かけて行って二十人ばかりの手伝男を狩り集めてきた。老法師の遺骸を運び出し、裏の松原で夜もすがら念仏を唱え鉦《かね》を叩《たた》き、明方までねんごろに葬って去った。死人の穢れの期間は三十日である。その間、寺僧たちは鐘堂に近寄らなかった。そして気がついた時、鐘は盗まれていた。松原には、松の大木を切りかけて焼いたと見え、鐘の破片が所々に散乱している。二人の男と狩り集めた

人々とが、茨木とその仲間であったことはいうまでもない。

茨木の一味は、都の中に小屋をかまえ、かなり裕福に暮した。表面は絹商人《あきんど》といいうみせかけであった。

その頃、藤原中納言の姫に入内《じゆだい》の話が持ち上った。噂は遠助の耳にも入った。

「茨木を欺《だま》して殺そうとした奴の姫が、事もあろうに天皇《みかど》の妃《きさき》に上るとは、いまいましいにも程があるよ」

姫が妃の位につけば、親の中納言の出世は目に見えている。遠助が言った。

「中納言に一泡吹かせて、お主の怨《うら》みを晴らしてやろうか」

「そんな事が出来ようか」

「まあ、まかせてみろよ」

どういう手を使ったものか、遠助は中納言の乳母と好誼《よしみ》を通じた。乳母の口から姫が清水寺《きよみずでら》へ参詣《さんけい》に出る日が知らされる。遠助の工作に従って茨木はその時刻に仲間と共に清水寺へ出かけた。身分卑しからぬ丹波国あたりの豪族の息子が供を連れての物詣《ものもうで》という風体である。色が抜ける程に白く、女子にもみまほしい茨木を見た姫は全く心を惹《ひ》かれた。さりげなく乳母を通じて茨木から歌が贈られる。返歌がある。計画は鮮やかに進み、その夜、茨木は中納言の館《やかた》の、姫の部屋へ忍んだ。一夜にして茨木は姫の心をしっかと摑《つか》んだ。俄《にわ》かに姫は入内の話に首をふり、中納言を狼狽《ろうばい》させた。茨木は隙を見ては姫の許《もと》へ通った。人にあやしまれぬために、茨木は女装して出かけた。小柄でふくよかな茨木の姿態は、女の衣裳《いしょう》をつけると遠助ですら、はっとするほど美しかった。

或《あ》る夜、茨木は別れを惜しむ姫から卯《う》の花ぼかしの衣《きぬ》を貰《もら》って被衣《かつぎ》にしたまま、一条の安義橋へさしかかった。頃もちょうど卯月《うづき》の、空は定めもなく、雨もよいの風が暗い足許を吹いていた。遠く愛宕山《あたごやま》が黒い。ふと、すれちがった酔漢が女装の茨木を真の女の一人歩きと見間違えた。たわむれかかる男に、茨木の持前の悪戯《いたずら》心《ごころ》がふっと湧いた。適当に絡ませておいて当身をくれ、衣服、持物を剝《は》ぎ取った上、真裸の男を橋桁《はしげた》にくくりつけて姿を消した。夜が明けて衆目にさらされた男は今更、女にたわむれてとも言い難い。

「実は昨夜、この橋を通りかかると美しい女に化けた鬼が現れて、あっという間に襟髪《えりがみ》を摑まれ、丸裸にされてしまいました」

翌晩も、その翌晩も、茨木は艶《あで》やかな女姿で安義橋に現れた。男は必ず引っかかった。その中《うち》に、

「鬼の口は耳まで裂けて石榴《ざくろ》のように赤かった」

「頭は赤い毛がおどろおどろに乱れ、金色の角が二本。風を呼び、黒雲に乗って愛宕山の方へ消えた」

などとまことしやかに言い触らす者もあって、安義橋に鬼が出るという噂は洛《らく》中《ちゅう》の評判になった。

　さ夜更けて、鬼神こそ歩くなれ
　南無《なむ》や帰依《きえ》仏《ぶつ》
　南無《なも》や帰依《きえ》法《ほう》

と庶民に唱《うた》われた時代である。鬼の存在を疑う者はなかった。

「しかし、この噂が遂に茨木の命とりとなりました。武芸自慢の武者、渡辺源次綱という大馬鹿者が本気になって鬼退治にやって来たのです」

　遠助はちらと眼を上げ、すぐに伏せた。

「ただ、茨木は傷に苦しみながら、何度もこういいました。あんな田舎者の侍に殺《や》られる俺じゃあなかったんだ。あの時、俺は人通りのない橋の欄干にもたれて所在なく水面を覗《のぞ》き込んでいたのだ。月の明るい、十六夜《いざよい》だったろうか、ふと俺は水の面におっ母さんの顔を見たんだ。被衣《かつぎ》をかぶり、秋草模様の小袖《こそで》を重ねて、それは俺がうっすらと覚えている幼い頃に見た若い俺のおっ母さんだった。父親も生きていて、一族がまだ裕福に暮らしていた時分の美しかったおっ母さんがそこに居る、と俺は思った。水に映ったのが、女の化粧をした自分の顔だと気がついても、俺はまだ、ぼんやりしていた。津の国の片田舎で俺の出世を、息子の帰りを、唯一の力に生きているおっ母さんの姿を、俺は胸苦しさとやるせなさの中で痛い程に思った。俺は背後に人が近づいたのにまるで気がつかなかった。ものすごい殺気にあっと身をひねったが躱《かわ》し切れなかった。俺の腕は付け根から鈍い音を立ててぶち落されていたのだ。そう茨木は口惜し気に申しました。気丈だった茨木はそんな大怪我をしながら、巧みに相手を撒《ま》いて隠れ家まで逃げて来たのです。二日二夜、苦しみ通して茨木は死にました。俺が死んだら、おっ母さんがあんまりみじめだと、それが最後の言葉だったのです」

遠く鶏鳴が聞えた。辺りはまだ夜であった。風だけが止んで、雲が藻のように天に絡みついていた。

「私の申し上げる事はこれで全部です。やがて夜も明けましょう」

遠助は立ち上った。仲間を指図して、そこらの死体をよせ集め穴を掘って丹念に埋めさせた。

「頭《こうべ》に遊ぶは頭虱《かしらじらみ》
項《うなじ》のくぼをぞ　極《き》めて食う
櫛《くし》の歯より天降《あまくだ》る
麻小笥《おごけ》のふたにて
命終る」

歌であった。さくさくと鍬《くわ》を動かしながら、男たちは野太い声で繰り返した。魂のぬけがらみたいに座っている嫗《おうな》の所へ遠助が戻って来た。

「お聞きになったでしょう。近頃、都の流行《はや》り歌の一つです。誰のことでもありません。私たちのことなんですよ」

遠助は低く笑った。

「盗賊をした所で、引《ひ》っ剝《ぱ》ぎ、火つけを働いた所で、この世の中なんぞ、どうにもなりゃあしませんよ。ぼんのくぼで暴れる虱《しらみ》ほどの事もない。櫛の歯からふり落されて、へしつぶされるのが怖かったら、むさい所へもぐり込んで、いねむりでもしている他はないのです」

嫗は遠助のよく動く口許《くちもと》を見た。はっとする程、老けた暗い翳《かげ》が、まだ二十五、六歳の頰をかたくなにゆがませていた。

(茨木はそうではなかった……)

嫗は夜空に目を上げた。

(親思いの優しい子だったが、内には激しい程、勇ましい気性を潜めていた。どんな苦難も笑って乗り越えて行く立派な息子だったのに……)

嫗の頰に勝気な血が動いた。

「弱い者の住みにくい世の中なんですね。殺された者は凶《わる》い籤《くじ》を引いたと思って諦《あきら》めるより仕様がない。鬼にされようと、化け物だと言われようと……仕返しをしてやろうという気力のあるお人もないのですから……」

老人らしい、ねちねちした言い方であった。

「もし、茨木だったら、友達がそんな目に会って死んだのを黙って見すごしておくような不人情な事はしなかったでしょう。非業に死んだ友達のために立派に仕返しをしてやるに違いありません」

「仕返し……」

はっとした風に遠助が言った。媼はあらぬ方を見つめていた。

「せめて息子の腕を取返してやりたい。鬼の腕などといわれて人様の笑いものにされてはあの子が哀れです。あの世に行っても片端者と呼ばれてはさぞ辛《つら》かろう。と り返してやりたい、茨木の腕を……」

老いの愚痴の中に「気丈者の母親」が窺《のぞ》いていた。灰色の沈黙が二人の膝前《ひざまえ》を這《は》った。夜露が白髪を濡《ぬ》らし、よれよれの衣子を湿らせた。酔った女の濁《だ》み声が身近かに聞えた。辻《つじ》に立って春を鬻《ひさ》ぐ女と見えた。

「おい。又、あぶれてやけ酒かい」

僧体の男が肩を押した。女は他愛なく地に膝《ひざ》を突いた。

「ふん、笑わせるねえ……」

女は甲高く応じた。

「女の盛りなるは
十四、五、六
二十三、四とか
三十四、五にもなりぬれば
紅葉の下葉に異ならず……

か、わびしいねえ、お前さん……」

ひょろひょろと立ち上って、腰をふりながら闇に呑《の》まれて行った。

「三十四、五になりぬれば、が聞いてあきれる。そんな年頃の娘のある婆がよう」

鍬《くわ》の手を止めた男が笑った。

「だが、女は化け物だねえ、白壁みたいに塗りたくって赤い物でもつけてりゃあ結構、男が寄ってくるんだから……」

ぼんやり聞いている媼の眼に猛々《たけだけ》しい火が点《とも》った。

三

石清水八幡《いわしみずはちまん》の祭が来た。

今年は勅使が立つので、その美々しい行列を見物する人々は早くから沿道に桟敷まで設けて待機していた。

摂津守《せっつのかみ》源頼光朝臣《あそん》の郎等で四天王と自称する平貞道《たいらのさだみち》、平季武《すえたけ》、坂田公時《きんとき》、渡辺綱の四人も祭見物に出かける事になった。

「しかし、馬に乗って行くのも見苦しいであろうし、顔を隠して徒歩《かち》で行くのも気がきかない」

と一人が言い出した。

「よし、さらばわしが知り合いの大徳の牛車《ぎっしゃ》を借りて下簾《したすだれ》を垂らし、女車《おんなぐるま》のように装って行けば、無礼とがめをされることもあるまいが……」

相談がまとまって、大徳の牛車が借りて来られた。履物を内に入れ、袖も出さずにいると、どうみても心にくい程の女車である。牛飼童《うしかいわらわ》は心得顔に鞭《むち》を取った。

ところで、車が動き出してみて驚いた。石ころだらけの道で激しく揺れる度に、ちょうど箱に物を入れて振るように、四人は立板に頭を打ちつけるやら、仰のけざまに引っくり返るやら、およそ我慢のしようもない。さりとて今更おりるわけにも行かず、牛は容赦もなくぐいぐいと進む。ふらふらになりながら揺られて行くと四人共、気持悪く酔ってしまった。見物どころの騒ぎではない。長い長い行列の最後の一人が通りすぎ、見物の車がすっかり散ってしまってから、四人は漸《よう》くの思いで牛車を這い出した。牛飼童を先に帰し、業腹な儘に持参の餌袋や破子や酒などを取り出し、散々に酔った。

　気がついた時、渡辺源次綱は一人で河原を歩いていた。

「はて、連れはどこへ行ったやら……」

　どこではぐれたのか、無論、覚えはない。月は中天に白く、星も蒔絵《まきえ》したように空を彩っていた。赤く光る星がある。冷たくまたたく星がある。どの星も名月の夜を力一杯に輝いていた。石につまずきながら、綱は道へ出た。時刻も、場所も解《わか》らない。橋があった。

「やや？」

　見たようなと酔いの頭で思う。そのとたんにむかむかと胸元にこみ上げて来て、綱は川中へもどした。しきりとおくびが出る。深い息を吐いて擬宝珠《ぎぼし》にもたれかけた。

　はっとしたものだ。

「此処《ここ》は一条の安義橋ではないか？」

　背筋を悪寒《おかん》が走り、膝ががくがく慄《ふる》えた。酔いざめの眼がおどおどと落付きなく辺りを窺《うかが》う。

（とんだ所へ来てしまった……）

しかも、こんな夜更けに、と歯の根も合わない。

忘れもしない、六か月ばかり前の庚申待《こうしんまち》の夜、頼光の館《やかた》に郎等ばかり集って碁双六《ごすごろく》を打ち、物食い酒飲みなどしている中に安義橋の鬼の話になった。綱には酒を飲むと悪い癖があった。根が臆病《おくびょう》な小心者のくせに酔いが廻《まわ》るとふざけた強がりを言う。

つい、それが出て、

「俺がその鬼、退治て見せよう」

仲間は面白がって囃《はや》し立てる。騒ぎを聞いて頼光が姿を見せた。

「よかろう。都の中に悪鬼が横行するなど警固役としても聞き捨てならぬ。苦々しい話じゃ。見事、討取ったなら褒美にわしの鹿毛《かげ》をやろう」

そうなっては今更、後へ引くわけにも行かない。綱は唇寒い後悔の臍《ほぞ》をかみながら、遂に仲間に送られて館を出た。安義橋へ行った証拠に立てて来る約束の高札の柄が肩に喰《く》い入って痛かった。

「俺はどうしてこう口が軽いのか、事もあろうに鬼退治なんぞ……」

常々、思い出した事もない故郷の古女房の顔や、八人もある幼子の鼻たれ面までが次々と瞼《まぶた》に浮んだ。安義橋の袂《たもと》まで来た時、酔いは、もうすっかり覚めていた。

（いる、女だ……）

橋の中程に一人の女が後向きに立っている。綱の胸は早鐘をうち、恐怖で気が狂いそうになった。高札を置き、逃げ出そうとしたが今更、逃げ去った所で相手が鬼なら飛行《ひぎよう》の術がある。到底、逃げおおせるものでもない。一か八か、綱は慄える手に太刀を抜いた。

「南無《なむ》八幡」

叫びざまに目を閉じて力まかせに切った。同時に卒倒した。気がついてみると足《あし》許《もと》に大根のようなものが転っている。血のこびりついた腕であった。色の白い、ふっくらした腕である。

(俺は人間を斬ってしまったのか?)

しかし、女の腕にしては黒い硬毛がもじゃもじゃに生えている。辺りに死体もない。

(やっぱり鬼の腕だ、俺は鬼神の腕を斬り取ったのだ)

綱は腕を摑《つか》むと盲滅法に走った。

「だが、そのおかげで俺は洛中《らくちゆう》随一の武辺者の名声を得た。逸物の鹿毛も拝領したし、同僚も俺に一目おくようになった」

それにしても、綱にとって夜の安義橋は寝覚の悪い場所であった。人間のか、鬼のものか自分でも半信半疑の腕は、人に見せる時の効果を考えてわざと彩色加工したし、都合のよい鬼退治話を喋《しゃべ》っていることも内心、気がとがめていた。

「とにかく、こんな所に愚図愚図しては、ろくな事があるまい」

綱は足をふみしめて、ぜいぜい息を切らしながら橋を渡った。すると、渡り切った道のすみに人影が動いた。ぎょっとして立ち止った。男と女であった。明るい月の中で人目もなく縺《もつ》れ合っている。男の坊主頭が妙に生ま生ましかった。都の夜、好色心《すきごころ》の男の袖を引く女の数は決して少くない。綱にも覚えがある。

「ふん、なんのこった」

もともとこの辺りにはいかがわしい娼家《しょうか》が軒を並べている。鬼が出なくなれば、当然、女たちの稼ぎ場所に戻った筈《はず》だ。

(鬼は俺が退治したのではないか)

気の抜けた体で歩き出した。

全身に冷汗をかいている自分が忌々しい。そのとき、

「もし……」

背後に女の声がした。

被衣《かつぎ》をかぶり、薄紫のなよやかな衣《きぬ》に、濃い小袖を重ね、口許《くちもと》に手を当てて悩ましげに立っている女の風情は、人目で遊女《それ》と知れた。だが、美しい。面映《おもは》ゆ気《げ》にうつむいている白い額には黒髪がこぼれかかり、すんなりした身体つきに未通女《おぼこむすめ》のよ

うな稚《おさな》い色気が感じられた。

「これは掘出し物だ」

すぐ近くで同じような女を見ているだけに綱は疑わなかった。近寄って肩を抱くと女は恥かし気に身を縮めたが、逆わなかった。そのくせ、いやいやとかぶりをふる。

「このように月の明るい所では……」

と絶えも入りたげな声でいう。

連れ立って歩き出すと、女は目が悪いらしかった。それにしても月の光から顔をそむけるようにして、たゆたいがちに語る女の素振も初々しかった。

父は五条の扇折だったが、この春、然《しか》る姫君の館へ註文《ちゅうもん》を受けた扇を届けに行き、帰りの夜道で何者かに殺害されたのだという。首筋にまるで獣かなんぞが鋭い牙《きば》を立てて嚙《か》み破ったような痕《あと》があったし、死んでいた場所が安義橋の近くでもあったから、恐らく鬼の仕業であろうといわれた。

「その頃の安義橋は日が落ちると鬼が出るといわれておりましたのに、なんで父がそのような場所を通ったものか、鬼に魅入られたと申すのはこんなことなのかも知れません」

女は新しく涙を誘われたように小袖《こそで》を目に当てた。哀れのある姿であった。綱の好色心は尚《なお》の事、募った。こんな場合に少しでも自分を偉く見せたい、尊大ぶりたい男の虚栄が綱に言わせた。

「其方《そなた》は安義橋の鬼退治話を聞いているか……」

女は大きくうなずいた。

「存じておりますとも。源頼光様の御家来で日本一の武勇を謳《うた》われる源次綱様というお人が退治して下さったのでございましょう。おかげで今の安義橋の夜は私のような女たちが人待ち顔に立っております。とんだ鬼女でございますこと……」

女は顔を動かさずに笑った。その時、綾藺笠《あやいがさ》に深々と面をかくした男が黙々と追い越して行った。この綾藺笠は、今日の昼間、石清水八幡の祭見物に、綱たちの乗った牛車《ぎっしゃ》の後をずっと尾《つ》けていた。だが綱は知らない。身近かに寄り添っている女の甘い匂いに一度醒《さ》めかけた酔いを再び深くしていた。

「何をかくそう、その渡辺源次綱というは俺がことだわ」

胸を反らせて、いい気持で名乗った。

「ま、貴方《あなた》様が……」

女は眉《まゆ》を上げて驚きを見せ、それから、お戯れを、と忍び笑った。

「いや、戯れではない。俺が正真正銘の渡辺綱だ。疑うなら俺が館へ連れて行ってやろう。鬼の腕も見せてやろうよ」

むきになって綱は言った。女は真顔になり、おずおずと聞いた。

「本当に鬼の腕を見せて下さいますか」

「見たくば見せてやろうとも。唐櫃《からびつ》に入れてあるが、恐ろしいとて絶え入るなよ」

綱はまだためらっている風な女を見ると、是が非でも例の腕を見せてやりたくなった。悲鳴をあげてすがりつくか、失心して倒れかかるであろう女の柔かな姿態が眼に浮んで、浅ましい程、気がせいた。

源頼光の邸内に綱は御小屋を貰《もら》って住んでいた。酔いの勢いもあり、言葉の行きがかりもあって彼は館内へ女を引き入れた。人目をはばかって自分で厨《くりや》へ立ち、酒を取って居間へ戻った。女は決まり悪そうに手をついた。

「まことの源次綱さまとは知らず、ほんに御無礼を申しました。お許し下さいまし」

綱は鷹揚《おうよう》に笑って見せた。

「なんのなんの、袖ふり合うも他生《たしよう》の縁とやら申すではないか、まして其方《そなた》の父親《てておや》は安義橋の鬼に殺《や》られたと申す故、これもなにかの因縁だろう、まあ、気楽にするがいい」

土器《かわらけ》を取り上げると、女は手さぐりですり寄って酒を注いだ。何時の間にか風が出たらしく蔀《しとみ》がガタガタと音を立てた。

「気味の悪い風でございますこと」

女は眉《まゆ》をひそめ、下から綱の顔をさし覗《のぞ》いた。ほの暗い灯の中で女の顔は面のように白く、唇は濡《ぬ》れ濡れと赤かった。

「貴方様が鬼退治をなされた夜も、今宵《こよい》のような怖し気な晩でございましたか？」

綱は貧相な髭《ひげ》についた酒のしずくを横に払い、

「そうさな」

と軽く目を閉じて勿体《もったい》をつけた。

「最初は月の明るい夜であった。悪鬼は女に化けて安義橋で俺を待ち伏せていた。巧みに声をかけ、誘う風情であったが、俺がそんな手管《てくだ》に欺《だま》されようか、ふと川水を覗いてみると水に映った女の姿は正しく悪鬼ではないか、さてこそと俺は心にうなずいた。正体を見破られたと知って鬼は本性を現わした。車輪《わだち》のような目を見開き、頬まで裂けた唇から真紅《まっか》な炎を吐いて〝我は愛宕《あたご》の山奥に幾年棲《いくとせす》みて天然と業通得たる悪鬼なり〟と名乗った。その物凄《ものすご》い事といったら流石の俺も身の毛がよだつばかりだったぞ」

綱の舌は滑らかに進んだ。酒興ばかりでなく、もう何度も人に語って聞かせ、喋《しゃべ》り馴《な》れている風であった。女はわなわなと慄えていた。

「空は俄《にわ》かにかき曇り、雷《いかずち》の音と共に四方から黒雲が覆い重って来た。その刹那《せつな》、悪鬼は俺の襟髪《えりがみ》むんずと摑《つか》み、砂石を飛ばす暴風の中を連れて虚空に舞い上った。俺は心中に神仏の加護を念じつつ、太刀抜きはなち、鬼の腕を目がけて力まかせに斬り払った。手ごたえあって、俺の身体はどっと地上に落ちた。これが何と北野の廻廊《かいろう》であったよ。悪鬼は叢《むら》がる雲にかくれ、妖《あや》しい光を放って何処ともなく失《う》せたが、それ以来安義橋に出ぬ所をみると痛手に死んだか、身の程もなく俺を相手にしようとは馬鹿な鬼奴《おにめ》だ」

調子に乗って綱は大きく腹をゆすって笑った。笑い方も堂に入っていた。女は目の隅で男を見た。分厚く塗った白粉《おしろい》の下で薄ら笑いが浮んでいた。

「その鬼の腕とやらを見せて下さいまし」

低く押し殺した声で女が言った。

「よいとも」

足許《あしもと》をよろめかしながら綱は立った。

次の間には正面に標縄《しめなわ》を張り廻《めぐ》らした唐櫃《からびつ》が据えられ、横には太刀が飾られていた。黄金《こがね》造りの立派なものであった。

「この太刀は源家の重宝、鬼丸じゃ。安義橋で腕を取られた鬼が、その腕を取り返しに来るという風説があるので、御主君源頼光様が特に魔除《まよ》けにせよとてお貸し下されたのじゃよ。何、魔除けまでもなし、万一、鬼が腕を取り戻しにくれば、この鬼丸の太刀でたった一討ち、息の根を止めてくれようぞ」

綱は再び呵々《かか》と哄笑《こうしよう》したが、ぎょっとしたように頰をこわばらせた。蔀がぎいと上って、その暗がりから誰やらが自分の声に合せて笑ったような気がしたのだ。

「誰じゃい、そこに居るのは？」

腰を浮かして太刀を摑んだ。女は立ち上って怖れ気もなく蔀に近づき、闇をすかして見て言った。

「誰も居りはしませぬ。風で蔀が揺れたのでございましょう。おや、雨が落ちて参りましたような……」

「なんじゃい、風かい……」

綱は太刀から手を放し、間が悪そうに髭を撫《な》でた。

「雨が降って来たのか……どうも雲行きが可笑《おか》しいと思っていたが……まあ、よかろう。ゆっくり雨宿りをせい。俺としたことが、今夜はひどく酔うたような……」

てれかくしに、又、笑った。だが、唐櫃に近づくと、

「鬼は必ず腕を取り返しに来ましょうぞ。必ず封印し、物忌みをなされますように」

勿体らしく告げた陰陽師《おんみようじ》の滅入った声が思い出された。

（鬼なんぞ、この世にあってたまるものか）

今更、女の前で弱みを見せたくなかった。日本一の豪の者、という世間の評判に対しても臆病面《おくびょうづら》は出来なかった。

綱はさりげなく暗い四方を窺《うかが》い、鬼丸の太刀を摑み、女の方を振向いて言った。

「怖い物みたさという奴だろうが、後の世までの語り草に、とくと性根を据えて見るがよいわさ」

蓋《ふた》を払った。異臭が鼻を突く。塩の中に細長い物体があった。赤黒い、毛むくじゃらな腕であった。明らかに細工がほどこされていた。

赤いのは朱を塗ったものだし、異様な爪は琴爪をはめ込んで、それに金泥を吹きつけたのに違いなかった。朱の下に、金泥の下に、生身の腕が腐りかかっていた。

「茨木の腕……」

女の口から獣じみたうめき声が聞えた。するすると近づいた女の手がぐいと伸びて、我が子の腕を摑んだ。

「なにをする」

綱が叫んだ時、轟《とどろ》く雷鳴が稲妻と同時に耳をつんざいた。その中を女が走った。綱が追った。廻廊《かいろう》は風雨が渦を巻いていた。秋には珍しい雷雨であった。

「女、待てっ、おのれ、何をする」

酒に足をとられて転げながら、綱が二度、怒鳴った。雨の中で女がぐいとふりむいた。稲妻が待ちかまえたように、女の顔を映し出した。棘《おどろ》に乱れた髪は墨を流して白く変り、雨に洗われた半面は老人の皺《しわ》が剝《む》き出していた。壁みたいに厚く塗った白粉が溶けて浅ましい五十女の肌が無気味であった。玉虫色の紅は唇からしたたり落ちて、ちょうど生血を含むかに見えた。はったと綱を睨《にら》み据えた両眼からは瞋《しん》恚《い》の炎《ほむら》がめらめらと燃え上って、それはこの世からなる鬼女の相であった。大地を揺り、白い火柱が綱の目の前に突ん裂けた。落雷であった。

その閃光《せんこう》の中を異様な影がちらちらとかすめて走った。赤と青の、一本角と三本角の悪鬼の顔であった。彼らは老婆を守るようにして一かたまりになり、綱をじっと見た。

(鬼だ、鬼が女に化けて腕《かいな》を取り戻しに来たのだ……)

綱は泥濘《ぬかるみ》の中をこけつまろびつ、逃げ奔《はし》った。

四

雨は止んでいた。風が雲を追い、雲の切れ目に夜明けの光があった。

水量《みずかさ》の増した安義橋の上を、嫗《おうな》は杖《つえ》を握りしめて渡って行った。

片手には細長い包、茨木の腕を大切そうに抱えていた。

「生れ故郷の津の国の土に、この腕を埋めてやりましょう。妾《わし》は芋畑を耕す暇に、腕塚に詣《もう》でては、雄々しく賢かった息子を思い出すことであろ……」

送って来た遠助と僧体の男とに、寂しげに言った媼の眼は濡れていたが、物腰はしゃんとしていた。とぼとぼと故里《くに》へ帰る媼の脳裡《のうり》には、神童と謳《うた》われ、鳶《とんび》が鷹《たか》を生んだ程のよい倅《せがれ》だと村人から世辞を言われた十四、五歳の茨木の面影だけが懐しくこびりつき、不幸に死んだ息子の片腕を母の力で取り返し得たという満足感であふれていた。

媼の姿が遥《はる》かに遠ざかった時、懐中から追儺会《ついなえ》の鬼の面を出してひねくり乍《なが》ら、僧体の男がぽつんと言った。

「いいのか、あのまま田舎へ帰しても……」

遠助の頬が歪《ゆが》んだ。涙のこぼれそうな眼がひしと媼の去った彼方《かなた》へ吸いつけられた。

「茨木は安義橋の上で腕を切られて死んだ」

想いを投げ捨てるように遠助は叫んだ。語尾が重く川面に吸われた。彼は弱々しく声を落した。

「おっ母さんにしても茨木は死んでよかったんだ。美しい、立派な息子の思い出の中でおっ母さんは死ぬまで幸せに暮す事が出来る。茨木は神童で親孝行者さ。軽部の遠助は醜い片端者の虱《しらみ》ったかりなんだ。それでいいさ」

涙の乾いた眼で低く嘲《わら》った。思い出したように雨に濡れた綾藺笠《あやいがさ》を脱ぎ、川水へぶんと投げた。

「君が愛せし　綾藺笠
落ちにけり　川中に
それを求むとたずねしほどに
明けにけり　明けにけり
さらさら　さいけの秋の夜は」

くちずさみながら、彼は泥まみれの布衣《ほい》を脱いで左手でざぶざぶと洗った。裸になった遠助の右腕は、肩の所からすっぽりと切り落されて無かった。

風も、月も、もう秋である。

出《で》島《じま》阿《オ》蘭陀《ランダ》屋敷

一

小卓の上にギヤマンの壺《つぼ》があった。

淡紅《うすべに》の牡丹《ぼたん》が、あふれるばかりに挿してある。

木彫の寝台に積まれた羽根布団に埋まって、きぬえは近づいてくるおずおずとした足音を聞いていた。扉の前でふっと止って、ぎごちなく戸を叩《たた》く。

「入れ」

きぬえの隣に、汗ばんだ体を夜具からのり出して、うつぶせに支那煙管《しなきせる》をくゆらしていた赤毛の男が、けだもののような声で応じた。

扉があいて、外の闇が動いた。

闇の中から、闇が大男のかたまりとなって、光のすみに立った。

きぬえは体を固くし、強く眼を閉じた。閉じていても、部屋のよどんだ空気の中で、黒い召使が長い睫毛《まつげ》を伏せ、息をつめて主人の命令を待っている姿が、はっきりとわかった。

「俺はこれから眠る……月が西へ傾くまでフロイトを吹いていろ。行け」

きぬえも、だいぶ耳馴《みみな》れた阿蘭陀語《オランダご》で、ヤン・キュルシュウスは寝そべったまま言い、いきなりきぬえを抱きよせると、押しかぶせるように胸のあたりへ激しく口づけした。

身をもんで、きぬえが逃れた時、黒い影は扉の外へ出た。

無理に抑圧したような足音が、やや乱れがちに遠ざかった。

「きぬえサン、大丈夫デス。アレハ人間デナイ。犬、猫、牛……動物トオナジ、恥ズカシイコト、アリマセンネ」

うって変った甘ったるい日本語を喋《しゃべ》って、甲比丹《カピタン》、ヤン・キュルシュウスは、にんまりと笑った。

べったりした長い愛撫《あいぶ》の時が終って、きぬえが我に戻ったとき、笛の音が、かすかに聞えていた。フロイトと、阿蘭陀人が呼んでいる、南国独特の楽器だった。

なまあたたかい潮風を浴びて、従順な飼鳥のように笛を吹き続けている若い黒ん坊を、またしても、きぬえは瞼《まぶた》に浮かべた。

傍の赤毛は、甲高い鼾《いびき》をかいて眠っていた。

長崎の出島《でじま》は、寛永《かんえい》十八年以来、阿蘭陀人の居留地であった。

阿蘭陀人は、出島屋敷、即ち、阿蘭陀屋敷に限って日本居住を許され、ここで交易を行った。自由行動は禁止され、外出には、一々、係の許可が要ったし、日本人との交流も限られていた。

この出島、阿蘭陀屋敷に、自由に出入り出来るのが丸山の遊女であった。

きぬえは、阿蘭陀行の遊女だった。

丸山の遊女の中で、上の部に属する女は異国人を相手にしない。

きぬえが阿蘭陀人相手の女になった理由は、彼女の体格がその頃の女にしては、ずば抜けて大柄だった為である。生れたときから色街で育ったせいもあって、心も早熟だった。十二、三歳で、立派な女だった。

豊満な体は、肉がよくしまって白く、はちきれそうな若さがなまなましい。

日本人の男には、逢《あ》っただけで、なにか劣等感を感じさせてしまう豊かさが、きぬえを出島行の遊女にした。

季節風に乗って長崎を訪れる阿蘭陀船は、春に入港し、秋には去って行く。

商用によって一年滞在する者もあれば、三年いるものもある。

変らないのは、どんなに長く滞在し、どんなに丸山遊女を愛したとしても、去る日が必ず来るということだった。

日本人の海外渡航は、きびしい法度《はっと》だったからである。

出島へ通うようになって、きぬえは三年の間に八人の阿蘭陀の男を知った。遊女としては数が少なすぎるのは、きぬえを一夜妻に迎えた阿蘭陀人の大方が日本を去る日まではなしたがらず、滞在中のほとんどを阿蘭陀屋敷へ止めておく事が多かった故である。

甲比丹《カピタン》、ヤン・キュルシュウスにしても、この三月、日本へ上陸して阿蘭陀屋敷へ入った夜に、きぬえと馴染《なじ》み、以来、寸時もそばを放さない。

甲比丹仲間では凄腕《すごうで》の男だし、日本へ来るのも今度が五度目という、いわば七つの海を我がものに心得ている分別盛りの初老の男が、孫のような年齢のきぬえに溺《おぼ》れ切って、今度の来航の目的である江戸参礼にも、健康を理由になかなか腰をあげないというのが、阿蘭陀屋敷へ集る日本通詞（通訳）の酒の肴《さかな》だった。

午《ひる》近くなって、きぬえは寝台を下りた。

けだるさが長いこと体にたまってしまったようなのろのろした動作で、髪をまとめ、緞子《どんす》の小袖《こそで》にビロウドの帯をしめた。

「花魁《おいらん》、おめざめですかい」

階下の居室へ下りて行くと、通詞の貞吉が椅子に腰をのせて、昼間から酒を飲んでいた。

通詞といっても公式のそれではなく、商人上りの私設通訳というような立場で、もっぱら丸山の遊女を異人に斡旋《あっせん》するのが貞吉の表の職業のようであった。金には汚ないという評判だし、ねちっこい目つきがきぬえは初対面から好きになれない相手だったが、こうして阿蘭陀人を客にとってくれるのも、長逗留《ながとうりゅう》する手続きも、すべて彼の手でやりくりされているのでは無愛想な顔も、うっかりは出来ない。

庭は躑躅《つつじ》が盛りだった。

ヤン・キュルシュウスの邸宅は阿蘭陀屋敷の中でも豪壮な洋館で、庭も広い。主人の好みで、露台に続いて大きな池が作られていた。池というより泉の感じで、水は絶えず流れ落ち、大理石をめぐらした底まで、透けて見える。

池の周囲は花の園だった。四季とりどりに花が咲く。

躑躅の根方に、黒ん坊が三人、はなれて雑草をむしっていた。

「アキレス・ハンフウキというんですよ。あの左の花園にいる若い黒ん坊……知っていますか」

酒を持ったまま、貞吉が立って来た。

「名前はとてもおぼえられません……十人以上もいるんですし……」

アキレス・ハンフウキ、と、きぬえは口の中でくり返した。毎夜、ヤンが寝室へ呼びつける黒い召使であった。

「そりゃあそうだ。なにせ、みんな炭のかたまりみたいな真黒け……熊の子を見分けるよりむずかしいでしょうな」

日本語が分らないと安心しているせいか、ヤンのような白人と同じく、黒ん坊を人間扱いしていないのか、貞吉は大声を改めない。きぬえは眉《まゆ》をひそめた。

「そんなことはありません。いくら肌が黒くても、顔は一人一人違っています。見分けはちゃんとつくんですよ。ただ、名前がむずかしくておぼえにくいんです」

「アキレス・ハンフウキ……あきれたはんぱ野郎とでもおぼえておきなさい……なあにアキレタとどなれば、犬のようにとんでくる奴ですからね」

名前が聞えたのか、躑躅のかげの黒ん坊、アキレス・ハンフウキが中腰になって、こっちをみている。

みつめられて、きぬえは頰に血が上った。

寝台の上で、ヤンに体をからませ、あられもない姿になっている自分を、アキレス・ハンフウキは何度となく見ている筈である。

ヤンは黒い奴隷を人がましく感じないのか、それとも、男女の秘画をみせつけて快楽を増そうとする趣味からか、わざとのように寝室へアキレス・ハンフウキを呼びよせる癖があった。用事はたいしたことではなく、昨夜のように笛を吹けとか、小卓の上の水を取れとか、馬鹿げたものばかりだった。

用事のために呼ばれるというのではなく、呼ぶために用事を考えているように見える。

「あの黒ん坊、なかなか音曲の才があるそうですね、甲比丹《ヤン》が言いましたよ。ホルトビヤというジャガタラの琴も巧みに弾く……」

貞吉は妙な笑い方をしてきぬえを見た。

「甲比丹が花魁《おいらん》に話してくれと言ったんですよ。あの黒ん坊に、三味線を教えてやってくれないかとね」

「三味線を……私が……」

「甲比丹は、あの黒ん坊に日本の音楽をおぼえさせて、阿蘭陀へ土産にする気らしい。正直にいうと、甲比丹から最初に女を頼まれたとき、三味線の出来るってことが条件だったんでね。紅毛人相手の遊女で芸の達者な奴なんぞいるものかと思って、ひょいとお前さんに気がついた……お前さんは生れた時からの丸山育ち、五つ六つから三味線を仕込まれていた……それも紅毛人相手じゃ、芸のみせ場がないところだが、今度は助かった……」

酒をぐいと乾した。

「それじゃ……ヤンは私に……三味線を教えるために私を……」

「だがね……抱いてみてびっくりさ。花魁はよくよく異人好みに出来てるらしいな」

きぬえはついと窓をはなれた。

馴《な》れてはいても、屈辱が体の芯《しん》で燃えている。

「花魁、三味線のこと、いいなあ」

背に、貞吉のえへらえへらした声がまつわりついた。

二

アキレス・ハンフウキが、きぬえの部屋へやって来たのは、その日の暮れ前だった。

誰が与えたものか、一挺《ちょう》の三味線と撥《ばち》を抱くようにして部屋の入口にうずくまった。

「あんた……」

声をかけようとして、きぬえは止めた。相手は、全く日本語を解さないらしいし、きぬえにしても耳から入る阿蘭陀語はなんとか聞きとれても、自分が喋《しゃべ》るとなれば、僅《わず》かな単語しか口を出て来ない。

しばらくアキレスを眺めていて、やがて、きぬえはあきらめたように自分の三味線を取ってくるように、丸山からずっとついて来ている禿《かむろ》に言いつけた。

音曲の才能があると貞吉が言ったが、確かにアキレスは勘が良かった。三味線の急所《かんどころ》をつかむのが早いようだ。

「なあ、花魁《おいらん》、あたしなあ……」

小半刻《こはんとき》ばかり手ほどきをして、アキレスを去らせると、禿のちどりが言いにくそうに切り出した。

明日から、毎日、稽古《けいこ》をするのか、と聞く。

「ヤンが、そうせいと言えば、嫌でもやらねばなりません……なぜ……」

禿は袖《そで》で鼻をおさえた。

「臭くて……息がつまりそう……花魁はなんともないんですか」

そう言われて、きぬえは部屋の中にこもっている異臭に気がついた。

異国人は体臭が強い。馴らされてしまったきぬえでも、時折はヤンの胸の中で嫌悪を感じることがある。

「体が黒いと、呼吸《いき》までくさい……」

そう言って、ちどりは稽古の時、座をはずしていいかと頼んだ。

翌日も、アキレスは部屋へ来た。ちどりはさっさと席を立ち、きぬえは差しむかいで稽古をつけた。

むしむしとした、湿気の多い日だった。窓を開け放してあっても、空気が動かない。アキレスの体臭がきぬえのまわりにたちこめるようだった。

稽古の最中に、きぬえは軽い嘔吐《おうと》をおぼえたが、こらえた。

夜になって、ヤンが寝室へ入ってから言った。

「きぬえサン、三味線ヤメテイイデス」

それ以上の阿蘭陀《オランダ》語は、きぬえにはわからない。

朝になるのを待ちかねて、きぬえは使いをやって通詞の貞吉を呼び、アキレスを呼んだ。

アキレスは雨にぬれた土の庭に、大きな体をこごめてかしこまっている。

「貞吉さん、きいてやって下さいよ。なぜ、アキレスが稽古を止めるのか……」

貞吉の語学の程度をもってしても、アキレスとの会話は容易ではなさそうである。

黒ん坊独特の訛《なま》りのひどい、半分はジャガタラ語のまじった喋《しゃべ》り方なのだ。

「なんだかよくは分らねえが、黒ん坊の奴、お前さんが苦しそうだから、つらいって言ってますよ……」

「私が苦しそうだから……つらい……」

きぬえは、べったりと顔を伏せているアキレスをみつめた。この大きな、鈍重そうな体のどこに、そんな繊細な神経が通っているのだろう。アキレスが、昨日の稽古中に、きぬえの不快感を見抜いたという。

胸の中に、しんとしみ入るものがあった。

今まで、きぬえを抱いた男たちの中で、一人でも心の奥へふみ込んで、そうした思いやりをしめした者があったろうか。

きぬえに溺《おぼ》れ切っているというヤンでさえ、きぬえの心をのぞこうともしない。むしろ、きぬえに心があるとさえ考えていないのかも知れなかった。

(ヤンのような男たちには、私も、黒ん坊と同じように、人並みに思えない動物なのだろう。もし、アキレスが働く牛や馬なら、私は玩弄《もてあそ》ばれる小犬か、猫か……)

赤い更紗《さらさ》の黒ん坊手拭《タ－バン》を巻いたアキレスの頭に蝶《ちょう》が来て止った。気がついているのか、つかないのか、アキレスは身動きもしない。

「アキレスに言ってちょうだい。心配することはないんだって……今日も稽古をするように……」

貞吉がきぬえの言葉を伝えると、アキレスの顔に驚きが浮かんだ。それはすぐに全身に伝わって、噴き上げるような喜びになって行くのが、はっきりとわかった。

(アキレスが、あんなに喜んでいる……)

部屋へ戻りながら、きぬえの心は生れてはじめてのような充実感で占められていた。

稽古は続いた。

ヤンは日中の殆《ほとん》どを、商用のための来客と面談したり、阿蘭陀屋敷内にある仲間の洋館を訪問したり、時には日本の役人と逢《あ》いに外出したり、いそがしく暮している。

自分で、アキレスに三味線を教えろと命じたくせに、どのくらい上達したかとも、稽古を続けているかとも、全くたずねもしない。

きぬえの三味線を教える時間が少しずつ長くなっていた。

アキレスは三味線と同時に、彼女から日本の言葉を教えられていた。

部屋にある花とか箱を示しては、

「はな……はこ……」

ときぬえがいい、アキレスが、

「ハナ……ハコ……」

と繰り返した。手真似や身振りをまじえての二人の会話は、まどろっこしく、だが、楽しげに見えた。

三味線のかんどころを教えるために、背後からアキレスを抱くようにして指の位置を直してやったりしても、きぬえは以前のように体臭に悩まされもしなくなった。汗と脂の入りまじった臭いが、なつかしくさえ感じられた。

アキレスは、次第にきぬえの話す日本語を理解するようになった。全部ではなくとも、彼女の言いたいことは、体中を耳にして感じとろうとつとめていた。

アキレスに三味線を復習《さら》わせながら、きぬえは一人語りに自分の生いたちを話したりもした。

長崎のはずれの、小さな貧しい漁村へあずけられていた五、六歳の頃のこと、丸山の遊女だった母の許《もと》へ引きとられて、生れてはじめて赤い、柔らかな着物をきた日のこと、三味線の稽古をさせられて、覚えないと指に線香の火を押しつけられたこと……思いつくままに喋っているきぬえの想い出話が、アキレスにわかるとは思えなかったが、アキレスは、しばしば涙を浮かべ、天に祈るそぶりをしめしたりした。

きぬえが、喋りつかれると、アキレスは机の上の筆と紙を所望した。床に紙をひろげ、墨を筆になすりつけて、不思議な絵をかいた。

女の顔は、彼の母であるらしかった。樹と舟と家のある風景は、彼の故郷のジャガタラと思われた。稚拙な筆の運びだったが、きぬえは楽しかった。

筆を動かしているアキレスの瞳《ひとみ》の中には、人間の皮膚の色を真黒に染めるほど強烈な南の国の太陽がきらめいていた。栗でも柿でもない異国の果物をアキレスが描くと、きぬえはその果物を嚙《か》みつぶすアキレスの白い歯を想い、甘酸っぱい匂いがあたりに漂うような気がした。

うつむいて描いているアキレスの黒い睫毛《まつげ》には、まだ少年だった日の無邪気な幸せがひそんでいる。

きぬえは前にもまして、ヤンが寝室へアキレスを呼びつけるのが苦痛になった。寝台のそばの小卓には、いつも銀色の鈴がおかれている。ヤンが手をのばしてそれを振ってアキレスを呼ぶ夜は、必ずきぬえを抱く夜だった。

その夜も鈴が鳴った。

アキレスが入って来た時、きぬえはまだ息をはずませていた。静かな夜の中で、おさえてもおさえても、きぬえの荒々しい呼吸はかくせない。寝具の下で、ヤンの手がきぬえのあえぎを一層、ただならぬものにした。

アキレスは体を石にして灯影《ほかげ》に立っていた。

夜明け前に、きぬえは寝台を抜け出した。体にはヤンの汗が、まだ濡《ぬ》れてこびりついている。目のくらむような臭いを、きぬえは露台へとび出して、気違いのように、払った。

目の前に、池があった。夜中、流れている水が大理石の上を光って溢《あふ》れている。

きぬえはあたりに人影のないのを確かめてから、するすると帯をといた。

暗い中に白い体が水へすべり込んだ。水の冷たさがきぬえを人間に還《かえ》してくれるようであった。

水音を全くたてないで、きぬえは体のすみずみを洗い清めた。鳥の声が聞え出す前に、薄物をまとったきぬえの姿は、ひそやかに寝室へ消えた。

何日か経って、きぬえは、アキレスがヤンに鞭《むち》うたれたという噂をきいた。

「アキレスを鞭でお打ちになったというのは本当ですか……なぜ、そんなむごいことを……」

夜になって、きぬえはヤンを責めた。

ヤンはギヤマンのグラスに注いだアラキの酒を飲みながら、冷たく答えた。

「アノ犬奴《め》、きぬえサンノ水浴ビ見タノデス。召使ガ知ラセマシタ、ワタシ、鞭ウチマス……」

言葉を失ったきぬえの耳に、か細い三味線の音が聞えて来た。

泣いているような撥《ばち》音が、正確に日本の曲を弾いていた。

三

残暑になって、ヤン・キュルシュウスは何人かの仲間の甲比丹《カピタン》と共に江戸へ向かった。予定より、だいぶ遅れての江戸参礼のためであった。

ヤン・キュルシュウスの出発と共に、きぬえは阿蘭陀屋敷を出て、丸山へ戻った。

きぬえの抱え主の大坂屋の亭主、甚三郎はヤンから留守中の分まで、きぬえの揚げ代をせしめていたから、丸山へ戻っても、きぬえの待遇はそれほど悪くなかった。阿蘭陀行の遊女と知って好奇心から買いに来る客を無理強いもしなかったし、紅毛人の水夫などの相手もさせなかった。

きぬえにとっては、久しぶりの解放された日々が続いた。彼女は気がむくと、よく寺参りに出かけた。

長崎には寺が多い。

唐人が尊崇する福済寺、崇福寺、興福寺のような大きな寺は境内も広く、樹木に囲まれた堂塔伽藍《がらん》は祭の日でもなければ、人の気配もなかった。

天保《てんぽう》十四年まで長崎の丸山では、他の土地の花街と違って遊女の市内通行は自由であった。

勿論《もちろん》、抱え主からは監視の役として一々、供をつけられたが、きぬえのように遊女の子で、どこにも逃げて行きようもないし、普通、出島行の遊女は日本人を相手にしないのが原則だから、日本人の情夫《まぶ》もなく、抱え主も安心していて、外出の折の供も、ほんの形式だけであった。

その日は崇福寺へ詣《もう》でた。

崇福寺は福州船の帰依《きえ》の寺で、奥には媽祖《まそ》を祭る廟《びょう》があった。

ほの暗い廟の中に、中国の女像が美しく彩色して安置されている。

天后聖母《てんこうしょうも》とか、娘娘菩薩《にゃんにゃんぼさつ》とか呼ばれる媽祖とは、船魂《ふなだま》の神で航海安全を祈願するものとは、きぬえも聞いて知っている。

だが、きぬえがここに詣でるのは、航海の安全を祈るためではなく、媽祖の女像が若くて死んだ母の面影に、どこか似ていると思う故であった。

廟へ詣でても、寺参りをしても、きぬえに祈ることはなにもなかった。神や仏に祈ってどうにかなるというのなら、とっくにどうかなっていると、きぬえは思っている。十三から身体を売って生きて来た女には夢の育つ余裕がなかった。男と女の結びつきと言えば、欲だけしか知らない。女は金のために男に体を売り、男は肉欲のために、金を出して女を買う、それが、きぬえの知っている男と女だった。

「あら、又、上っているよ。花魁《おいらん》、みてごらん、阿蘭陀《オランダ》屋敷に凧《ハタ》が上っている……」

供について来た下働きの少女が、堂の前で叫んだ。

「凧が……」

きぬえは笑った。

「今は秋じゃないの。なにを寝ぼけているって……又、みんなに笑われるよ」

「季節はずれだから、珍しがって、みんながわいわいさわいでるんですよ」

少女にひっぱられて、きぬえは堂の外へ出た。崇福寺は小高い位置にあり、境内に立つと、長崎の海と町が見渡せる。

凧が一つ、風に舞っていた。

白地に紺の模様のある凧であった。

凧揚《ハタあげ》は長崎の名物であった。

もとは出島屋敷に翻っている阿蘭陀国旗から考えついたのだと言われているが、いつの頃か子供たちの間に広がって、ただ凧を作って空にあげるというのではなく、おたがいに自分の凧をあやつって、相手の凧の糸を切るという凧合戦が年中行事のようになった。

凧の季節は春であった。

正月を迎えて、二月、三月と春の深み行くにつれて、長崎の空に真白な凧が増えて行く。

「愛宕《あたご》の山から、風もらオー
　いーんま風もどそう……」

「稲佐の山から、風もらオー
　いーんま風もどそう……」

と子供たちの囃《はや》したてる凧揚げの声も五月に入って初夏の暑さが肌に感じられる頃になると、もはや聞けなくなる。

出島屋敷の黒ん坊たちが、凧揚げが好きで、春の季節には屋根に上って、屋敷外の町の子供たちと凧合戦をすることはあったが、秋九月の凧は奇妙なものであった。

「阿蘭陀屋敷の黒ん坊があげてるんですって……昨日も一昨日も……もう何日も、ああやって上っているんですよ」

少女は風に舞っている菱形《ひしがた》の凧を、飽きもせず眺めている。

きぬえは石に腰を下ろした。凧の上っている、乾いた秋の空をぼんやりと見上げた。

四、五日が過ぎた。

阿蘭陀屋敷の凧は長崎中の茶飲み話になった。

廓《くるわ》にもその噂は運ばれている。

きぬえは、ひまがあると崇福寺へ行って堂の前から、一つ、ぽつんと空に上っている凧を眺めた。

二日が経った。

会所へ行った帰りだと言って、通詞の貞吉がきぬえを訪ねて来た。

ヤン・キュルシュウスの一行は予定より早くに江戸へ着き、予定より早く長崎へ戻って来るという。

「十月のなかばと言っていましたが、船が早ければ、もう少々……花魁もだいぶのうのうと暮してなさるそうだが、ちっとお留守が長すぎて、秋の夜長をもて余していなさるんじゃありませんか」

相変らず冗談とも思えない厚かましさで、貞吉はきぬえの体を無遠慮に見て言った。

九月になったばかりで、秋とはいうものの日中の暑さはまだきびしい。きぬえは自堕落にしていられない性質《たち》で、昼間からきちんと身じまいをして、帯もしめていた。

「花魁は着やせするたちなのかねえ。こうしてみると、格別、阿蘭陀むきにも見えないが……」

豊かな体を濃い単衣《ひとえ》に包んで、汗もかかないきぬえをしげしげとみていたが、

「そうそう、爪の話、聞いてなさるだろう。出島屋敷の黒ん坊のさ……」

返事をするまいと決めていたきぬえの姿勢が、ひょいとくずれた。

「あの爪……誰があげてるんです……」

「知らなかったのかい。花魁が三味線を教えてやった、アキレス・ハンフウキだよ……」

きぬえは眼を逸《そ》らした。心の底にあったものを、貞吉にぴたりと言い当てられたような気がした。

「ヤンの旦那《だんな》が長く留守なんで、奴ら、羽をのばしていい気になってやがる……こ

こだけの話だがね」

声をひそめて、貞吉は顔を近づけた。反射的に体をひこうとするのを、無雑作に肩をつかんだ。

「ヤンの旦那の家にいた黒ん坊が三人、つい二日前、隣の油屋へ登楼《あが》ったんだぜ」

「えっ……」

油屋は遊女屋である。黒ん坊が日本の遊女と関係するのは、きびしい御法度《ごはっと》だった。

阿蘭陀屋敷でさえ、黒ん坊は遊女を与えられていない。まして丸山の遊女屋へ登楼するなど、論外であった。

「黒ん坊だって男は男、まして奴らは若いんだからなあ。始終、目の前で阿蘭陀の男たちが日本の女と抱き合っているのをみせつけられて、それでおあずけじゃ血の気のやり場がありゃあしないよ」

「貞吉さんが世話をしたんですね」

金になる仕事なら、そのくらいのことはやりかねない男だった。

「うっかり断わったら、奴ら、気がたってるからねえ、しめ殺されちまうよ」

「どうやって阿蘭陀屋敷を抜け出すんです」

塀に囲まれた治外法権の特殊地域である。門には係の役人ががんばっているし、夜は鉄の扉が閉められる。

「窮すれば通ずるってのは本当だね。奴ら、水門をくぐって出るのさ」

「水門を……」

「泳ぎは鯨より達者な奴らだからな」

浜へ泳ぎつくと、貞吉があらかじめ用意した日本の衣服をまとい、日本の頭巾《ずきん》をかぶる。

「夜目遠目さ。ちょっと見には誰も黒ん坊と気がつくものか」

もっとも花魁や遣手《やりて》はうすうす気がついたらしいが、金の力でどうにでもなるし、又、うっかり騒いだら身の破滅と心得ていて、知らぬ顔をきめ込んでいるのだ、と貞吉はうそぶいた。

「危ないことを……」

「そうさ、危ない綱渡りさ。ところが一度、味をしめた奴らが、やいのやいのとうるさくてね。こっちもそうそうは危なくって手引もしかねる。なだめるのに一苦労だよ」

煙管《きせる》をしまって、貞吉は立ち上った。

「世の中は面白いねえ。金さえ出せば黒ん坊とも寝ようという女郎も居りゃあ、そんなすべた女郎を抱くために、何年もかかって蟻が蜜《みつ》をひくように、脂汗をしぼって貯めた金を惜しげもなく吐き出す奴もいる……」

そういうお前さんは、なんなのさ、弱い女を黒ん坊に抱かせて、大枚の金をとりあげて、嫌な野郎じゃないってのかい、と言ってやるつもりで、きぬえは全く別のことを口にした。

「その……油屋へ来た黒ん坊の中に……アキレスも入っているんですか」

「あいつは馬鹿さ。女よりも爪《ハタ》に夢中だ。屋根に登って気違いのようになって爪をあげている。瓦《かわら》をふみやぶってひっぱたかれても、けろりとしていやあがるのさ」

あっと言う間に貞吉が背後にまわって、きぬえの胸を抱いた。

「なあ、アキレス・ハンフウキがお前さんに逢《あ》いたいと言ってるんだがねえ……」

貞吉を突きとばそうとしたきぬえの手が止った。貞吉は言葉できぬえの虚を突いた。

「なに……奴は別にお前さんと寝たいって言うんじゃないらしい……ただ、お前さんと逢って……そうそう……三味線を聞いてもらいたいって言ってやがった……」

喋《しゃべ》りながら貞吉は手と足で、蜘蛛《くも》のようにきぬえをおさえた。

きぬえは混乱し、抵抗すべききっかけを失った。

「どうする……花魁《おいらん》……アキレスが来ると言ったら……水門を抜けて来たら……お前さん、逢ってやんなさるか……」

あえいでいるきぬえの唇から、ゆっくり離れた貞吉の唇が、ねっとりとささやいた。

朝までを貞吉はきぬえの部屋で過して帰った。

こわれた髪をあげる気力もなく、うつぶせになったきぬえの眼から涙がふきこぼれた。

怒りとも、悲しみともつかず、きぬえは泣き、泣き疲れて眠った。

午《ひる》をすぎて、けだるく部屋にこもりきりのきぬえに、禿《かむろ》のちどりが知らせに来た。

「花魁、阿蘭陀《オランダ》屋敷の爪が……爪合戦をするんですって……」

ぎょっとして、きぬえは布団の上へ起き直った。

「爪合戦……」

「ええ、町の若い衆が、季節はずれの爪に、長崎の空を我がもの顔にされちまっちゃあ、男の名折れだって……」

「爪を作ったの……」

「すごい大きいんですって、お諏訪《すわ》さまの前へ、かつぎ出して勢ぞろいをしたそうですよ」

「いつ……いつ、爪合戦は……」

「これから……もうはじまってるかも知れない……みんな屋根へ上って見物するっ

て言ってますよ」

きぬえは髪をまとめ、帯をしめた。

大坂屋の家中が凧合戦見物で湧き立っている。大坂屋ばかりでなく、丸山も寄合町も、長崎の町中が、時ならぬ凧合戦に浮かれていた。

息を切らして、きぬえは崇福寺へかけつけた。

凧は空にあった。見おぼえのある白地に紺の凧が、今日は強い風に大きく揺れている。

凧の周囲に三つ、別の凧が上っていた。井桁《いげた》、山形と月に蝙蝠《こうもり》の模様の三つだった。

模様がくっきりとわかるほど、凧の大きさもきわ立って大きい。

月に蝙蝠が、襲いかかるように白地に紺の凧へからみついた。凧についているヨマと呼ぶ凧糸がおたがいに切り合って、凧の糸を切り落そうとするのだ。

風が強くなった。二つの凧はもつれ合って空高く上り、激しく上下した。切れたのは月に蝙蝠のほうであった。

「ユイヤー」

と、きぬえの立っている近くで、子供が叫んでいる。勝ったときの凱歌《がいか》だった。

空では井桁と山形と二つの大凧が左右、上下から白地に紺の凧を追いまわしている。

きぬえの瞼《まぶた》に、出島屋敷の屋根に足をふんばって、凧をあやつっている黒ん坊の姿が浮んだ。額に汗を滲《にじ》ませ、悲しげな眼で追われる凧を操っているアキレス・ハンフウキである。

風の中で、きぬえの握りしめた掌がじっとりと汗ばんでいた。

「馬鹿……日本人のくせに、黒ん坊の凧の味方をするんか」

近くで子供の声がした。責められているのは、さっき月に蝙蝠の大凧が切られて落ちたとき、

「ユイヤー」

と叫んだ子であった。

「だって……かわいそうだったから……」

「馬鹿……」

子供の言い争いが、急に他のユイヤーの声にかき消された。

空には二つの大凧《おおハタ》が舞っていた。白地に紺の凧が、くるくると風に吹かれて落ちて行くところだった。

「アキレス……」

きぬえは凧をみつめて走り出した。拾ってやりたい……せめてアキレスの凧を拾

い上げてやりたい。きぬえは走った。下駄も脱ぎ、裾《すそ》を乱して走っていた。

しかし、見物の群衆はきぬえより先に、落ちた凧を奪い取るために、石畳の町をかけめぐっていた。

四

凧合戦に負けた阿蘭陀屋敷の凧が、諏訪神社の境内に飾ってあって、その凧には紺色の着物をきた日本の女らしい絵が描いてあると、わざわざ見に行った遣手のおふじが喋っているのを、きぬえは寝具の中で聞いていた。

凧合戦の日の夜から、きぬえは熱を出して二日ばかり起きられなかった。

明日、なんとか熱が下って歩けるようになったら、諏訪神社へ行って凧をみたいと思った。見ないでも、凧に描かれた日本の女の顔が、誰を描いたものかきぬえには分っていた。

終日、残暑にあぶられながら、出島屋敷の屋根へ上って凧をあげていたアキレスの心が、痛ましく、いじらしかった。

貞吉が、三味線をきぬえに聞いてもらいたい、きぬえに逢《あ》いたい、とアキレスが訴えたと言ったのは、嘘ではあるまいと思われた。

だが、水門を抜けて日本人に化けてまで逢いに来るのだけは止めてくれと、きぬえは貞吉に頼んだ。そんな危険を侵さなくとも、ヤン・キュルシュウスが江戸参礼から戻ってくれば、きぬえが出島屋敷へ入れる。

「そうしたら、又、毎日でも三味線を教えてあげるから……決して無謀な真似はしないように……」

くれぐれも言いきかせてくれるようにと、きぬえはくどいほど、貞吉に頼んだ。

(来月になれば、ヤンが帰ってくる……)

帰りが待ち遠しいと思った。

恋ではない、ときぬえは自分に言った。いくらなんでも、あの黒い大男に惚《ほ》れているとは思えない。ただ、アキレスと向かい合っている時に感じる心の充足と安らぎがうれしいのだ、私が求めているのはそれだけだ、と思った。

うつらうつらしている中に夜が更けたらしかった。

帰る客は帰り、泊る客は各々の部屋に落ちついて、物音も絶えている。

草履《ぞうり》の音が階段を上って来た。きぬえの部屋の前で遠慮そうに、

「花魁」

と呼んだ。遣手のおふじである。

「あの……貞吉さんが来てるんですけどね……」

ことわって下さい、ときぬえは言った。

「すみませんけど、まだ熱がありますし……」

熱のためではなく、背中に寒けがした。貞吉と聞いただけで虫酸《むしず》が走った。

「それがね、お客をつれてるんですよ……ちょっとでいいから……寝てるんなら、そのままでいいって……」

「おふじさん……」

きぬえは頬から血が引くのを感じた。

「そのお客……あの……大きな男で……」

「さあ、なんだか見馴《みな》れない人ですけどね、貞吉さんの知り人で、旅の者なんだそうですよ……」

知っていて、おふじがとぼけているのだときぬえは気がついた。どれほどの金を貞吉から握らされたのか。

「どうします……貞吉さんは前もって花魁には話をしてあるって言ってましたよ……」

「あげて下さい……」

ふるえる声で、きぬえは言った。

貞吉の連れて来た男がアキレスなら、うっかり店先に立たせておいては危険だった。

　忍んだ足音が二つ、きぬえの部屋へ入った。

「連れて来たよ」

　にやりと笑って、貞吉は頭巾《ずきん》をすっぽりかぶった大男を、きぬえのほうへ押すようにした。

「約束は一刻《いっとき》だよ。一刻たったら、さっきの浜の漁小屋へ来てくれ……へまをしたら、おたがいに首がとぶんだぜ」

　貞吉は、もう一度、きぬえへ湿った笑いを投げて出て行った。

「キヌエサン……カラダ……ビョキ……イイデスカ……」

　アキレスは、きぬえの布団の前へ、ぺったりとすわった。木綿の町人の小袖を着て袴《はかま》をはいている。頭巾の下から、アキレスの眼がのぞいていた。

「あんた……来てはいけないと言ったのに……水門を抜けて来たの」

　こくりと子供のように、大きな男がうなずいた。

「貞吉サン、ツレテイテヤルイイマシタ……」

「あんな悪者に……お金をずいぶん取られただろう……」

　きぬえは、アキレスが、おぼつかないが日本語を話せるようになっているのに気がついた。それも、貞吉に金を与えて教えてもらったのだという。

「そんなことに金をつかっちまって、いいの。あんた、いつか故郷へ帰るときのために、故郷のおっ母さんのために、せっせと金をためてるって話してくれたじゃないか。こんな危ないことをして、もし、人にみつかったらどうなると思うの」

きぬえは姉が弟を叱るように言い、アキレスは涙ぐんだ。それでもかまわない、ただ逢いたかったのだという意味を、アキレスはまどろっこしい表現で泣きじゃくりながら言った。

泣いたり、笑ったり、叱ったりを手真似と身ぶりと片ことの日本語と阿蘭陀語《オランダご》でくり返している中に、一刻はすぐに経った。

寝静まっている大坂屋の裏階段を、きぬえは先に立ってアキレスを導いた。

外はまだ闇だった。木戸を開け、身をこごめてアキレスは出た。ふりむいて、そっときぬえの手を取った。きぬえも拒まなかった。

大切な宝物のように、アキレスはきぬえの手を押し頂き、無器用に体をまげて、そっと唇をあてた。

ふりかえりながらアキレスが闇に呑《の》まれたあと、きぬえは熱い唇が捺《お》した手の痕《あと》を抱いたまま、戸口に立ちすくんでいた

五

九月十五日の阿蘭陀八朔《はっさく》がすむと、長崎の港から阿蘭陀船の姿が消えた。

今年中に帰帆する船はこの月の二十日までに長崎を出るのが慣しであった。

江戸参礼に出かけた甲比丹《カピタン》一行はまだ戻らず、帰国する者は帰国してしまって、出島屋敷の中は、急にひっそりと火が消えたようになってしまった。

この年は珍しく八、九月に嵐が少なかったが、その埋め合せのように十月に入って雨が多くなった。

ヤン・キュルシュウスの一行が小倉《こくら》へ到着したという報《しら》せが入ったのは十月四日であった。

「小倉から約五日の陸旅だ。遅くも十日には長崎街道を戻って来よう。そのつもりで女どもに出島行の準備をさせておくように……」

長崎会所の世話役が丸山の寄合町へ触れて歩いたという話を、きぬえは複雑な気持で聞いた。

ヤンが長崎へ帰る日は、きぬえが出島屋敷へ入る日でもあった。そこに待っているのはきぬえにとって地獄だった。

ヤンに体を弄《もてあそ》ばれる姿をアキレスの前にさらすことを考えただけで、きぬえの体を羞恥《しゅうち》がかけめぐった。

遊女とは、そういうものだと諦《あきら》めて、堪えていたことが、今のきぬえには諦め切れず、堪え切れそうもなかった。そんな心の動きにきぬえは自分でも戸惑った。

断崖《だんがい》から底の知れぬ深淵《しんえん》をのぞくような怖れを抱いて、きぬえはおずおずと日を送った。

十月九日は嵐だった。

昼間の激しかった風が、夜に入って豪雨となった。

「甲比丹様の一行は、今夜は大村に泊られたそうな。明日、嵐のおさまり次第、にぎやかに長崎へお入りなさろう……」

抱え主の大坂屋甚三郎は遣手に言いつけて、きぬえに入浴させ、今夜は早くやすむように、又、明日の出島行の衣裳《いしょう》はどれにする、と細かな気をくばった。

ヤン・キュルシュウスは来年の九月までは出島に滞在がきまっている。飽きられなければ、それまで一か年、きぬえの体から間違いなく揚げ代が稼げるわけだから、抱え主としても、おろそかには出来ない。

折柄の嵐ではあり、流石、不夜城の丸山も早くから灯を消した。こんな夜は客の数も知れている。

湯から上って、きぬえは髪をといた。

鏡台の前には明日の朝、この髪が高々と結い上げられた時に飾られる瑇瑁《たいまい》や珊瑚《さんご》の簪《かんざし》が並べられ、壁ぎわには、藤色の紋羅《もんら》に紅絹裏《もみうら》の袷帷子《あわせかたびら》とびろうどの帯がかけられている。

きぬえはうちひしがれた眼で、それらを眺めた。

出島屋敷へ入って、アキレスに逢えるという単純な喜びは、とっくに消えていた。赤毛の初老の男の異国妻として、恥知らずなけだものにされる姿を、アキレスにだけは見せたくないという想いと、それが不可能だと承知している絶望が、きぬえの中で消えては、又、浮かんだ。

屋根に激しい風と雨の音がしていた。

それとは別の音が、雨戸の外に起っているのに、きぬえがやっと気がついた時、雨戸が外から開いて、風と雨が部屋の中へどっと吹き込んだ。

「キヌエサン……」

声はアキレスであった。

雨戸を閉め、ぐしょぬれの大男は腰に更紗《さらさ》の布をまとっただけの素っ裸だった。

「アキレス……」

漸《ようや》く小袖《こそで》でかばった行燈《あんどん》の灯に、黒い素肌をしたたり落ちる水滴が光って見える。

手拭《てぬぐい》を取って、体を拭《ふ》いてやろうと近づくと、アキレスはいきなりひざまずいてきぬえの足を抱いた。二言、三言、鋭くジャガタラ語で叫んだ。言葉としてはわからなかったが、きぬえにはアキレスが、なにを訴えているのかが、わかった。

「アキレス……明日はヤンが帰ってくるのね……ヤンが帰ってくれば、私はヤンの女になる……つらい……アキレス……私も……嫌……もう二度と……ヤンは嫌……他の男も嫌……」

アキレスは手を放し、畳に倒れて慟哭《どうこく》した。

自分の手で、激しく頭を打ち、うめき声をあげてころげた。

アキレスの悲痛が、はっきりとしめされていた。それが、きぬえへの愛のためであることも、もはや、彼はかくそうとしていなかった。

嵐にまぎれて水門を抜け出し、たった一人で屋根を伝って、きぬえの許《もと》へやって来たのは、アキレスにとって命がけの行為に他ならなかった。

貞吉の手引を借りなかったのは日本服を着ていないのでもわかる。

「アキレス……あんた、よく嵐の海をおよげたのね……こんなに荒れている海を……」

きぬえはアキレスの濡《ぬ》れた背をそっと拭いた。いたわりのこもった愛撫《あいぶ》だった。

上半身を起し、アキレスはきぬえをみつめた。黒い眼から涙があふれ、唇がわなないた。

アキレスの手が、きぬえの小さな手を握りしめた。

誰にも渡したくないのだ、とその手がきぬえに叫び続けていた。

きぬえの能裡《のうり》に三味線を習いに、部屋へ入って来たときのアキレスの、子供っぽい、はにかんだ顔が浮んだ。寝台の上で、ヤンに蹂躙《じゅうりん》されているきぬえを、部屋のすみで全身を硬直させ、見まいとして眼を伏せたきりだったアキレス……暁に池で水浴したきぬえの姿をみつめていて、ヤンに鞭《むち》うたれた時のこと。

きぬえはそっとアキレスの手から、我が手を抜いた。ちらと悲しい眼の色になりながら、アキレスは素直に手の力を抜いた。

「アキレス……ちょっと待って……」

きぬえの姿が屏風《びょうぶ》のかげに消えた。

うなだれて、アキレスは嵐の音をきいていた。孤独が、黒い大きな体を包んだ。

奴隷の身で日本人の女を、しかも主人の愛人を恋して、どうなるものでもないという諦《あきら》めは、アキレスの中で最初から根強く腰を下ろしている。

嵐の水門をくぐってきぬえに逢いに来たことに後悔はなかった。赤ん坊の時から耐えることには馴《な》らされて来た精神は、きぬえに求愛を拒まれても諦められた。諦め切れないのは、ヤンのものとなっているきぬえに奉仕する明日からであった。

それでも、アキレスはのろのろと体を起した。この部屋に長居は出来ないのだと思った。

きぬえが彼の手から、手を抜いて物かげにかくれたのは、アキレスに帰れという表示だと彼は判断した。

帰らなければ、ならなかった。しかし、嵐の海を泳ぎきって、出島屋敷へ帰りつく気力を、アキレスは失っていた。

背を丸め、蹌踉《そうろう》としてアキレスは雨戸に手をかけた。

気配に、アキレスはふりむいた。

屛風のかげに、きぬえが立っていた。

真白な体は、生れたときのままで、薄衣《うすぎぬ》の一枚もまとっていない。

そのままの姿で、きぬえは一歩、アキレスへ向かってふみ出した。羞恥《しゅうち》が、それ以上を歩かせず、彼女は両手をアキレスへさしのべた。

手と体が、アキレスに、きぬえの率直な愛をしめしていた。

アキレスの眼に歓喜とも、狂喜ともつかぬ悦《よろこ》びが電光のように走った。

大きな体がよろめき、辛《かろ》うじて立ち直った。アキレスの体は黒い熱風となって、きぬえに躍りこんだ。

ぴたぴたと草履《ぞうり》の音が上ってくる。

きぬえは、ふっと眼を開けた。

「花魁《おいらん》……」

遣手の声が、

「あのね、下に貞吉さんが来ましてね、出島屋敷の黒ん坊が、逃げ出したっていうんですよ。もしや、花魁の所へ来てやしないかって……」

きぬえは自分でも驚くほど落着いた返事が出た。

「来てる筈《はず》がないじゃあないか、私に客があるかどうか、おふじさんが一番よく知っているでしょう……気になるんなら、部屋を調べたらいいって、貞吉さんに言ってくださいよ」

声はふるえていなかったが、きぬえの体は小刻みに戦慄《せんりつ》した。

「どうも間抜けな使いですみませんねえ。あたしも寝入りばなを叩《たた》き起されちまったんで、泡くっちまって……」

ごめんなさいよと階下へおふじは去った。

闇の中で、きぬえはアキレスにしがみついた。それより激しく、アキレスがきぬえを抱きしめた。抱き合った二人の耳に、階下からのおふじの声がきこえた。

「出島屋敷は大さわぎだそうですよ。黒ん坊が一人逃げ出したんですと……貞吉さんがここへ来たのはどういうわけか知りませんがね……なんでも黒ん坊ってのは普段、女に飢えてるから、丸山あたりへもぐり込むんじゃないかとお係の役人がおっしゃったんだって言ってました……」

きぬえの早くなった胸の動悸《どうき》をアキレスの手がしっかりおさえている。彼の胸へ顔をおしつけると、アキレスの鼓動がきぬえに触れた。

出島屋敷から黒ん坊が逃亡したことが発覚して、貞吉が真直ぐここへとんで来た理由は、すぐわかる。逃亡したのがアキレス・ハンフウキだと聞いたからだ。下手な所でアキレスがつかまれば、貞吉が手引して丸山へ連れて行ったことが、ばれる危険がある。青くなってとびまわっている貞吉の恰好《かっこう》が想像された。

それにしても、まさか貞吉もきぬえの部屋にアキレスがひそんでいるとは思わなかったに違いない。遣手のおふじにしても、屋根からアキレスが忍び込んだとは考えもしない。

貞吉は、おそらく逃亡したアキレスが大坂屋のきぬえに逢《あ》いに来るのではないかと予想して、この近くに張り込む気であろう。

「どうしよう……アキレス……」

声にならない声で、きぬえはアキレスにささやいた。

夜があければ、アキレスをかくまうことは不可能だった。死ぬことが、まず、きぬえの心を走った。闇の中のアキレスの眼が、追いつめられたけもののように光った。言葉ではなく直感が、彼に逃亡の発覚を知らせていた。

雨戸をあけると、外はまだ闇だった。雨は小止みになっているが、風はまだ残っている。

きぬえの体を軽々と背負って、アキレスは黒い怪鳥《けちょう》のようにぬれた屋根瓦《やねがわら》をふみ、路地へ跳んだ。

その辻《つじ》を右へ、その道を左へと、きぬえの指示のとおりにアキレスの足が走った。

町はまだ眠っていたが、寄合町の辻には提灯《ちょうちん》がつき、人が立って見える。長崎会所の大戸の前にも役人の姿がちらついた。

出島屋敷の通報で、ぽつぽつさわぎが町中へ広がり出しているのがよくわかる。

あたりがうっすらと白みはじめていた。逃げ走った先は、浜であった。

浜は、まだ人影がなかった。

雨も風も止み、うねりだけが高い。

アキレスの背から下りて、きぬえは砂をふんだ。濡れた砂の感触が悲しかった。

どこにも逃げようがないのだと思った。

遠く、出島屋敷のあたりに灯が右往左往しているのが見える。

波が大きく砂浜を洗った。

潮の匂いが濃く二人を包んだ。

アキレスは海を眺めていた。深い瞳の色が海の果てをみていた。

不意に流れついた棒を拾って、アキレスは砂浜に絵を描き出した。出島屋敷で、きぬえに描いてみせた、彼の故郷の絵であった。

描き終えると、アキレスは棒を捨て、海の彼方《かなた》を指した。

この海の果てに、アキレスの故郷がある、そう言っているのだと、きぬえにはうけとれた。

アキレスの眼は輝き、怯《おび》えが消えていた。

きぬえがうなずくと、彼の輝きは更に生き生きとした。いきなり、ひざまずいて、きぬえの足に唇を当てた。きぬえは眼を閉じ、アキレスに体をまかせていた。

空が、更に白くなった。

アキレスはきぬえを帯で、しっかりと背に結びつけた。

彼の黒く、たくましい足が砂地をふみ、波うちぎわをざぶざぶと歩いた。背の上から、きぬえは長崎の町をふりむいた。生れて、育った日本の長崎という町に、きぬえは、なんの未練もないと思った。

眼を閉じて、アキレスの首に頰をすりつけた。こんな平安が、今までに一度としてあっただろうかと嬉《うれ》しかった。

童女のような和《なご》やかな顔で、眼を閉じたまま、きぬえの唇が自然に歌った。

あとしゃま

あとしゃま

とうと銭《ぜんぜ》、百《ひゃく》

おおせつけ

油、買うてしんじょ

月明の夜に、母に抱かれて聞いた子守歌であった。きぬえにとっては、たった一つの、なつかしい日本の歌でもあった。

アキレスは首だけふりむけて、白い歯をみせて笑った。満ち足りた、幸福そうな笑顔だった。

波が胸まで来たとき、アキレスの足は水を蹴《け》った。黒い腕が抜き手をきって水を割った。

この水の続く先に、間違いなく存在する故郷の島へ向けて、アキレスの全身は正確な早さで進んでいた。

日が上り、光が長崎の海を照らした。

アキレスときぬえは、海原の中の一つの点であった。

奏者斬り
そうじゃぎり

一

どんよりと暗い冬の陽の中を、十二挺立《ちょうだて》の新装船は船足も軽く、円流寺灘《なだ》に到着した。

不慮の事件はその折に起った。

中央にしつらえた御座所から、松江藩七代の当主、松平出羽守治郷《まつだいらでわのかみはるさと》は闊達《かったつ》に立ち上った。船の動揺はまだ静まっていない。佩刀《はいとう》を捧《ささ》げた小姓のほうが立ち遅れてあわただしく後へ従った。

船は停止したばかりで、櫂《かい》はまだ水からあげ切っていなかった。御座所近くの右舷《うげん》に居た若い船頭は殿様の俄《にわ》かな行動に狼狽《ろうばい》し、慌てて腰をかがめ、平伏しようとあせった。

充分に水を吸った樫《かし》の大櫂をささえている彼の力がゆるみ、お辞儀をしかけた体のはずみで手もとが狂った。あっという間に船頭の手をはなれた櫂は冷たい正月の空気を切りさいて、人もあろうに松平出羽守の頭上へ落下した。一瞬の出来事ではある。誰の眼にも櫂は松平出羽守の頭へぶち当ったと見えた。

「あっ、殿っ」

小姓の悲鳴が消えた時、出羽守は身をひねって左舷寄りの位置に立っていた。櫂は出羽守の右肩をかすめただけで、音をたてて胴の間へころげた。

正月九日、松江藩例年の行事として西尾円流寺に東照宮の霊を拝せんため、正装しての途次である。思わぬ不祥事に船中は湧いた。

「殿っ、お怪我《が》はッ」

色を失って駆け寄った侍臣たちは、出羽守の身に異常がないと知ると、茫然《ぼうぜん》自失している若い船頭に怒りを叩《たた》きつけた。

「粗忽者《そこつもの》奴《め》が、今日を何と心得居るッ」

正月早々のめでたい儀式の門出ではある。それでなくとも雲州十八万石の当主の肩に、濡《ぬ》れた櫂をぶっつけてしまったのだ。当然、無礼者だけでは済まない。

晴れの随行の宰領の役をつとめていた荒木佐次兵衛は一足先に船着場に到着し警固の侍共と出迎えていたが、思わぬ珍事に血相を変えた。

「不届者奴が。本多権八《ごんぱち》、船頭を直ちに斬り捨てい」

船中にひかえている侍臣の本多権八へ大声で命じた。

「はっ」

宰領の指図に本多権八は袴《はかま》の股立《ももだち》を取った。

若輩ながら不伝流居合《いあい》の使い手で、家中では十指の中に数えられる男である。するすると打伏している船頭へ近づき太刀の柄へ手をかけた。

いわば公けの無礼討ちである。陸の出迎えの衆や、藩主の行列を見物に集まった領内の民百姓たちは声もなく船頭と本多権八を見守った。ひそかに称名し、手を合せる者もある。

本多権八の腰がぐいと沈んだとたん、

「待て、権八」

裂帛《れっぱく》の出羽守の声であった。

「予が武道では船頭は斬らぬぞ。予に無礼を致したは、それなる樫の大櫂じゃ。心得よ。権八、無礼者は櫂じゃ、無礼者を斬り捨てよ。かまえて取り違えるな」

片膝《かたひざ》づきに出羽守の下知《げち》を承った権八の眼に深い感動が浮かんだ。

「心得ました」

一礼して立ち上った権八、充分に腰をひねって傍の樫の大櫂を鮮やかに斜に切って落した。

「成敗は済んだ。以後、事をかまえるは無用に致せ、権八、参れ」

無雑作に言い捨てて船板を上って行く出羽守に、息を殺して成行きを注目していた陸の民衆は思わずわっと歓呼のどよめきをあげた。

二

雲州松江の城主、松平出羽守治郷は徳川家康の長男三河守秀康《みかわのかみひでやす》の四男直政《なおまさ》の第七代、父は出羽守宗衍《むねしげ》である。

幼名は鶴太郎、十七歳で封をつぎ、佐渡守を経て出羽守に任ぜられた。老臣、朝日丹波の後見で藩政改革を行い、殖産、工業、土木、運河開鑿《かいさく》、外国貿易など、多くの治績をあげていた。若い頃から江戸麻布《あざぶ》天真寺の大顚和尚《だいてん》に参禅し、無門関《むもんかん》の不落不昧《ふらくふまい》の語からとって不昧と号し、又、茶道には殊更、造詣《ぞうけい》が深く不昧流茶道の祖としても有名な風流大名であった。為に歴史上、特に茶道史上、雲州十八万石の領主、出羽守治郷公としてよりも松平不昧公の名を以《もっ》て通用することが多い。以下繁雑を避けて不昧公の呼称を用いる事にする。

さて、正月九日の円流寺詣《もう》での一件があってから一か月ばかり後、不昧公は長年の習慣通りの朝稽古《あさげいこ》に城内の道場に出た。既に早暁から出仕の若侍が存分に汗を流した道場内は若さと剣風が二月の寒気を吹きとばしていた。

雲州松平家の武術には五流あって、剣術は、不伝流居合を中心とし、新当流兵法(元来は神刀流の文字を用いたが、不昧公により新当の二字を改めて充《あ》てたといわれる）、槍術《そうじゅつ》は一指《いっし》流管槍《くだやり》、柏原流鍵槍《かぎやり》、柔道は直信流（柔術と称せず道《どう》と呼称したのは段取りの術を主とせず精神修養を主とした為であるという）。此《こ》の五流の外に、射法、馬術、砲術、火術、拳法《けんぽう》、棒、杖《じょう》がある。これらの中、不伝流居合、一指流管槍を『御《お》家《いえ》流』と称し、共に藩主不昧公が其《そ》の師範の位置に居たことがあった。

殊に不伝流居合は、宝暦《ほうれき》十三年五月九日、不昧公十三歳の時はじめて不伝流師範一川五蔵に師事し、以来三十四年の刻苦精進を経て寛政《かんせい》八年十月、四十六歳にして一川五蔵から免許皆伝を授けられたのであるから無論、いい加減な殿様芸ではなかった。

一川五蔵伝書をみると、

奥秘に至りて得べきもの授くべきもの有《あ》りや是を有《ゆう》とも云ふべし、無とも云ふべし、中とも云ふべし、是非云はんとするときは、有無中の有、有無中の無、有無中の中也と云ふ也

是までにては慥《たしか》に得心ならず、因て次の一円相の内に心の文字を顕はし、其一を暁す也

心

于時寛政八丙《ひのえ》辰《たつ》年霜月

一川五蔵（印）
正鄰《まさくに》（花押）

これに対して不昧公は一川五蔵に一つの請書に似たものを与えている。

不伝流剣術（居合の事）の巻、兵法目録、外目録、真剣伝、居相《いあい》許状、九品伝、指南事、譲状共に七巻は、口伝所《くでんどころ》にしたがふ也。奥秘巻は予が正鄰に申して、後人の理に不レ迷為《まよわざるため》に真理を記さしめぬ。又、奥に秘巻是《これ》は予が愚案記正鄰に見せたり。尤可《ゆうか》とあると任せて巻として奥々秘々と号す。以上当流巻《まき》九巻に、事理を尽し畢《はて》る。若《も》し、後世に至りて疑しき書も出来らむ事をかなしく思ひ当流ここに九巻の外無き事を記し授《さずくる》者也

于時寛政八丙辰霜月　　源　治郷誌

一川五蔵とのへ

不昧公免許後、間もなく一川五蔵は老齢の故を以て一藩子弟の指導おぼつかない

旨、申し出たので、不昧公自ら道場に出て不伝流の教授をなしたといわれている。

又、これも不昧公居合術免許直後の逸話であるが同じく不伝流居合の達人に稲生《いのう》田《だ》武《ぶ》右衛《え》門《もん》という侍があった。

連日、修練を怠らず修業にはげんだが猶且《なおか》つ奥秘に達せず、苦心懊悩《おうのう》の末、二十一日間の暇を賜り、山谷深く入って荒行をし、研技得道することを願い出た。許しを得た武右衛門は領内枕木山《まくらぎやま》の嶮《けん》をよじて山中に立籠《たてこも》り、携えて行った黒米と草木の実に飢えをしのぎ、滝を浴びて修行すること二十一日、始めて大悟得度、一刀を抜き収めて山を下り、その悟った所を一巻に記して不昧公に献上した。

一方、不昧公は武右衛門が山ごもりをした日から、又、かたく一室に閉居して斎《さい》戒沐浴《かいもくよく》、ひたすら剣理を工夫し、深夜突如その居間にあって裂帛《れっぱく》の気合や空を斬る刀の唸《うな》りに、宿直《とのい》の侍も仮睡の夢を破られ、襟を正さしむることしばしばという有様だった。而《しこう》してその精進会得した所を同じく一巻の巻物に記しおいたが、さて武右衛門の一巻と不昧公のそれとを同時に開巻し、これを読むにその得術全く符節を合する如くであったという。

その後、武右衛門の認《したた》めた伝書を『乾《けん》の巻』とし、不昧公の記述したるを『坤《こん》の巻』とし、合せて雲藩の武術の指針をなしたと伝えられている。

ともあれ、上これを行えば下それにならって雲藩の士風はとみに向上し、前述の稲生田武右衛門の他、大石源内、三田村円左衛門、荒木佐次兵衛など秀《すぐ》れた使い手が輩出していたから、不昧公自ら道場に出るとは言っても実際に殿様が家中の侍の稽古をつける必要は全くなかった。

しかし、不昧公の朝稽古は決して形ばかりの生ま半可なものではなく、御相手をつとめる大石、三田村、稲生田ら練達の士が殆《ほと》んど立ち上れない程までに猛烈を極めたものだった。

この朝も小半刻《こはんとき》に及ぶ鍛練を終えた不昧公は機嫌よく道場を出かかったが、ふと隅のひかえに本多権八の姿を見ると、

「権八、庭まで供をせい」

さりげなく呼んだ。

本多権八が奥御殿の庭先に伺候《しこう》すると、やがて衣服を改めた不昧公は小姓一人を供にして気軽に庭下駄をはいた。

日だまりの梅が紅く蕾《つぼみ》を開いて、芳香が辺りに床しく漂っている。

「春だの」

よく晴れた空に不昧公は明るい眼を向けた。

権八が供をして行くと、不昧公の足は庭内に最近、新築された茶室の前で止った。

「今朝の客は其方《そなた》じゃ。参れ」

気軽く水屋へ入る。権八は仕方なくにじり口から不器用に茶室へ上った。小姓は佩刀《はいとう》を捧《ささ》げたまま、茶室の外へ膝《ひざ》をついている。

茶室の内はすでに釜《かま》がかけられ、湯のたぎる音が春めかしかった。

不昧公の茶道は既に江戸表でも定評があった。幼少から三斎流の茶匠、志村三休に師事し、後、伊佐幸琢《こうたく》の教えを受けて二十歳で真《しん》の台子《だいす》の伝授を得ている。作法にかなった、それでいてさりげない点前《てまえ》であった。茶杓《ちゃしゃく》の扱いも袱紗《ふくさ》さばきもおおどかで固苦しくない。ゆったりと茶をたのしんでいる不昧公の横顔には先刻、道場で見せた武芸者の厳しさはぬぐったように影をひそめていた。

「権八、其方、明けて何歳になった」

不意に訊《き》かれて権八は怪訝《けげん》な眼をした。

「はっ、三十歳に相成りますが……」

「はて、もう左様な年齢《とし》か、そろそろ妻帯せねばならぬの」

権八の喫した茶碗《ちゃわん》へ軽く湯をあけて、不昧公は穏やかに続けた。

「家中の石倉半之丞《はんのじょう》、存じて居ろうな。不伝流では其方とよい勝負の腕ききじゃ。あれに妹が居ると聞いた」

「石倉半之丞なれば幼馴染《おさななじみ》にて、常々、昵懇《じっこん》に致し居ります」

「そうか、では妹とも面識はあろうな」

「は、折々の挨拶《あいさつ》ほどは……」

「顔を見知って居れば重畳、年齢は十八、名は雪路とか申すそうな。姿形も美しく、心ばえもよい娘なそうじゃが、権八、予に仲人をさせぬか」

「は……？」

「其方の嫁として似合いと思うたが……」

思いがけない主君のお声がかりに権八は僅《わず》かばかりためらっていたが、当惑そうに言った。

「おそれながら、その儀ばかりは……」

不昧公は意外そうに若者を見た。

「ならぬと申すか」

「身に余る有難き仰せにはござりまするが、この儀ばかりはなにとぞ……」

首筋に汗を浮べている権八を眺め、不昧公は茶巾《ちゃきん》を取って茶碗を拭《ぬぐ》った。

「すると、なにか、其方に既に意中の者があると申すのか。かまわぬ。それならそれでよいのじゃ。とがめて訊《たず》ねるのではない。包まずに申せ」

「いえ」

権八は顔を上げた。

「滅相な、左様なことは毛頭ござりませぬ」

「意中の者もないに……雪路とやらが気に入らぬのか」

「なにさま以て、左様なわけでは……」

「わからぬの。兄の石倉とは昵懇の仲という、その妹ならば何よりの縁と思うたが」

権八は顔中を汗にした。苦しげな表情が困惑にゆがんでいる。

「おそれながら、他事はともあれ、それればかりは……」

ふかぶかと平伏した権八を不昧公はじっとみつめていたが、

「よい、仔細《しさい》は聞くまい。今の話、なかったものと心得よ。予もこれ限り忘れよう」

再び柔かな微笑へ戻って、静かに釜の音に耳をすませた。

その夜、居間にくつろいでから不昧公は側室のお静の方に問うた。

「そなた、家中の石倉半之丞と申す侍を存じ居るか」

だしぬけに、とお静の方は細い眉《まゆ》を寄せた。

「名ばかりは耳にして居りますが」

「その者の妹の雪路とか申す娘と親しくしている女は居らぬかの。其方の召使うている者の中にだ。ちといぶかしい事があるのじゃ」

人気のない居間で、不昧公はお静の方に今朝、茶室での本多権八との問答を話して聞かせた。不昧公の側室の中ではお静の方が年齢も一番上だけにしっとりと落付きもあり利発者ではあり、なにかの折の相談相手でもあった。不昧公の寵愛《ちょうあい》も江戸表の奥方を除いてはこの人に最も深かった。

「左様な事でございましたら、老女に訊《たず》ねてみましょう」

お静の方は手元の鈴をふった。

老女に問うと、腰元の萩江《はぎえ》というのが石倉平之丞の妹とは家も近く、馴染らしいとわかった。

「明日にでも妾《わらわ》がそれとなく訊ねておきまする。おまかせ遊ばしませ」

お静の方は自信ありげに言った。

翌日、夜になるのを待ちかねるように不昧公は奥へ入った。

「おおむね、わかりましてございます」

性急《せっかち》な不昧公へ子供をあやすようにお静の方は語った。

「お城下の片原町六軒茶屋と申す所に、ほとときすとやらいう懐石料理の店を出して居ります村井六斎と申す者、お聞き及びでございましょうか」

「噂は存じて居る。茶道のたしなみ深く、家中の者に手ほどきなど致して居ったそうな」

「はい」

六軒茶屋の料理屋『ほととぎす』の名は、家中で知らぬ者はない程の評判であった。

主《あるじ》の村井六斎は数年前から城下に住みついた他国者である。

「もとはどこやらの藩中の侍だそうにござりまするが、わけあって致仕し、諸国を流浪する中、この松江城下へ参り御家風に惹《ひ》かれて逗留《とうりゅう》して居りましたものが、茶道のたしなみ深く乞《こ》われて教授をはじめた由にござります」

人品骨柄もいやしくない上に、武家出にしては物腰も柔かい四十には間のある独り身ではあるし、茶道の腕も相当なものと好条件が重って忽《たちま》ち、入門者は増える。

町方ばかりか藩中の子女にも六斎の教授を受ける者が出来た。

二度と侍奉公する気はないというし、一生、松江に永住する量見なら、なにか茶道にもつながりのある商売をと、勧める人があって六斎も思案したあげく、いっそ懐石料理の店でもと、店の造りも茶席風に、料理人は江戸から呼びよせるという思い切った趣向で店開きをしたのが人気を呼んで忽ちの繁昌《はんじょう》ぶりとなった。富豪の商人の招待で家中の重役なども足しげく客となるようになっても悪い評判一つたたず、実直な商いが一層、得意客を増した。

主の六斎は店のほうは番頭にまかせ、従前通り茶道師範の二股《ふたまた》をかけている。

石倉半之丞の妹、雪路が六斎の手ほどきを受けるようになったのは、料理茶屋をはじめる以前からである。色白で下ぶくれの愛敬者で殊に黒瞳《くろめ》がちの大きな眼が男心を惹かずにはおかないと噂されていた雪路が、三十を超えたばかりの男盛り、すっきりと垢抜《あかぬ》けた男ぶりでもの優しい村井六斎と割ない仲になるにはそれ程の時日を要さなかった。

噂が広まる前に、事実は雪路の兄の石倉半之丞《はんのじょう》に知れた。健気《けなげ》で一酷《いっこく》な男である。妹の不しだらに激怒したものの、兄一人妹一人の兄妹である。両親は既に世にない。妹の恋は命がけと知り、相手の男も年齢に開きはあっても一時の戯れ心ではないようだ。それにしても以前はとにかく今は丸腰の町人、料理屋の主である。石倉家は先祖代々二百石を頂戴《ちょうだい》する家柄だ。世間体ということもある。結局、雪路は乳母の実家へ病気療養ということで引き移り、兄の半乃丞の怒りの解けるのを待つ形になっているという。

そうした事情を知っている本多権八であってみれば、思いがけない不昧公の話には恐懼《きょうく》して辞退する他に仕方がなかったのだ。

「そうであったか、はて、男女の仲とは難しいものじゃな」

お静の方の言葉に、不昧公は苦笑して呟《つぶや》いた。

「それにしても、雪路とやら、恋のいたずらとは申せ不愍《ふびん》じゃな」

三

片原町六軒茶屋の料亭『ほととぎす』に、城内へ出張調理の御沙汰《おさた》が下ったのは、その年の仲秋、月見の宴にことよせてであった。

「年に幾度とてない無礼講の宴じゃ。かような折に評判の江戸の味とやらを家中の者に賞味させるもよかろうが……」

明日の準備になんとなく浮々している奥御殿で不昧公はお静の方へ言った。

「有難い仰せに存じまする。殿様お声がかりにて城内へお召し寄せになり、又、明日の料理が御意にかのうたともなれば、ほととぎすの店の名誉、主人の六斎の面目も如何《いか》ばかりでございましょう。そうした冥加《みょうが》の家ともなれば、たとい町人でも二百石の侍分の妹を縁組しても決して不釣合とは覚えませぬ」

美しく微笑したお静の方へ、不昧公は満足そうにうなずいてみせた。

当夜は早くから酒になった。この日ばかりは席順も格式もない。不昧公も気軽く、そこここの若侍の集いをのぞいて歩いた。

遥《はる》かな幔幕《まんまく》の向うは仮ごしらえの調理場らしく、忙しげに人影が立ち働いているのが見える。すらりと背の高い男がてきぱきと指図しながら動いていた。

「これよ」

と不昧公は背後の小姓をかえりみて言った。

「あの者か、六斎とか申す、ほととぎすの主は……」

「はい。その由に存じおります」

小姓は不昧公が六斎を呼ぶものと心得て立ちかかったが、

「いや、よい。捨ておけ」

不昧公はさりげなく踵《きびす》をめぐらした。

宴酣《えんたけなわ》の頃、不昧公の周囲にはいつか血気盛んの近侍たちが談論風発して止む所を知らない有様だった。盃《さかずき》を手にうなずいていた不昧公も興に乗って、

「そうじゃ。今でこそ世は太平に馴《な》れ、安逸をむさぼって居るが万一、天下乱世となり上方《かみがた》筋より敵兵攻め来《きた》りなば、其方《そのほう》ども如何にして防ぐか腹蔵なく申してみよ」

と問うた。一座はどよめいたが、名指されて次々と述べる答はいずれも籠城《ろうじょう》防戦説が圧倒的な意見を占めた。

「城外一里津田のあたりに一戦防ぎし上、この堅城にこもるが上策かと存じまする」

異口同音にいうのを聞いて不昧公は呵々《かか》と哄笑《こうしょう》した。

「何と申す。かかる時こそは直ちに隣国、米子《よなご》の城を乗取り国内には敵の一兵といえども入れること罷《まか》りならぬぞ」

豁達《かったつ》な言葉に一座は今更の如く不昧公の智略に感じ入った。

「月もよし、肴《さかな》もよし、充分に過せよ」

という御意にその夜は常よりも武事の話に花が咲き、宴はいつ果てるとも知れなかった。

仲秋の事があってから一か月ばかり経って、松江城下もめっきり秋めいて来た午後、不昧公は思わぬ知らせに眉《まゆ》を曇らせた。

「なんと申す、六斎が逐電《ちくてん》致したと……」

本多権八は不昧公の足許《あしもと》に平伏した。

「して、それはいつのことじゃ」

「はい、先の月の半ば頃、上方へ商用にて参ると手代一人を供につれて城下を出発致して以来、ふっつりと消息なく、大坂表へも人をやってたずねさせた所、立廻《たちまわ》った形跡はなし、あげくに先頃、城下はずれの炭焼きの爺《じじい》が街道のほとりの雑木林の中にむごたらしい斬殺《ざんさつ》死体のあるを発見して面体を調べさせましたる所、所持品などから六斎と共に旅立ったほとときすの手代と知れましてござりまする」

「なに、手代が殺されて居ったと……」

言葉をはさんだのは居合わせた老臣、朝日丹波である。

「はっ、肩先が見事な袈裟《けさ》がけに一太刀、並々ならぬ腕ききの所為とみえまする」

「権八……」

不昧公は散り残った紅葉の梢《こずえ》を仰いで呟いた。

「六斎がこの城下に姿を見せたのは三年ほど以前と申したな」

「左様に聞き及びました」

「生国は知れぬか」

「言を左右にして語らなかった由にござりまする。もっとも江戸表にはかなりの年月、滞在していたとやら申しまするが」

「もとは武家出というたな」

「はい……」

ちらと不昧公は朝日丹波を見た。

「爺《じい》、ちと、うるそうなって来おったの」

「御意……」

白い頭を下げて丹波はよく光る眼で主をみつめた。

「六斎奴《め》が出奔し居ったのが先の月の半ばと申せば、例の仲秋の月見の宴の直後。殿、お情が仇《あだ》となったやも知れませぬ」

「む……」

　不昧公はほろ苦い微笑を浮かべた。

「殿がお家を継がれましてこの方、当藩の財政は他国にも噂に上るほど富み栄えて居りまする。殿の御善政に民百姓も豊かに暮しをたのしみ、国富めば自ら兵も強くなるの例え通り、それでのうても当藩はお上自ら武術に精進遊ばす御家風なれば、小者はしたの者共までも武術のたしなみを心がけて居りまする。侍の家として当然の量見なれど、江戸表の心せまき輩《やから》の中には疑心暗鬼もあろうかと愚考致しまする」

「さもあろう。世太平ならば小人出ずるとか。治に居て乱を忘れざるは、これ将軍家代々の御家法、我、徳川の一族として宗家の家法を守るは当然の道じゃ。よいよい。捨てておけ。まさかの折の思案はある。鼠輩《そはい》づれに肝を冷やすまいぞ」

　笑い捨てて、不昧公は傍の本多権八へ、

「其方《そなた》も、かまえてこの事、他言無用に致せ。といっても噂はやがて広まろうが……」

　広縁に歩み出した足がふと止った。

「石倉半之丞は一酷者じゃな」

　独り言のように言うと改めて権八へ問うた。

「半之丞の妹……雪路とか申したな。あれはまだ乳母の家にか」

不意をうたれて権八は狼狽《ろうばい》したが、今更かくし立てをしても無駄と観念したか、

「はっ、実は先程の月見の宴以来、半之丞の怒りも解け、いずれ機を見て正式に六斎の許《もと》へ嫁入りさせる手筈《てはず》にて内々に仕度など致して居りましたようにござりまするが、何分にも思いがけぬ事態にて、そのまま邸《やしき》へ帰りも出来ずに……」

「そうであったか」

口籠《くちご》っている権八へ不昧公は急がしく命じた。

「其方、これより直ちに乳母の家とやらへ参って雪路を伴って来い。猶予はならぬぞ。半之丞に逢《お》うたら雪路は予があずかると伝えい。よいな。急げ」

早々に退出する権八を見送って、不昧公は誰にともなく呟《つぶや》いた。

「六斎が江戸の密偵と判明すれば、半之丞は妹を生かしてはおくまい。あれは馬鹿正直な男じゃ」

築山《つきやま》の奥で百舌《もず》が鳴いた。

四

翌年の春、不昧公は参勤交代のため江戸表へ出府した。供の中には本多権八、石

倉半之丞の顔も見えた。不昧公の行列が江戸屋敷へ到着して間もなく、月番の老中から差紙《さしがみ》が届いた。

「不審御尋ねのかどがあるに依《よっ》て重役一人、速刻、差し出すよう……」

という厳達である。すわこそ一大事と家中は色めき立った。

「殿……」

春風の冷たい江戸屋敷の庭で一人思索にふけっていた不昧公は朝日丹波の声を背に聞いてゆったりとふりむいた。

丹波の後方にぴったりと平伏している侍が石倉半之丞と見ると、不昧公の顔に翳《かげ》が射した。

「どうした、爺《じい》……」

幼い日から呼び馴《な》れた言葉も声もそのままに不昧公は老臣朝日丹波を見返った。

少年の日、この江戸屋敷の庭で、まだ壮年だった丹波の肩に乗って遊びたわむれたのが昨日のことのように懐しい。丹波の腰は長い補佐の任に重く曲り、額には老いを刻んだ。そして、かつての丹波の年齢を不昧公自身がむかえているのだ。しかし、こうして桃の咲く庭に向い合ってみると姿は年経ても、

「爺よ」

「和子《わこ》様」

と呼び合った昔ながらの主従の心でしかないのだ。

「丹波の爺、何事じゃ」

わざと明るく不昧公は重ねて老臣をうながした。

「殿、老中へ出頭の日は明日でござる。使者のお役は誰とお心ぎめになられましたか」

「いや」

丹波の声は沈んでいたが、底に常と変らぬずっしりとした彼の性根が籠《こも》っていた。

不昧公は正直に言った。この老臣の前ではなまなかな嘘はつけない。

「迷うている……」

語尾に嘆息が洩れた。丹波は膝《ひざ》を進めた。

「実はそれにつきましてお願いの儀がござる。これ、石倉、其方《そなた》お直々に申し上げよ」

丹波の声に、石倉半之丞は、はっと顔を上げた。思いつめた眼がキラキラと輝いている。

「石倉半之丞、申し上げまする。何卒《なにとぞ》、明日の老中出頭のお役、手前に仰せつけを願いまする」

「なに、其方が……」

流石に不昧公はまじまじと石倉半之丞をみつめた。彼の禄高《ろくだか》は二百石である。軽輩とまでは行かないが、十八万石の大名の重役として重い任務につくというのは分不相応な事でもあるし、当時の慣例からしても差出た申し分であった。

「若輩者の出過ぎた御願いとは心得居りますが、まげてお許し願いまするよう、半之丞、伏してお願い仕ります」

若いのに一酷者《いっこくもの》と呼ばれる者《おとこ》だけに、許しを得るまでは死んでもこの場を動かぬ決心と見えた。

「はて……」

当惑を眼にひそめて、不昧公は平伏したまま、大きく波うっている石倉半之丞の背へ視線を落した。

彼が何故、明日、老中への申し開きの役目を懇願するかは解らないでもない。

城下の懐石茶屋の『ほととぎす』の主、六斎が江戸幕府の密偵だったようだという噂は既に家中全体にささやかれている。当然、石倉半之丞の耳にも入っていよう。

その六斎を城内に招いた上に誤解を招くような失言、放言の類《たぐい》を聞かせて敵の術中に陥ってしまったのも、もとはと言えば不昧公が石倉半之丞の妹、雪路の恋に慈悲をかけたばかりにである。もし、その間の事情を薄々、半之丞が気づいて居れば、彼としてはお家の大事を招いた妹を生かしておくまい。それを察すればこそ、不昧公は先手をうって雪路の身柄を引き取って半之丞の手の届かぬ場所へ保護してしまった。半之丞としては尚更《なおさら》、主君の情に居ても立ってもいられない心であったに違いない。折も折、老中の差紙である。彼が或《あ》る決心を秘めて、強引にその役目を買って出た気は容易に納得出来る。と言って、不昧公としてはうかつに許すとは言い切れないものがある。一つには思慮も分別もあり、不伝流の達者とは言いながらまだ三十を過ぎたばかりの彼に果して今度の大役が無事つとめ通せるか。万が一、失敗したら一藩の浮沈にかかわる大事なのだ。

もう一つは、この役目を彼に命じたら、おそらく事の成否にかかわらず、石倉半之丞が生きて再び戻るまいと思われる故である。凝然とたたずむ不昧公の眼に散りこぼれた桃の花片《はなびら》が映った。

「殿」

穏やかに朝日丹波は不昧公を仰いだ。

「石倉半之丞の願い、お聞き届けなされませ。彼に侍の道をたてさせておやりなされ。丹波よりも重ねてお願い仕ります」

「爺《じい》……」

不昧公の眼がかすかにうるんだ。

「あたら花を……」

声がかすれたまま、不昧公の姿は凍りついたように動かなかった。

出頭した石倉半之丞を出迎えたのは閣老某の公用人二人であった。その一人、水野六左衛門と名乗る男は姿こそ変れ『ほととぎす』の主、村井六斎にまぎれもない。半之丞はしかし、微動もせず彼の挨拶《あいさつ》に応《こた》えた。

定めの間に通され、座がきまると水野六左衛門は威猛高《いたけだか》に、

「松平出羽守殿、近頃、武芸を講じ軍備を調え、屢々《しばしば》調練に名をかりて隣国に兵を進むる状をなす。甚だ以て不穏の振舞これある由……」

と読み上げるを、

「黙れ、村井六斎……」

裂帛《れっぱく》の気合が大気を真二つに断った。石倉半之丞は水野六左衛門を睨《にら》みつけたま
ま、おもむろに今一人の公用人へ向き直った。

「そちらの公用人殿まで申し上げます。我君は徳川の嫡流、越前《えちぜん》家の御一家、葵桐《きとう》の御紋章はもとより二泊三日の陣幕まで許され、一旦宇内《いったんうだい》に事ある時は第一陣に馳《は》せ参ずべき家筋と心得ます。殊に治に居て乱を忘れざるは神君以来宗家の御家法、同族として武を講ずるは宗家の法を守る所以《ゆえん》なるに、不穏の振舞とは何を以て理を否となす。ただ、これなる村井六斎が公儀の御恩賞にあずからんための作為佞言《ねいげん》に

他ならず、何卒《なにとぞ》、御賢慮の程、願い奉ります」

と言葉涼しく申し開きを終えると、矢庭にずいと水野六左衛門に膝《ひざ》を進めた。

「奸賊《かんぞく》ッ」

声もろともに白く光芒《こうぼう》が走った。不伝流居合〝乾坤《けんこん》の秘伝〟の一手、抜打ちに六左衛門の右下から斜めに左肩へ、払い上げの袈裟《けさ》斬りだった。

抜き合せる暇もなく、一太刀で六左衛門は血だまりの中に絶息した。見届けるや否や、石倉半之丞の体は大きく跳んで庭へ下りた。

「かりにも天下の役人を手にかけたる罪、かくの如く……」

言いも終らず、血に染った脇差を両手にもち直し、自ら首を刎《は》ね落し、斬首《ざんしゅ》の形となって果てた。

五

事の次第は他の一人の公用人から老中へつまびらかに伝った。

その結果、あまりにも鮮やかな石倉半之丞の手練に、

「天晴《あっぱ》れ、武士の鑑《かがみ》……」

と閣老たちの感動を呼び、双方乱心者として処理し、松平家にはおかまいなしと

なった。

石倉の家は乱心者として取りつぶされ、事件は無事、落着した。

数日後の深更、不昧公は久しく開かなかった『乾坤《けんこん》二巻』をひもとくと、その空間に石倉半之丞の最期の太刀筋を細かに叙述した末、是《これ》を以《もつ》て『奏者斬《そうじゃぎ》り』の一手と名付くと朱筆をもって書き加えた。

「半之丞、石倉の家はやがて其方《そなた》の妹の雪路を以て必ず再興させよう。安んじて瞑《めい》せよ」

灯《ほ》影《かげ》に呟《つぶや》くと、不昧公はそっと筆をおいた。春の月は今日も朧《おぼ》ろだった。

江戸の娘

ちょうど、花の季節であった。

向島《むこうじま》から橋場の渡しへ向う乗合船は、かなり混んでいた。

ぼつぼつ夕暮で、一日の行楽に、客の大方は疲れ気味で黙りがちになっていた。

幼い者は親の膝《ひざ》に寄りかかって眠っていたし、老人は今年の春へ名残《なご》りを惜しみながら、遠ざかる向島の土手を眺めていた。

そんな中で、いきなり喧嘩《けんか》が起った。

どちらも花見酒にかなり酔っていて、他愛のない言葉のやりとりが、急に火を吹いたようになり、立ち上ったとたんにとっ組み合いになった。船頭が竿《さお》を握ったまま、声をからして制したが、きくどころではない。

女子供が悲鳴をあげ、それが酔っている男二人には、逆に刺戟《しげき》になった。

舟は大揺れに揺れ、今にもひっくり返りそうであった。たまたま、海からは汐《しお》のさしてくる時刻であり、川上には数日前に大雨が降って、川は水量が多く流れも速い。

たまりかねて、分別盛りの乗客が声をかけた。舟が転覆したら、間違いなく犠牲者の出るところである。

「よさないか。舟がくつがえったら、お前さん方も一蓮托生《いちれんたくしょう》だぞ」

争っていた二人の男の態度が変ったのは、その時で、一人は懐中から匕首《あいくち》を出して船頭に突きつけ、もう一人は脇差《わきざし》を抜いた。

「お前さん方、命が惜しかったら有り金残らず、そこへ出しな。四の五のぬかすと、舟ぐるみひっくり返すぞ。いっとくがな。俺達は房州育ちでね。これっぱかりの川を泳いで渡るくらい、お茶の子さいさいだ。さあ、黙ってないで、そっちのはしから金を出せ、でなけりゃ……」

ひい、ふうとかけ声をかけて足をふんばって、思い切り、ゆすると、どこにこつがあるのか、けっこう大きな舟が揺れに揺れて、川波がざぶりざぶりと舟の中へかぶさってくる。

舟には女子供が多かった。男がいても、花見に出かけるくらいだから、どちらかというと隠居であり、そのお供をする小僧であった。

船頭も年をくっていて、竿《さお》さばきは練達でも、こんなならず者を取りおさえられるほど勇敢ではない。

止むなくというか、命あっての物種と悟りの早い何人かが、懐中から財布を出した。

「よし、こっちへ投げろ……」

脇差を持った男は得意そうであった。これほど思い通りに、ことが運ぶとは思っていなかったのかも知れない。調子に乗って小腰をかがめ、財布を手にとって、重みをはかったりしている。

若い女が、その時、そろそろと近づいた。手に赤い財布を持っている。身なりからして大店《おおだな》の娘だろう、結綿《ゆいわた》の緋《ひ》鹿の子《こ》が初々しかった。育ちがいいから、財布を投げるというのが、なにか不作法で、ためらわれたのかも知れなかった。親から、お金は投げるものではないと躾《しつ》けられて育って、それで、いくらかでも近づいて、財布をならず者に渡そうとしているようにもみえた。

近づかれたほうも、相手が女だから、あまり気にしなかったのだろう、財布をさぐっていた顔をひょいとあげて、

「へえ、こりゃ別嬪《べっぴん》じゃねえか」

そのとたんに、娘の体がよろけたようにみえた。乗客が、はっとした時、脇差を持った男の体が宙に、ふわっと浮いたようになった。

水音をたてて、男が川へ落ちた時、娘は奪い取った脇差を左手に持ち、右手で平打ちのかんざしを抜いた。

「匕首をお捨て。捨てないと、このかんざしが、お前さんの喉笛《のどぶえ》に突き立つよ」

娘の手が高々と上ったとたん、ならずものは匕首を持ったまま、自分から川へと

び込んだ。兄貴分を手もなく川へ投げ込んだ相手に怖れをなしたらしい。

事実、その時のお鶴の気迫は、

「一流の武芸者だって、ああはいきませんや」

助けてもらった船頭や乗客が口々に誉《ほ》めそやすほど、凄《すご》かった。

ともかくも、危機は去った。

船頭は夢中で舟を流れに乗せ、向島の岸へ泳いで行く二人の男との距離は、あっという間に遠くなった。

橋場の渡しに着く頃には、船頭の口から、

「鶴伊勢《つるいせ》屋のお嬢さんのお鶴さんですよ」

と、娘の素性がわかって、

「ああ、それで……」

と納得する者もあり、彼女のこれまでを知らない者は、

「女だてらに……」

と、びっくり仰天した。

川の上の災難は、橋場の船宿『吉住《よしずみ》』の主人が、お上《かみ》から十手捕縄《とりなわ》をあずかっているので、船頭の口からすぐに知らされ、若い者が逃げた二人を追って舟を出して行った。

「お嬢さんのおかげで助かりました。そうでなけりゃ、今頃、どんなことになっていたか……」

船宿の主人や船頭、及び乗客の礼の言葉を、お鶴は赤くなり、恥ずかしそうにきいていたが、居たたまれないように供の小僧を連れて立ち去った。

「普段は恥ずかしがり屋のひかえめなお嬢さんなんですよ。ですが、なにか、ことがありますとね、おきゃんな蔵前《くらまえ》小町に、おなんなさる。どっちが本物のお人柄なんだか、あたしらにはわかりませんけども……」

船宿の女房や船頭が暫《しばら》く、まだ、興奮のさめやらぬ乗客たちを相手に喋《しゃべ》っている頃、お鶴は、そこから、さして遠くない御蔵前片町の我が家へたどりついていた。

表玄関は、気のきいた造作で、脇に離れへ通じる洒落《しゃれ》た枝折戸《しおりど》がある。如何にも風雅な料亭だが、看板の文字は『諸国御代官所　御預所　御蔵元御出役之節御休息所　御茶屋』といかめしい。

文字通り、この先の幕府の米蔵に出張する役人たちの休息、もしくは食事の用を一手にひき受けている料亭で、客の大方はそうした役人と札差《ふださし》商人で占められている。

主人は鶴伊勢屋平治郎といって、今年五十九歳、女房を先年なくしていて、家族は長男の孝太郎が二十九歳、これはいささか病身ということもあって、まだ独りである。妹が、先刻、向島から橋場へ渡る川の上で、大立ち廻《まわ》りをやってのけた娘で、お鶴、これは、兄の孝太郎と十も年が、はなれていて、十九歳であった。

もともと、父親も母親も美男美女の家系で、どっちに似ても器量の悪かろう筈《はず》はないのだが、兄の孝太郎が母親似のやさしい顔立ちなのに、お鶴のほうは女にしては眼も鼻も立派で、役者にしたら、さぞかし舞台映えがするだろうと思われた。実際、親の道楽で、子供の時から踊りを稽古《けいこ》させられて、祭りの時に屋台に立ったところ、団十郎そっくりといわれて、大層、評判になった。

稽古に通っていた踊りの師匠は、坂東《ばんどう》流の名手だったが、その愛人が御家人《ごけにん》の伊《い》豆《ず》原《はら》仙十郎という男で、当時、練兵館でかなりの遣い手だった。

なにが、きっかけだったのか、兄の孝太郎が、心身鍛練のために、特に頼んで稽古をつけてもらっていたのが、孝太郎のほうは風邪で熱を出したの、腕の筋を痛めたのと長続きせず、気がついた時は、妹のお鶴のほうが代りに稽古をしていたという結果になった。

町人の、まして女の子が武術の稽古などと、母親は蒼《あお》くなったが、遅く出来た子だけに父親の平治郎は、お鶴を溺愛《できあい》して、好きなようにさせておいた。

お鶴がおてんばぶりを発揮したのは、十四の時で、やはり祭り酒に酔った男が、お鶴に悪戯《いたずら》をしかけたのを、取って押えて川へ放り込んだ。それから町内の人気者になって、やれ、誰それが喧嘩《けんか》しているから仲裁をしてくれの、酔っぱらいが乱暴しているから助けてくれのと、調子よく町内の若い連中におだてられ、まだ子供だから、いい気になって女伊達《だて》の真似をしていた。

十七で、死別した時、母親が、

「女だてらに、人の物笑いになるようなことをして、もし、身に間違いでもあったら……」

と泣き、いさめられ、それ以来、誰が誘いに来ても、ふっつり出て行かなくなったものの、未《いま》だに、蔵前小町の武勇伝は、なにかにつけて人の口の端に上る。

向島の花見から帰って来た娘の久しぶりのおてんばに、平治郎は小僧から報告をきいて、

「あんまり危ないことをするではない。怪我でもあったらどうするのだ」

と親心をみせ、それでも、

「人助けをしたことだから……」

と、満更でもない様子だった。

が、この時、平治郎の居間には珍しい客があった。

平治郎の姉が、若い時分に奉公していた御旗本の高橋伊織《いおり》という人の弟で、章二郎という青年である。

たまたま、平治郎の姉のおはるというのが、神経痛を患って、鶴伊勢屋の別宅へ身を寄せていたのを、章二郎が見舞に訪ねて来たものであった。

「ちょうどよかった。別宅への御案内は、お鶴に致させましょう」

お鶴を章二郎に引き合せ、平治郎は娘に上機嫌でいいつけた。

別宅といっても、鶴伊勢屋の店とは細い路をはさんだ隣家で、元は医者の妾宅《しょうたく》だったのを、鶴伊勢屋がゆずり受けたものである。

ここも庭が大川に面していて、川っぷちに小さな舟着場があり、そこから石段を上ると庭というような造りになっていた。

並んで歩いてみて、章二郎の背の高いのに、お鶴は驚いた。お鶴も女としては大柄なほうだが、彼とくらべると肩のあたりまでしかない。

もう暮れていて、川風が冷たかった。

大事な客と思うから、足許《あしもと》へ提灯《ちょうちん》のあかりをさし出すようにして、一足先を歩いて行くお鶴に、章二郎が、呟《つぶや》くようにいった。

「無駄なことを……」

「は？」

何事かと、お鶴は足を止める。

「舟中の立ち廻りのことだ」

そっけなく章二郎がいった。

「無駄なこととおっしゃいましたか」

流石に、お鶴はかっとなった。相手の唇には嘲笑《ちようしよう》がある。

「相手はたかの知れた無頼漢だ。客はいずれも花見帰り、財布ごと差し出したからとて、どれほどの金でもなかろう。押し込みが家に入ったのとはわけが違う」

「大人しくいたして居ればよかったと仰せられますのか」

「その通り、生兵法《なまびようほう》は怪我の元だ」

お鶴は黙って唇を嚙《か》んだ。

「客の金を残らず、さらって、おそらくその二人はどこかの岸に舟を着けさせ、そのまま逃げたことだろう。盗まれた金も、多い者で十両とは持って居るまい。命をはって、武勇をみせるほどのものではない。立ち廻りをしたければ、踊り屋台の上だけにすることだ」

生れてから、これだけの悪口雑言を浴びたことのないお鶴だった。

「武勇をみせたくてみせたわけではございません」

「結果は、そうなった……」

「でも……」

「やめることだ。女のくせに、見苦しい」

別宅の門は、章二郎が押した。

すでに、母屋《おもや》から知らされていたらしく、おはるが自分で迎えに出ていた。

「若様……」

章二郎をみた眼に、もう一杯の涙が浮んでいて、

「もったいない。わざわざ、お見舞などと」

「起きてはならん。夜風は体によくないぞ」

あっという間に、軽々と章二郎がおはるを抱き上げた。

「寝間はどこだ。お鶴、案内してくれ」

ふりむかれて、お鶴は慌てた。

「早くしろ。俺にとっては、母以上のお人なのだ」

伯母《おば》の部屋へ連れて行くと、章二郎は小柄なおはるの体をそっと夜具の上へ下ろし、無理に寝かせた。

「病ときいたから来たのだ。出迎えてもらいたくて来たわけではない」

痛みはどうか、食は進むか、と医者のような顔をして訊《たず》ねている。仕方なく、お鶴は茶の仕度を自分でした。

別宅にも奉公人はいるのだが、伯母の奉公していた屋敷の若様というだけで、おろおろしている。

茶をいれていると、手が鳴った。お鶴に声をかけられて、おそるおそる出て行った少女が戻って来て、

「あの、若様がひやでよいからお酒をと、おっしゃいまして……」

お鶴は眉《まゆ》をひそめた。病人の枕許《まくらもと》で酒を飲むというのが、癇《かん》にさわる。が、拒みもならなかった。伯母にとっては、大事な客である。

手早く燗をして、徳利に盃《さかずき》、それに、気のきいた肴《さかな》を用意して、部屋へ戻ってみると、伯母は声をたてて笑っていた。章二郎がなにか面白い話でもしているらしい。

この伯母が声をたてて笑うのを、はじめてみたようにお鶴は思った。武家奉公をして来ただけに、とかく口やかましく、行儀がよくて、どこかけむったいような伯母である。もの静かで、上品で、大声で笑ったり、喋《しゃべ》ったりとは、まず縁がない。

それが、さも楽しそうに笑い、うなずいている。

「御酒をお持ち致しました」

お鶴がいったのに、どちらも返事さえしなかった。章二郎は盃をとり、お鶴が酌をしようとすると、

「手酌でいい」

追い払うように手をふった。これでは、呼ばれるまで台所にでもひっこんでいる外はない。

その夜の章二郎は、酒を三本飲み、病人をすっかり元気にして、帰って行った。

「子供の時から、お気持のやさしいお方でね。ちょうど、私が御奉公に上った年に、奥方様が歿《なくな》ってね。まだ、二つになったばかり、襁褓《むつき》のお世話から、召し上りものまで、全部、私が致しましてね。そりゃあ、なついて下さいました。私がお屋敷を下る時は、もう十五におなりになっていましたけれど、時々は逢《あ》いに来てくれと、涙をためておっしゃいましてね」

この伯母は、お鶴の父の平治郎とは二つ違いで、一度、縁づいたのだが、夫に死なれ、子供がないところから実家へ戻って、三十をすぎてから、勧められて武家奉公に出た。

どちらかといえば、勝気で、涙をみせない人なのに、その夜は、章二郎が帰ってからも暫《しばら》く、お鶴を相手に昔話をし、何度も眼を拭《ぬぐ》っていた。

どういう人なのだろうと、お鶴は章二郎を思った。

伯母がいうように、ただ心の優しい人なら、どうして、お鶴に、あんなひどいことをいったのかと考える。

「男のお人は、女が女だてらに、さしでがましいことをするのを好まぬものですよ」

歿った母が口癖にいっていたことが胸に甦《よみがえ》って、お鶴は忌々しい顔をした。

章二郎もおそらく、女だてらにと、お鶴に反感を持ったものかと思われた。かすかな後悔と、居直る気持とがお鶴の心を占め、二、三日、お鶴はねむれなかった。よけいなことをしたといわれればそれまでだが、あの時はああするより仕方がなかったようにも思う。最初から、相手を川の中へ投げてやろうと思って近づいたというより、手を摑《つか》まれて、咄嗟《とっさ》に体が動いたような気もするし、財布を人の後ろから投げてもよかったのに、わざわざ近づいたのは、隙があったらと本能的に考えたようにも思われた。

人の気持などというものは、その場になってみなければ当人ですらわからないことが多い。それを、

「無駄なことをしたものだ」

と嘲笑《ちょうしょう》した章二郎が、お鶴には憎かった。

それから半月ほどして、お鶴は蔵前の川に小舟を浮べて、蜆《しじみ》とりに夢中になっていた。

蔵前の大川に育つ蜆は、大川から舟で米蔵に運ばれる米粒が川へ落ちるのを餌にするから、肥《ふと》って大きく、味もいいといわれていた。

御蔵蜆と呼ばれて、値段も普通の蜆よりかなり高い。

お鶴は、別宅の舟着場から小舟を出して、干潮で川の水がひく時刻をえらんで、

川っぷちの浅瀬をひっかき廻《まわ》した。この辺りは漁師も来ないから、面白いほど蜆がとれる。

「おい、だいぶ、稼いだな」

頭上から声をかけられて、手も足も泥だらけのお鶴が上をみると、岸のふちに、章二郎が立っていた。

「御蔵蜆は値が高いそうだが、そいつを鶴伊勢屋の板場で使うのか」

「馬鹿なことをいわないで下さい」

つい、うっかり大きな声が出た。

「痩《や》せても枯れても鶴伊勢屋は、娘がとった蜆でお客様からお金は頂きません。あんまり人を馬鹿にしたことといわないで下さい」

どなっている中に、章二郎が動き出した。どうするのかとみていると、石段を下りて来て舟着場の横から下駄を脱いで、ざぶざぶ川へ入って来た。ひょいと小舟へとび乗って、大きな桶《おけ》に集められた蜆をのぞいてみる。

「これ、お前が食うのか」

「伯母に食べさせるんです。お医者様が体にいいっておっしゃったから……」

伯母には脚気《かっけ》の持病もある。夏に向って蜆を食べさせるとよいと、毎年、かかりつけの医者がいうのだ。

「そりゃわかったが、なにも、お前が泥んこになることはないだろう。鶴伊勢屋には奉公人も多い、商売人の採ったのを買ったって、いくらでもないだろう」

「ただでとれるもの、お金を払うことはないじゃありませんか。それに、奉公人はみんな仕事を持ってます。あたしは暇だし、こういうことが好きだからやってるんです。いけませんか」

お鶴はむきになり、章二郎が笑った。

「お前、好きなのか、泥だらけになるのが」

「漁師の娘に生れりゃよかったと思ってますよ」

蜆で一杯になった桶を抱えて舟へ上ろうとすると、章二郎が手を出した。ひっぱり上げてくれようというつもりだろうが、お鶴は知らん顔をして一人で上った。

岸からつないである綱をひっぱると、舟はすぐ舟着場へたどりつく。蜆の入った桶の一つは章二郎が持った。先に小舟を下りる。ふりむいて、手拭《てぬぐい》を渡した。

「早く、顔を洗って来いよ。いい娘が台なしだ」

なんの意味かわからなかったが、台所へ行って、下女にいわれた。

「お嬢さん、顔がまっ黒……」

鏡をのぞいてみると、鼻の下と、両頬のあたりに泥がこびりついて、まるで髭《ひげ》が生えたようになっている。

章二郎が笑ったのは、これだったかと思い、お鶴はむかむかと腹が立った。

顔を洗いかけ、気をとり直して、そのまま、ずかずか表の庭へ廻ってみた。

果して、章二郎は伯母の部屋の縁側に自分で桶に水を汲《く》んで来て、手足を洗いながら、伯母に話をしている。泥まみれの顔で近づいて来たお鶴をあっけにとられたようにみた。

「泥がついてるなら、ついてるって、はっきりいってくれたらいいじゃありませんか」

口惜しまぎれに半分泣きながら、お鶴は叫んだ。

「泥んこになるのが好きだとか、げらげら笑って……男らしくないですよ」

「お鶴……なんてことを……」

おはるが悲鳴をあげたが、お鶴はひるまなかった。

「お旗本のくせに……こっちが大人しくしていれば、いいたい放題いって……あたしだって、好きこのんで顔に泥なんかつけてやしません」

なにをいっているのか、お鶴自身、わけがわからなくなっていた。強い力で、章二郎がいきなりお鶴をひきよせた。抵抗する暇がなかった。片手でお鶴を摑み、片手の濡《ぬ》れた手拭で、いきなりお鶴の顔をごしごし拭《ふ》いた。

「なにするんですよ」

夢中で、章二郎の手をふり払った時、章二郎は腰をかがめて、手拭をゆすいでいた。

「いい年をして、顔も一人じゃ洗えないのか。厄介な娘だな」

明るく笑いとばされて、お鶴はまっ赤になって逃げ出した。

十日おきぐらいに、章二郎はおはるの見舞に鶴伊勢屋の別宅へやって来た。

お鶴はつとめて顔を出すまいとした。挨拶《あいさつ》には父や兄が行けばいい。呼ばれもしないのに顔を出して、いやなことをいわれるまでもないと考えていた。

が、度重なるにつれて、章二郎の評判は鶴伊勢屋の中でうなぎ上りによくなった。

最初、御旗本の若様ということで怖《おそ》れていた下女や庭番の老爺《ろうや》などが、間もなく気やすく章二郎と口をきくようになり、別宅は章二郎が来ると、急に賑《にぎ》やかになった。

「気のおけないお方ですね。お侍のようじゃありませんよ。おはる様には、まるで、実の母親になさるように、よくお尽しになるし、本当に御立派な若様で……」

下女も老爺も口を揃える。

無関心を装いながら、きけばきくほど、お鶴は情けなくなった。誰も彼もに優しく立派なのに、どうして自分にだけは乱暴で、そっけない人かと思う。

嫌いなのだと気がついた。自分のことを嫌っているから、あんな態度をする。女だてらに武勇伝をやってのける、出すぎた女を憎んでいるに違いない。

それもよかろうと、お鶴はうそぶいた。もともと自分とは無縁の人であった。なにをいわれようと、どう思われようと、知ったことではない。

それでも、お鶴は、なにがなしに寂しかった。

お鶴がきくまいと思っていても、章二郎は、忽《たちま》ち、鶴伊勢屋の話題の中心になった。

まだ独り者で、吉原《よしわら》の江戸町二丁目にある『丁字屋《ちょうじや》』という店の抱えで、ひな鶴という遊女の馴染《なじみ》だとか、兄の高橋伊織がとかく病身なため、未《いま》だに、子がなく、それで、諸家から養子縁組の話があるのだが、万一を考えて、親類が養子に出さないでいるから、二十七にもなって、まだ部屋住みでいるなど、どれもお鶴にとっては気になる話ばかりである。

殊に吉原の遊女に馴染がいるというのは、お鶴には忌々しかった。

あんな、意地悪な男にも馴染の遊女が出来るものかと思う。

「そりゃ、お嬢さん、あの若様なら花魁《おいらん》のほうで放しやしませんよ」

それこそ、商売っ気ぬきでまことを尽すだろうと、老爺の仙助は歯の抜けた口で笑っている。

お鶴は黙って自分の部屋へ閉《と》じ籠《こも》った。

お鶴を憂鬱《ゆううつ》にさせることが、もう一つあった。

その頃、兄の孝太郎に縁談があった。相手は日本橋の料亭の娘で、誰の目にも似合いにみえたのだが、孝太郎も煮え切らず、むこうもそれほど熱心ではなくて立ち消えになった。

ところが、世間の口とは無責任なもので、その縁談のこわれたのが、お鶴のせいだという噂がまことしやかに流れ出した。

「なにしろ、あの気の強い妹が、家にいたんじゃ、文字通り、小姑《こじゅうと》鬼千匹ですからね」

と、先方の親が仲人《なこうど》に話したというのである。これが耳に入った時は、流石のお鶴も蒼白《そうはく》になった。

「気にするんじゃない。もともと、あたしが気が進まなかったんだ。はっきりことわればよかったのに、曖昧《あいまい》にして、お前にとんだとばっちりがいってしまった……」

かわいそうなことをしたと、兄の孝太郎はしきりに悔んだが、そんな兄をみるにつけても、お鶴は、早くこの家を出なければと思うようになった。

父親が手放したがらず、お鶴自身も一向にその気がなくて、いくつもあった縁談をことわり続けて来たが、気がついてみるとお鶴も、もう十九、世間の例からいえば、ぼつぼつ嫁ぎ遅れになる年齢《とし》である。

嫁に行きたいと、お鶴がいい、平治郎も慌てた。

「その気になれば、いくらでもいい縁談はある。まかせておきなさい」

父親は早速、諸方へ仲人口を頼みに行ったらしい。

夏になって、おはるの容態はやはり悪化した。持病の脚気《かっけ》がどうも思わしくないのである。

そんな最中に、章二郎の兄が心臓の発作で急死した。

「なにしろ、急なことだし、お子はなし、どうやら御親類の意向は、兄嫁の奥方様と、章二郎様を妻《め》合せて、跡目相続となさるようなお話だったよ」

神田《かんだ》のお屋敷へ悔みに行った平治郎の話は、同じく法事の手伝いに出かけて行った孝太郎と少しニュアンスが違っていた。

「たしかに、御親類は、兄嫁様を章二郎様と再婚させたいそうだが、どうも、章二郎様はおいやのような話だったよ」

年齢は兄嫁のほうが三つ上で、それはともかく、親類がなんとか兄嫁を章二郎の嫁にと考える理由は、兄嫁に当る人の実家が、大変な実力者で、そのほうが高橋家のために、さきゆき、なにかと好都合と判断したからであるらしい。

お鶴は、ぼんやりきいていた。心の中に揺れ動くものがあるが、顔には出さない。

「どうやら、章二郎様には、いいかわしたお人があるらしいね。吉原のなんとかかという遊女で……それがあるから、御親類の勧めにうんといいなさらないようだ」

法事の間中、高橋家の台所を手伝って来た孝太郎は、すっかり高橋家の内情を知ってしまったような口ぶりだった。

「だったら、その花魁を身受けして、御夫婦になったらいいじゃありませんか」

はじめて口を出した妹の無知を笑うように、孝太郎は説明した。

「そんなことが出来るものか。仮にも千五百石の御旗本だよ。第一、御親類が承知するものか」

よもや、心中などということにはなるまいが、と孝太郎は苦労性なことをいった。

「章二郎様は、案外、生《き》一本だから……」

数日の後、章二郎が、伯母《おば》を見舞方々、法事の折の礼をいいに訪ねて来た時、お鶴の胸の中でくすぶっていたものが、突然、火を吹いた。

帰りがけ、別宅の門を出て路地を表まで送って行きながら、お鶴は小さいが、強い声でいった。

「吉原へ行ってみたいと思います。お供させて頂けませんか」

路地には章二郎とお鶴の他は誰もいなかった。章二郎が足を止めて、お鶴をみた。

「吉原へ行って、どうする……」

「登楼して、章二郎様のお遊びなさるところをみたいと思います」

「ひな鶴の話をきいたのか」

章二郎がちょっと笑った。

「お前の望みなら、大抵のことはきいてやりたいが、登楼するには女では駄目だ」

「男の姿をして参ります」

考えてもいなかったことが、すらすらとお鶴の口から出た。

「女と気づかせないように致して参ればよろしいでしょう」

「髪を切るのか」

「切ります」

章二郎は艶《あで》やかなお鶴の娘島田を眺めたが、そのきかなさそうな眼に出逢《であ》うと苦笑してうなずいた。

「連れて行こう。明後日、夕刻、どこで逢うのだ」

「橋場の吉住という船宿でお待ち致します」

後にはひけない気持だった。心が車のようにころげて行って、自分でもどうしようもない。

約束の日、お鶴は父親には向島の乳母のところへ泊りがけで行くと嘘をついた。

家を出たのが午《ひる》すぎで、浅草へ行って古着屋で男物の単衣《ひとえ》と帯と袴《はかま》を買った。下着は自分で縫ったのを用意して来たし、刀も、昔、父親にねだって買ってもらった細身のを風呂敷《ふろしき》にくるんで持ち出していた。

それらを持って『吉住』へ行き、二階に部屋をあけてもらった。

「夕刻、私を訊《たず》ねて、章二郎様というお方がみえますので……」

恥ずかしげもなくいう娘を、『吉住』の女主人はあっけにとられて見送った。

当時、船宿で男女が待ち合せるとすれば、おおよそ、逢引《あいびき》と相場がきまっている。が、お鶴は知らなかった。

部屋へ戻ると、鏡にむかって髪をといた。器用な性質だから櫛《くし》一本で、髪を高々と一つにまとめ、よいところを見はからって、元結《もとゆい》でいくつもに結び、脇差を逆手にして、思いきりよく切った。

髪が出来ると、下着から着がえた。剣術を習っていた時、稽古着《けいこぎ》をつけていたから、袴も、まごつかずにはけた。刀のおさまり方も堂に入っている。

すっかり仕度が出来てから、娘衣裳《いしょう》を一包みにし、窓ぎわに端座した。

章二郎が部屋へ入って来たのは、大川に西陽がかすかに残って、やがて夜になろうという刻限であった。

案内して来た内儀は気をきかせて、内へは入らず、章二郎が後ろ手に障子をしめて、行燈《あんどん》もつけていない薄暗がりの中で、お鶴を眺めた。

「切ったのか」

嘆声のようにいい、章二郎は鏡台の横に紙にくるんであった切りとったお鶴の髪を手にとった。惜しむように、それをみる。耐えられなくなって、お鶴は叫んだ。

「参りましょう、吉原へ……」

「馬鹿、まだ早すぎるぞ」

白絣《しろがすり》の着流しで、章二郎はお鶴の近くにすわり、手を鳴らして酒をいいつけた。運んで来た女中が、はじめてお鶴の男装に気がついて、仰天したが、章二郎は笑って、

「なに、ちょっとした茶番をやるんだ」

ごま化して追い払った。黙ったまま、手酌で二、三杯飲む。二人とも、口はきかなかった。相変らず、部屋に灯はつけず、窓から遠岸の町に小さく灯が散らばっているのを、みつめている。

ふと、隣の部屋で、うめき声が起った。それまで、小さな話し声のようなものが、聞えるともなく聞えていたのが、急に女の荒々しい息づかいと、かすかな叫びさえ交って、お鶴の耳に届いた。

「何事でしょう」

お鶴は中腰になった。

「喧嘩《けんか》でしょうか。それとも人殺し……」

みて参りましょうと立ち上るのを、章二郎が制した。

「あれは喧嘩じゃあない」

「でも、苦しげにきこえます」

衣《きぬ》ずれの音と、もみ合うような気配がする。

「お前、船宿の二階は、なにをするところか知らないのか」

章二郎が当惑げにいった。

「ここは、男と女が逢《あ》うところなんだ」

ふっと、お鶴から視線を逸《そ》らす。

その意味が咄嗟《とっさ》にわからず、お鶴は隣部屋の雰囲気に耳をすませたが、やがて、黙ってうつむいてしまった。

「男と女が逢う……」

「吉原へ行くのはよしたらどうなんだ」

低い声で、章二郎がいった。

「あんな所へ行っても仕方がない。いやな気持になるだけだぞ」

意地になって、お鶴はかぶりを振った。どうしても、ひな鶴という花魁《おいらん》をみたかった。

それほど、章二郎の心を独り占めにしている女をみずにはすませない気分だった。

大門を入って、仲の町を、お鶴は人心地もなく、章二郎の手にすがりついて歩いていた。

章二郎が手を鳴らし、舟の仕度をいいつけた。

「どうしても行くのか」

男同士、手をつないで歩くなどというのは誰がみても滑稽《こっけい》だったが、お鶴はもはや、そんなことを気にする余裕はなくなっていた。

色街特有の饐《す》えたような匂いが鼻をさし、それだけでも吐きそうになる。

『丁字屋』の表座敷へ上り、酒を飲まされたのも無我夢中であった。ひな鶴という傾城《けいせい》はやがて来た。すがりつくように章二郎に寄り添ったが、お鶴をみて、不思議そうに訊《き》いた。

「吉原をみたいというので連れて来た」

章二郎はそれだけしかいわなかったが、ひな鶴は本能的に、なにかを感じたらしかった。

行燈《あんどん》の灯影《ほかげ》では多少、ごま化せても、その気になって注意深くみれば、お鶴が女であることは、わかる者にはわかる。

ひな鶴は殊更、艶《えん》に振舞い出した。妖婉《ようえん》な玄人女の雰囲気が、お鶴を圧倒し、いつの間にか彼女は眼を伏せ、片手を畳についていた。周囲の女から勧められ、

「あまり飲むと、苦しいぞ」

と何度も、章二郎から注意されていたのに、つい咽喉《のど》が渇くままに盃《さかずき》をあけていたのが、気がついた時は、もう眼もあけていられないほどに酔っていた。

「連れが、だいぶ酔っている。今日は、これで帰る……」

章二郎の声がきこえて、お鶴は必死で顔を上げた。

「いえ、それでは……」

自分だけ帰るからと、いうつもりで腰を浮かし、急に眼の前が真っ暗になった。

あとはなにもおぼえていない。

最初に気がついたのは舟の中だった。

「心配するな。ゆっくり眠っている中《うち》に、蔵前へ着く」

まだ、夢の中のようなお鶴を抱えるようにして薬を飲ませてくれた。

そのまま、眠ってしまって、次に本当に気がついたのは、やはり舟の中で、外にかすかな鳥の声がしていた。まだ暗いが夜明けが近いと思われた。はっと体を起したのは、章二郎に寄りかかって眠っていたことである。

「頭痛はどうだ」

章二郎の声がした。

「いえ……」

舟が止っていると、お鶴は思った。どこか岸に舫《もや》ってでもあるらしい。

「お前にはすまぬが、実はどこにも行くところがなかった……」

章二郎が苦笑した。蔵前へ送るにしては、時刻が遅すぎたし、宿へ連れて行くのも気がひけたと章二郎は照れくさそうにいう。

「船頭には金をやって、夜明けまで、舟をあけてもらった」

そういわれて、大川の屋形舟には男と女の逢引の場所になるものがあって、そうした場合、船頭は舟を適当な岸へよせて、一刻《いっとき》か二刻、どこかで時間をつぶして粋をきかせるという話をきいたことがある。

「そのような……」

恥ずかしさを、お鶴は別のことでいい直した。

「どうして、お泊りにならなかったのでございますか」

「一人で帰せるか。お前をおぶって舟まで運んだのだ」

お鶴は赤くなり、意地になった。

「どうぞ今から花魁のところへお帰り下さいまし」

「馬鹿……」

章二郎がお鶴の手をとった。ぴくんと慄《ふる》えながら、ふりはなす気持はなかった。

「お前が気にするなら、もう二度と足ふみはしない」

「でも、あのお方をお好きなのでございましょう」

焼餅《やきもち》をやいていると、お鶴は自分でまだ気づかなかった。

「客と遊女、それだけの仲だ」

「でも、あのお方のために、兄嫁様との御縁組を……」

「お鶴……」

章二郎の手に力が加わった。

「俺が義姉上《あねうえ》との縁組を承知しなかったのは、お前が好きだから……」

抱きよせられたのに、章二郎の声が闇に吸い込まれるように消えてしまった。

「お前と御蔵蜆《しじみ》をすくって暮せたら、千五百石を棒にふってもかまわないと思っていた」

男の声が曇った。

「俺は近日中に西へ発《た》つ」

将軍家茂《いえもち》の上洛《じょうらく》の供をするといわれて、お鶴は茫然《ぼうぜん》となった。

勤皇の佐幕のと、世の中が嶮《けわ》しくなっているのは知っていたが、女の悲しさで、まだ時代がどんな動き方をはじめているのか、遥《はる》か遠い世界のように思っていた。

「お帰りは、いつ頃……」

「わからぬ。帰れぬかも知れない。おそらく、やがては戦になるだろう」

お鶴の体中に熱いものがかけめぐっていた。

「いやです……いや……」

おろおろと男の肩にすがりつくのを、章二郎は激しく抱きしめた。

「主家の大事とわかっていて、家を捨てるわけには行かないのだ」

舟の外が白みはじめていた。思いがけなく岸のほうに足音が近づいて来て、

「旦那《だんな》、ようござんすか」

章二郎がお鶴を抱いたまま、障子のむこうへ返事をした。

「ああ、やってくれ……」

船頭がもやい綱を解き、舟へとび乗る気配が、お鶴を絶望的にした。

「章二郎様……」

いいかけた口を、章二郎が唇でふさいだ。骨が砕けそうなまでに抱きしめられ、慄えながら、お鶴はすべてを男の意志にゆだねていた。障子の外の船頭の耳も忘れた。

が、章二郎はそれ以上の行動に出ようとしなかった。お鶴も、男を誘う手管《てくだ》を知らない。

舟はすぐに向島の岸に着いた。

「乳母の家へ行くのだ。武術の肝だめしに誘われて、男姿をして行ったといえば、

なんとか、ごま化せるだろう」

章二郎に抱かれて、岸へ上りながら、お鶴は男の手を放さなかった。どうしても、このまま、別れたくない。これでは、あんまり自分がみじめな気がした。

「お鶴らしくもない……」

章二郎が故意に明るくいった。

「これを形見にもらって行く」

懐中から出したのは、船宿でお鶴が切った髪の毛の包みであった。いつの間に、それを章二郎が持っていたのか。

「幸せな、かみさんになるんだぞ」

軽く、お鶴を突き放すようにして、章二郎は背をむけた。船頭が心得たように舟を出す。

「待って下さい、章二郎様……」

声がかすれ、お鶴は波打ちぎわへよろめいてふみ込んだ。このまま、大川へ身を投げて死にたいと思う。が、そんなことをしてもどうにもならないのが悲しいほどわかっていた。

「お帰りを、お待ちしています。お鶴は、たとい、どうなっても……」

きれぎれに叫び、お鶴は土手に身を伏せて、激しく泣いた。

慶応《けいおう》四年、鳥羽伏見《とばふしみ》の戦に敗れ、将軍慶喜《よしのぶ》は海路、江戸へ帰り、続いて、四月、江戸城明け渡し、慶喜は水戸へ退去となった。

官軍は江戸に入り、江戸は騒然となった。

あくまでも、官軍に敵対しようという幕臣が上野の山へ参集し、今にも戦がはじまるといわれ、家財を持って立ち退《の》く者が多くなっていた。商家は大戸を下ろしたままで、日中も出歩く者は滅多になかった。うっかり出歩いて、官軍と彰義隊の紛争に巻き込まれ、殺される者も少なくなかったからである。

夜にまぎれて章二郎が訪ねて来た時、お鶴は別宅の庭に立っていた。

黒っぽい小袖《こそで》で、男か女かわからないような姿をしていたのは、万が一の用心のためで、たまたま、この夜、髪を洗ったから、それだけは女の命のように豊かに長い髪が、肩から腰へ流れていた。

声をかけられて、お鶴は言葉が出なかった。

どちらからともなく走りよって、気がついた時は、手桶《ておけ》に水を汲《く》み、男の足を洗っていた。なにから話してよいのか、二人とも声を失ったようであった。

「今日、やっと江戸へ帰ったんだ……来てみて驚いた」

鶴伊勢屋の店は跡形もないまでに、こわされていた。

「一昨年の五月にやられました……」

思ったより静かな調子で、お鶴がいった。

「世直しの打ちこわしだといって……」

誰が、黒幕かは知らないが、江戸の分限者の家を襲って、白昼堂々、打ちこわしをするのが慶応二年の五月の末から六月にかけて派手に行われた。

「店は、それから閉めてしまいました」

伯母《おば》はすでに死んでいたし、父の平治郎もその冬、風邪がもとであっけなく世を去った。

「兄は病みまして、今は向島の乳母の家に厄介になって居ります」

どうしてお鶴一人だけが、奉公人もいないこの別宅にふみ止まっていたか、章二郎もきかず、お鶴もいわなかった。きかなくとも、わかっていることである。火のような思いが二人の内部で燃えているのに、どちらもそれをどう表現してよいか、戸惑っているようであった。

「お湯が沸いて居ります。お入りになりましては……」

気がついたように、お鶴が勧め、仏壇に合掌していた章二郎が立った。

男が風呂《ふろ》を浴びている中《うち》に、酒と肴《さかな》の仕度をした。こんな日があるとも思えないのに、縫わずにいられなくて仕立て上げておいた着物も襦袢《じゅばん》も新しいままに簞笥《たんす》から出した。裄《ゆき》も丈《たけ》も、おおよその見当だったのに、着せてみると、なんとか合ったのが、お鶴には嬉《うれ》しかった。

章二郎の盃《さかずき》に酌をしたのも、はじめてのことであった。

「最初、おみえになった時、私がお酌をしようとしたら、さっさと手酌でお飲みになって」

とりとめもなく、昔のことが口に出て、

「あの時は、照れくさかったんだ」

章二郎の声にも落ちつきが出た。

「着がえたのか」

あらためて、お鶴をみる。章二郎が風呂に入っている間に、お鶴は女物の友禅に着がえていた。せい一杯の女心でもある。

「嫁にも行かなかったのだな」

抱きよせられて、お鶴は暫《しばら》く、男の胸の中で呼吸も出来ないでいた。

鳥羽伏見の戦のあと、章二郎は中仙道《なかせんどう》を敗走して来たらしい。

「まさか、彰義隊へお加わりなさるのでは……」

怯《おび》えていったのに、章二郎はもっと怖ろしいことをいった。

「彰義隊には参加しない。江戸で砲火をまじえるのはいやだ。戦う場所は別にきめてある」

今日まで、江戸へ帰れなかったのは、その仲間と暗躍しながら、中仙道を来たからで、

「明朝、江戸を発つ」

行く先はいえないといった。

「お前にはすまないが、侍の意地はどうにもならないのだ」

「お別れなら……」

お鶴の眼が燃えて、章二郎をみつめていた。

「この前のような、むごいお別れはもういやでございます」

章二郎も、眼を逸《そ》らさなかった。

「すまぬ。そなたの一生を、俺が不幸せにしてしまった……」

並んで横たわりながら、章二郎の手がお鶴の髪をまさぐっていた。

「俺も、お鶴が欲しい……この前の別れは苦しかった……」

体を求め合ったら、更に別れが苦しくなるとわかっていて、二人とも、もうどうにもならなかった。

夜明けまで、命を燃やし尽すような男と女の時刻が持たれた。おののきながら、お鶴は章二郎の体の下で、何度も声をあげ、夜明けには、更に深い悦《よろこ》びにたどりつ

いていた。

「別れたくないぞ。お鶴……」

最後に抱き合った時、苦しげに叫んだ男は、やはり夜明けと共に、川から去った。

「向島へ行っていてくれ。命があったら、必ず迎えに行く」

そのあてがないとわかっていて、章二郎はいわずにはいられなかった。お鶴は、この前の別れより取り乱さなかった。

「命ある限り、お待ちして居ります」

そのくせ、朝靄《あさもや》の中に舟影が消えてしまうと、お鶴は体を石垣に叩《たた》きつけるようにして泣いた。

その年の七月、江戸は東京と名を改め、九月に慶応は明治と改元した。

翌明治二年五月に、前の年から榎本武揚《えのもとたけあき》らが立てこもっていた箱館《はこだて》の五稜郭《ごりようかく》が落ちたという噂が、江戸の町に流れた。

この頃になると、江戸はかなり活気をとり戻していた。

徳川様のお膝元《ひざもと》が、天朝様の御膝元に変った戸惑いはあっても、庶民は、むしろ武士より遥《はる》かに早く時代に順応しつつあった。

鶴伊勢屋の別宅を改造して、お鶴が小さな手打ち蕎麦《そば》の店を出したのは、ちょうど、その頃であった。

鶴伊勢屋のお鶴さんがやっている蕎麦屋だと、人にきいてわざわざ食べに来てくれる客もあり、女手一つだったが、細々と商売は上り坂になっていた。

大川に秋風が立ちはじめた夕暮、夜は商売をしないことにしているので、夕方、ひとしきり客が混み、やがてお鶴は暖簾《のれん》を入れるために戸口へ立った。

そこに、男が立っていた。

「お嬢さん、もう、帰りますけど……」

いつまで経っても入って来ないお鶴をいぶかって、手伝いの下女が表へ出てみると、お鶴は章二郎と抱き合ったまま、泣いていた。

「箱館でも死ねなかったんだ。怪我をして死んだと思っていたら、人に助けられて生き返った」

奥の部屋に二人っきりになり、章二郎はどうしてもはなれようとしないお鶴を抱いたまま、話した。

「懐中にお前の黒髪があった。お前が俺を死なせまいと死にもの狂いになっているような気がしたんだ。侍の意地に死ぬより、お前のために生きたいと思った」

それで帰って来たと、章二郎は愛《いと》しそうにお鶴の手を愛撫《あいぶ》した。別れた時に、ふっくらと白かった指が水仕事で、いくらか固くなっている。

「帰って来て下さったんですね」

うっとりとお鶴は呟《つぶや》いた。

「生きていて、よかった……」

乳母の息子が蕎麦職人で、教えてもらってこの店を出したと、お鶴はいった。

「自分で働いて……生きて、いつまでもあなたを待っていたかったんです」

大きな時代のうねりの中を、恋一筋で生き抜いた強い江戸の娘は、男の胸に抱かれると花のように崩れた。

遅い月が、漸《ようや》く川の上に出ている。

解説

伊東昌輝

この本に収録された作品を、まずその創作年代順に並べてみると、およそ次のようになる。

鬼盗夜《おにのよ》ばなし（昭33・26歳）、奏者斬《そうじゃぎ》り（昭33・26歳）、狂歌師（昭34・27歳）、出島《でじま》阿蘭陀《オランダ》屋敷（昭40・33歳）、日野富子（昭44・37歳）、絵島《えじま》の恋（昭46・39歳）、江戸の娘（昭50・43歳）。

この七篇の作品のうち昭和三十四年の直木賞受賞以前に書かれたものが三篇、受賞以後のものが四篇という構成になっている。

平岩弓枝という作家は、直木賞という文壇の登竜門といわれる賞を貰《もら》ってから急速に伸びていったのであるが、それ以前はほとんど小説らしいものを書いておらず、もちろんまったく無名の存在だった。ただ、小学生のころから、周囲にある本はなんでも手当たりしだいに読破していたらしいが、自分で書くということはなかった。日本女子大学附属高校時代、演劇部に籍を置いており、この時に書いた脚本がおそらく最初の執筆活動ということになろうか。この脚本の題名は、書いた当人がすでに忘れてしまっているが、なんでも中国の「王昭君《おうしょうくん》」を題材にしたものだったらしい。

そういう意味で、この本には平岩弓枝がいわゆるプロの作家になる前に書いたものと、プロになってから書いたものとが同時に入っていることになり、読者側からすれば、きわめて興味深い一冊ということになる。年齢的にも二十六歳から四十三歳までのかなり長期間にわたる作品が含まれており、これも平岩弓枝という作家を知るうえで、たいへん便利な編集になっているのではないだろうか。

ところで、これら一連の短篇を概観してまず気のつくことは、この作品の大胆さであり、自由闊達《かったつ》さであり、文章の巧みさである。文章のことはひとまず置いて、なにが大胆であり自由闊達なのかを説明してみよう。

まず最初の「狂歌師」であるが、これは江戸で有名だった狂歌三大家を材料にしている。

三大家というのは大田南畝《おおたなんぽ》（蜀山人《しょくさんじん》）、朱楽菅江《あけらかんこう》、唐衣橘洲《からごろもきっしゅう》の三人だが、作者はこの三人をモデルにしていると見せて、じつは史実とは大きくかけ離れたところで勝負をしている。つまり、小説にしているのだ。

歴史上実在した人物を小説にするというのは、簡単なようで、じつはひじょうにむずかしい。その人物にかんする資料が多ければ多いほど、かえって小説化しにくく、書きにくくなる。もし、書いたとしても、資料ばかりが表面に浮きでてしまい、作品そのものをつまらなくしてしまう。それが小説として書かれた以上は、やはり読んで面白くなければならないし、できれば心に感動を与えるものであってほしいのだ。

時代小説を書く上で、作家は常にこの素材と空想のあいだで悩むことになる。ある作家は資料が七で空想が三の割合で書き、別の作家はその逆の資料三に空想七でまとめあげる。どちらが秀《すぐ》れているというのではなく、それはその作家の持ち味であり、作風である。

その点、平岩弓枝はまだ二十代の若さで、しかも作品数も少ないというのに、じつに大胆に、資料にとらわれず、空想を自由自在に伸ばして、「狂歌師」という作品を仕上げ、しかも成功させている。これは「鬼盗夜ばなし」でも「奏者斬り」でも「出島阿蘭陀屋敷」でもその他の作品にあっても、みな同じことがいえる。

先程、資料にとらわれすぎると作品がつまらなくなると述べたが、しかしその逆に、資料をあまり無視すると作品が荒唐無稽《こうとうむけい》になり読者を白けさせることになる場合が多い。最近は社会全体の教育水準も上がり、読者のレベルも高くなっているので、あまり馬鹿馬鹿しい話は小説として通用しない。

平岩弓枝の師匠であり、最も大きな影響を与えたと思われる長谷川伸は常日ごろ、その門弟たちに、

「まず資料をじゅうぶんに集め、そしてそれらを一旦《いったん》忘れてから、小説を書き始めなければいけない」

と語っていたが、それはその辺の微妙なこつを教えたものと思われる。

「出島阿蘭陀屋敷」に出てくるアキレス・ハンフウキという人物は実在で、江戸時代、日本で唯一の国際貿易港だった長崎で起ったさまざまな事件を記録した「長崎犯科帳」の中に出てくるのだが、これとても資料としてはごくわずかなものにすぎない。ただ、出島オランダ屋敷で働いていた東南アジア系の男が、当時、法律で禁じられていた長崎の丸山遊廓に遊びに行き、それが発覚して処罰されたという記事があるだけである。

たったこれだけの資料を空想によってふくらまし、面白い、しかも感動的な話に作りあげるのが小説家の腕の見せどころなのだ。また、これができなければ、小説家とはいえない。

「鬼盗夜ばなし」のもとの話は、茨木《いばらき》童子という鬼が羅生門で渡辺綱《わたなべのつな》に腕を斬られるがやがて綱の叔母に化けてその館に行き、斬られた腕を取りかえすというものだ。たったこれだけの材料を、どのようにふくらますかを、とくと鑑賞していただきた

い。

「絵島の恋」は、これも江戸時代の有名な事件で、奥女中絵島（または江島）と歌舞伎役者の恋愛事件を材料に使っているが、これも他とは一風違う味つけをほどこしている。

「日野富子」にいたっては、これは日野富子という歴史上有名な人物を通して、いわゆる女の性《さが》を描いたもので、時代小説には違いないが、現代小説といってもおかしくないほどそれぞれの人物が生き生きと描かれ、私たちと同じように血がかよい呼吸しているようだ。

そして、これらの作品は、やがて次なる作品へと発展している。たとえば「狂歌師」は、それから二十五年後に書かれた「橋の上の霜」に、「江戸の娘」は現在もなお雑誌に連載を続けている「御宿《おんやど》かわせみ」にと受け継がれ大きく成長しているのである。

平岩弓枝という作家の作品の原型、あるいは設計図といったようなものが、この七篇の短篇の中に凝縮されており、この小説作法の秘密のすべてがこれらの中に隠されているように私には思えてならない。

単行本　東京文藝社、昭和五十四年十一月三十日初版
文庫　角川文庫、昭和六十二年七月二十五日初版
本書は、右記角川文庫を改版したものです。

本書中には、今日の人権擁護の観点から、不適切と思われる語句や表現がありますが、作品の時代背景、文学性に鑑み、そのままとしました。

江戸《えど》の娘《むすめ》
新装版《しんそうばん》
平岩弓枝《ひらいわゆみえ》

昭和62年 7月25日　初版発行
平成20年 1月25日　改版初版発行
令和6年 12月15日　改版18版発行

発行者●山下直久

発行●株式会社KADOKAWA
〒102-8177　東京都千代田区富士見2-13-3
電話　0570-002-301（ナビダイヤル）

角川文庫 14993

印刷所●株式会社KADOKAWA
製本所●株式会社KADOKAWA

表紙画●和田三造

ISBN978-4-04-163015-0　C0193

角川文庫発刊に際して

角　川　源　義

第二次世界大戦の敗北は、軍事力の敗北であった以上に、私たちの若い文化力の敗退であった。私たちの文化が戦争に対して如何に無力であり、単なるあだ花に過ぎなかったかを、私たちは身を以て体験し痛感した。西洋近代文化の摂取にとって、明治以後八十年の歳月は決して短かすぎたとは言えない。にもかかわらず、近代文化の伝統を確立し、自由な批判と柔軟な良識に富む文化層として自らを形成することに私たちは失敗して来た。そしてこれは、各層への文化の普及滲透を任務とする出版人の責任でもあった。

一九四五年以来、私たちは再び振出しに戻り、第一歩から踏み出すことを余儀なくされた。これは大きな不幸ではあるが、反面、これまでの混沌・未熟・歪曲の中にあった我が国の文化に秩序と確たる基礎を齎らすためには絶好の機会でもある。角川書店は、このような祖国の文化的危機にあたり、微力をも顧みず再建の礎石たるべき抱負と決意とをもって出発したが、ここに創立以来の念願を果すべく角川文庫を発刊する。これまで刊行されたあらゆる全集叢書文庫類の長所と短所とを検討し、古今東西の不朽の典籍を、良心的編集のもとに、廉価に、そして書架にふさわしい美本として、多くのひとびとに提供しようとする。しかし私たちは徒らに百科全書的な知識のジレッタントを作ることを目的とせず、あくまで祖国の文化に秩序と再建への道を示し、この文庫を角川書店の栄ある事業として、今後永久に継続発展せしめ、学芸と教養との殿堂として大成せんことを期したい。多くの読書子の愛情ある忠言と支持とによって、この希望と抱負とを完遂せしめられんことを願う。

一九四九年五月三日

角川文庫ベストセラー

ちっちゃなかみさん　新装版　平岩弓枝

湯の宿の女　新装版　平岩弓枝

密通　新装版　平岩弓枝

千姫様　平岩弓枝

黒い扇　(上)(下)　新装版　平岩弓枝

向島で三代続いた料理屋の一人娘・お京も二十歳、数々の縁談が舞い込むが心に決めた相手がいた。相手はかつぎ豆腐売りの信吉。驚く親たちだったが、なんと信吉から断わられ……豊かな江戸人情を描く計10編。

仲居としてきよ子がひっそり働く草津温泉の旅館に、一人の男が現れる。殺してしまいたいほど好きだったその男、23年前に別れた奥村だった。表題作をはじめ男と女が奏でる愛の短編計10編、読みやすい新装改版。

若き日、嫂と犯した密通の古傷が、名を成した今も自分を苦しめる。驕慢な心は、ついに妻を験そうとするが……表題作「密通」のほか、男女の揺れる想いや江戸の人情を細やかに描いた珠玉の時代小説8作品。

家康の継嗣・秀忠と、信長の姪・江与の間に生まれた千姫は、政略により幼くして豊臣秀頼に嫁ぐが、18の春、祖父の大坂総攻撃で城を逃れた。千姫第二の人生の始まりだった。その情熱溢れる生涯を描く長編小説。

日本舞踊茜流家元、茜ますみの周辺で起きた3つの不審な死。茜ますみの弟子で、銀座の料亭の娘・八千代は、師匠に原因があると睨み、恋人と共に、華麗な世界の裏に潜む「黒い扇」の謎に迫る。傑作ミステリ。

角川文庫ベストセラー

武田家滅亡
伊東潤

戦国時代最強を誇った武田の軍団は、なぜ信長の侵攻からわずかひと月で跡形もなく潰えてしまったのか？ 戦国史上最大ともいえるその謎を、本格歴史小説界の俊英が解き明かす壮大な歴史長編。

山河果てるとも
天正伊賀悲雲録

伊東潤

「五百年不乱行の国」と謳われた伊賀国に暗雲が垂れ込めていた。急成長する織田信長が触手を伸ばし始めたのだ。国衆の子、左衛門、忠兵衛、小源太、勘六の4人も、非情の運命に飲み込まれていく。歴史長編。

北天蒼星
上杉三郎景虎血戦録

伊東潤

関東の覇者、小田原・北条氏に生まれ、上杉謙信の養子となってその後継と目された三郎景虎。越相同盟による関東の平和を願うも、苛酷な運命が待ち受ける。己の理想に生きた悲劇の武将を描く歴史長編。

表御番医師診療禄1
切開

上田秀人

表御番医師として江戸城下で診療を務める矢切良衛。ある日、大老堀田筑前守正俊が若年寄に殺傷される事件が起こり、不審を抱いた良衛は、大目付の松平対馬守と共に解決に乗り出すが……。

表御番医師診療禄2
縫合

上田秀人

表御番医師の矢切良衛は、大老堀田筑前守正俊が斬殺された事件に不審を抱き、真相解明に乗り出すも何者かに襲われてしまう。やがて事件の裏に隠された陰謀が明らかになり……。時代小説シリーズ第二弾！